KB061700

韓·中·日 酉陽雜俎의
異體字形 비교 연구

본 저서는 2019 대한민국 교육부와 한국연구재단의 지원을 받아 수행된 연구결과임.(NRF-2019S1A5B5A07106965)

경희대학교 동아시아 서지문헌 연구소 서지문헌 연구총서 05

韓·中·日 酉陽雜俎의 異體字形 비교 연구

鄭榮豪·閔寬東 共著

學古房

머리말

본서는 2010~2013년 한국연구재단의 토대연구를 수행하면서 연구된 《酉陽雜俎》에 대한 기초연구성과와 2016~2019년 한국연구재단의 공동연구과제에서 수집 정리된 새로운 자료를 보충하였고, 2019~2020년 한국연구재단 시간강사 지원사업을 수행하면서 결실을 보게 되었다.

제1장 단성식의 《酉陽雜俎》에 대한 국내유입과 논쟁, 국내출판, 판본 소개, 판본 비교, 국내수용 등 서지문헌학적 가치와 조선출판의 意義에 대하여 집중적으로 고증하여 소개하였다.

제2장 한 · 중 · 일 《酉陽雜俎》의 異體字形에 대한 집중적인 연구를 진행하였다. 즉 筆形의 變形, 筆劃의 增減, 筆劃의 短縮 및 延長, 筆劃의 連結 및 中斷, 偏旁의 代替, 構造 및 位置의 變化 등으로 나누어 한 · 중 · 일 판본에 나타난 異體字를 추출하여 비교 분석하였고, 韓 · 中 · 日 판본에 나타난 同一 이체자, 판본별 特異 이체자, 조선간본 《酉陽雜俎》에서 이체자가 많이 사용된 것과 그 특징에 대해 분석 서술함과 동시에 唐代를 전후한 글자들의 자형과도 비교하였다.

부 록 독자 및 연구자들의 이해를 돕기 위해 연구과정에서 채록한 한·중·일《酉陽雜俎》의 略字·俗字·古字·異體字들을 정리하여 첨부하였다.

본서가 중국 고전문헌을 연구하는 학자들뿐만 아니라 한문학, 문자학 연구자들에게도 조그마한 길잡이가 되었으면 하는 바람이다. 끝으로 본서를 출간하는 데 지원해 준 학고방 하운근사장님과 임직원 여러분께 감사드린다. 그 외 꼼꼼하게 교정을 봐준 제자 옥주 양과 양바름 군에게도 감사의 뜻을 전한다.

2021년 03월 31일

정영호 · 민관동

목차

제1장

《酉陽雜俎》의 국내 유입과 조선간행 판본 연구

《酉陽雜俎》는 唐代 段成式이 張華의 《博物志》를 모방해서 편찬한 작품으로 대략 異事奇文을 위주로 엮어 놓은 책이다. '酉陽'이라는 유래는 위·진·육조 梁 나라 元帝가 지은 賦 〈訪酉陽之一典〉에서 따온 것이라고 하며, 또 '酉陽'은 山名(湖南省 沅陵縣의 小酉山)으로 秦代에 책을 보관했던 石室이라고도 한다(그 외에도 一說에는 단성식의 號'라고 추정하는 이도 있다.). 그리고 '雜俎'는 잡다한 것을 모아 놓았다는 뜻으로 《酉陽雜俎》는 唐代 筆記小說 가운데 독창성이 매우 높은 대표적 작품으로 평가받고 있다.

《酉陽雜俎》는 前集 20卷과 續集 10卷을 합하여 총 30卷으로 되어 있으며, 수록한 事類에 따라 '史志'부터 '支植'까지 다양한 편목으로 세분되어 있다. 그 내용은 서명에서 알 수 있듯이 人事·神怪·飮食·醫藥·寺塔·動物·植物 등 매우 광범위하며, 傳奇·志怪·雜錄·考證 등 그 문체도 다양하다.[1)]

편찬자 段成式(803?~863年)은 字가 柯古이며 齊州 臨淄 출생(현 山東省 淄博市)이다. 그는 唐 穆宗 때 校書郎을 지냈으며 말년에는 太常少卿에까지 올랐던 문인이다. 집안에 藏書가 많아 어려서부터 박

---

* 이 글은 2010년 한국연구재단의 정부재원(교육과학기술부 인문사회연구 역량강화사업비)의 지원을 받아(NRF-2010-322-A00128) 2014년 1월 《중국어문논역총간》 34집에 투고된 논문을 수정 보완한 내용과 2016년 대한민국 교육부와 한국연구재단의 지원을 받아 수행된(NRF-2016S1 A5A2A03925653) 〈조선간본 《酉陽雜俎》의 판본 연구－沖齋宗宅本·成均館大學校 所藏本·日本 國會圖書館本을 중심으로〉(《중국어문학논집》, 2018.10.)를 수정 보완한 내용을 통합하여 재편집한 것이다.

1) 劉世德 외, 《中國古代小說百科全書》, 中國大百科全書出版社, 1993年, 698~699쪽.

학다식했으며 특히 佛經에 정통하였다고 전해진다. 그는 일찍부터 文名이 높았는데, 그가 구사하는 언어와 문장은 뜻이 심오하고 광대하여 세상 사람들이 珍異하게 여겼다고 한다. 그의 작품으로는 《酉陽雜俎》 외에 《廬陵官下記》2卷이 있었다고 하나 현재 전하지는 않는다.[2)]

段成式의 《酉陽雜俎》는 일찍이 국내에 유입되어 국내 문단에 많은 영향을 끼쳤던 작품으로 조선시대 초기에는 국내에서 출판까지 이루어졌는데, 이로 인해 조정의 문인들 사이에서 논란과 시비의 중심에 있었던 문제의 책이기도 하다.

《酉陽雜俎》에 대한 국내 학자의 연구는 박사 논문 1편, 석사논문 2편, 단편논문 3편 정도에 불과하며, 판본에 대한 연구는 연구의 일부분에 지나지 않았다.[3)] 특히 조선간본 《酉陽雜俎》 중 충재종택본과 일본 국회도서관본이 2014年 민관동의 〈《酉陽雜俎》의 국내 유입과 수

---

2) 陳文新 · 閔寬東 合著, 《韓國所見中國古代小說史料》, 武漢大學出版社, 2011年, 91~92쪽. 寧稼雨, 《中國文言小說總目提要》, 齊魯書社, 1994年, 106쪽.

3) 연구들을 보면, 〈《酉陽雜俎》의 국내 유입과 수용에 관한 연구〉(崔丁允, 경희대학교 교육대학원, 2014), 〈段成式的《酉陽雜俎》硏究〉(정민경, 中國社會科學院, 2002), 〈中國小說 속에서의 銅鏡의 文學的 受容〉(정영빈, 이화여자대학교 대학원, 2005), 〈《酉陽雜俎》〈盜俠篇〉의 武俠敍事에 관한 고찰〉(우강식, 《中國小說論叢》 37집, 2012), 〈《酉陽雜俎》의 국내 유입과 수용〉(閔寬東, 《중국어문논역총간》 34집, 2014), 〈韓國說話에 미친 中國說話의 影響 : 《酉陽雜俎》를 중심으로〉(孫秉國, 《인문사회과학논문집》, 2002) 등이 있다. 해외에서의 연구는 국내보다 활발하게 연구되는 상황이지만 조선간본과의 관계를 직접 연구한 논문은 2편이 있는데, 陳連山, 〈《酉陽雜俎》在李朝成宗時代的刊刻〉(中國典籍與, 1998), 潘建國의 〈《酉陽雜俎》明初刊本考—兼論其在東亞地區的版本傳承關係〉이다. 陳連山은 성균관대본만을 비교 대상으로 삼았고, 潘建國은 두 간본을 모두 검토했으나 가장 완정한 일본 국회도서관본과 趙琦美의 趙本(脈望館刻本, 30卷本), 明初刊本을 비교 대상으로 삼아 그 유사성을 서술해냈다.

용〉과 2014년 중국학자 潘建國의 〈《酉陽雜俎》明初刊本考—兼論其在東亞地區的版本傳承關係〉에 처음 소개되었기 때문에 당시 이에 대한 연구는 불가능한 상황이었다. 이처럼 국내의 기존 연구에서 조선간본과 중국 출판본의 관계에 대한 정리가 없는 상태에서, 정민경의 〈段成式的《酉陽雜俎》硏究〉(中國社會科學院, 2002年)에서 조선간본 중 성균관대본을 토대로 중국 판본들과 비교 연구한 결과, 明代 萬曆 36年(1608) 李雲鵠本과 유사하다고 언급하고 있다. 그런데 李雲鵠本은 趙琦美의 脈望館刻本을 근거를 출판한 것으로, 1492年 조선간본과는 115年의 간극을 두고 있다.

이후 2014년에 중국학자 潘建國이 그의 논문에서 성균관대본과 일본 국회도서관본을 다루었다. 그는 일본 국회도서관본과 趙本(趙琦美等이 校勘한 脈望館刻本, 30卷本) 및 明初刊本을 비교 연구한 결과를 내놓았지만, 趙本은 明代 萬曆 연간에 출판한 것이 분명하나 明初刊本이라 주장하는 판본은 출판 연대를 명확히 알 수 없는 상황에서 明初本으로 추정하고 있는 상황이며, 충재종택본에 대한 서술은 찾아볼 수 없다. 이런 상황에서 필자는 〈조선간본《酉陽雜俎》의 판본 연구－沖齋宗宅本·成均館大學校 所藏本·日本 國會圖書館本을 중심으로〉(《中國語文學論集》 第112號, 2018.10.)에서 조선간본에 대한 구체적 연구를 진행하였다.

본 논문에서는 국내 유입 후 애독되고 조선시대 成宗 23年(1492)에 국내에서 출판된《唐段少卿酉陽雜俎》중 奉化郡 沖齋宗宅 소장의 조선간본《唐段少卿酉陽雜俎》(卷一~卷十), 성균관대학교에 소장된《唐段少卿酉陽雜俎》(卷一~卷二十)와 일본 국회도서관 소장 조선간본《唐段少卿酉陽雜俎》(卷一~卷二十)을 확보하여 상호 비교한 결

과, 세 간본의 상이점 및 중국 출판본과의 비교를 통한 현존 판본과의 유사성을 판별해냈다.[4)]

본 글은 〈《酉陽雜俎》의 국내 유입과 수용〉(閔寬東, 《중국어문논역총간》 34집, 2014)과 〈조선간본 《唐酉段少卿陽雜俎》의 판본 연구－沖齋宗宅本·成均館大學校 所藏本·日本 國會圖書館本을 중심으로〉(《中國語文學論集》, 第112號, 2018.10.)를 통합하여 재정리한 글이다. 내용은 《유양잡조》의 국내 유입시기와 논쟁의 원인, 국내에서 출판된 판본과 현재 국내에 소장된 판본의 구체적 분석 및 평가, 조선간본 《酉陽雜俎》의 상호 비교, 《유양잡조》가 국내에 유입되어 수용되는 과정과 영향 등에 관한 것을 중점적으로 다루었다.

---

4) 연대가 정확히 고증되었고 학계에 일반화된 중국 출판본은 明代 趙琦美의 趙本(脈望館刻本, 30卷本)·明代 商濬의 稗海本(20卷本)·明末淸初 毛晉의 津逮秘書本(30卷本)·청대 張海鵬의 學津討源本(30卷本) 네 개의 판본으로 알려져 있다. 현대에는 方南生이 趙琦美本을 저본으로 보충한 點校本(30卷本)이 1981年 중화서국에서 출판되었다. 국내 학자로 중국에서 박사논문을 제출한 정민경과 《역주 유양잡조》(소명출판, 2011)를 펴낸 정환국은 方南生의 점교본을 원용하였다.

1.《酉陽雜俎》의 국내 유입과 논쟁

段成式의《酉陽雜俎》가 언제 국내에 유입되었는지에 대한 정확한 기록은 없다. 그러나 고려시대에 이미《山海經》·《新序》·《說苑》·《搜神記》·《嵇康高士傳》·《世說新語》·《太平廣記》까지 유입된 정황으로 보아 늦어도 고려시대 중기에는 국내에 유입된 것으로 보인다. (특히 남송시기에 출간된 판본이 유입되었을 가능성이 높아 보인다.)[5] 또 고려중기 이후 문인들의 漢詩에《酉陽雜俎》에만 나오는 典故들이 원용되고 있는 점으로 대략적 유입시기를 추정할 수 있다.[6]

국내 고전문헌에서 찾아볼 수 있는 最初記錄은 徐居正(1420~1488年)의《筆苑雜記》序文에 나타난다.

> 대개 筆談은 벼슬을 그만두고 거처하던 때에 보고들은 것이요, 言行錄은 名臣의 실제 행적을 기록한 것이니 이 책은 이 둘을 겸한 것이다. 어찌《搜神記》와《酉陽雜俎》 등의 책과 같이 기이한 일을 들추어서 두루 섭렵하였음을 자랑하며 웃음거리로 이바지하는 데 그치겠는가?[7]

이 글은 徐居正의《筆苑雜記》序文에 나오는 글인데 본래 이 서문은 表沿沫(1449~1498年)이 1486年에 쓴 글이다. 이러한 사실로 보아 1486年 이전에 전래되어 많이 애독되고 있었음이 확인된다.

---

5) 손병국은 9세기 경에 우리나라에 전래된 것으로 보고 있다. 손병국,〈유양잡조의 형성과 수용양상〉,《한국어문학연구》 제41집, 2003年 8月, 172쪽.

6) 단성식 지음, 정환국 옮김,《譯註酉陽雜俎》, 소명출판, 2011年 9月, 20쪽 참고.

7) 表沿沫,《筆苑雜記》序, 손병국,〈유양잡조의 형성과 수용양상〉,《한국어문학연구》 제41집, 2003年 8月, 181쪽 재인용.

그 다음 기록으로는 《조선왕조실록》의 《成宗實錄》(卷二八五 · 19~20, 成宗24年 12月 28日, 戊子)에서 찾아볼 수 있다. 成宗 24年은 西紀 1493年으로 그해 12월 朝廷에서 이 책으로 인하여 상당한 물의와 논란을 불러일으킨 기록이다. 그 기록을 살펴보면 다음과 같다.

> 弘文館 副提學 金諶 등이 箚子(신하가 임금에게 올리는 공문서)를 올리기를, "삼가 듣건대, 지난번 李克墩이 慶尙監司로, 李宗準이 都事로 재직하고 있을 때 《酉陽雜俎》·《唐宋詩話》·《遺山樂府》 및 《破閑集》·《補閑集》·《太平通載》 등의 책을 刊行하여 바치니, 폐하께서는 그것을 大闕 內府에 所藏하도록 명하셨습니다. 그리고 다시 《唐宋詩話》·《破閑集》·《補閑集》 등의 책을 내려 臣 등으로 하여금 歷代의 年號와 人物 出處를 대략 註解하여 바치게 하셨습니다.
>
> 그러나 臣 등은 帝王의 학문은 마땅히 經史에 마음을 두어 修身齊家하고 治國平天下하는 要結을 종지로 삼고, 治亂과 得失의 자취를 講究해야하며, 이외에는 모두 治道하는데 無益하고 聖學(성인이 진술한 학문, 즉 유학)에 방해가 된다고 생각합니다. 그런데 이극돈 등이 그저 《유양잡조》와 《당송시화》 등의 책이 怪誕하고 不經한 말과 浮華하고 戱弄하는 언사로 되었음을 알지 못하고 이렇게 굳이 전하께 進上하는 것은 전하께서 詩學에 흥미가 있다는 것을 알고, 그것을 이용해 관심을 끌고자 했기 때문입니다.
>
> 항시 임금이 嗜好하는 것에는 아부를 하기 위해 이를 따르는 자들이 많은 법인데, 李克墩이 바로 이러한 인물일 뿐만 아니라 하물며 중간에서 중개자가 되어 그것을 전한 자임에랴 어찌하겠습니까! 이처럼 怪誕하고 장난스럽게 쓴 책은 전하께서는 淫聲이나 美色과 같이 멀리해야 마땅하며, 宮中 內府에 秘藏하게 하여 乙夜之覽(국왕이 정무를 끝내고 취침하기 전인 열시 경에 독서를 하므로 이름)을 돕게 함은 마땅하지 못합니다. 청컨대 위의 여러 책들을 外方(외부지방)에 내려 보내시고, 聖上께서는 心性을 바르게 수양하는 功力을 다하시고, 臣下들이 아침

하는 길을 막으소서."라고 하였는데, 임금이 전교하기를, "그대들이 말한 바와 같이《유양잡조》등의 책이 怪誕하고 不經하다면,《詩經》의 國風과《左傳》에 실린 것들은 모두 純正하다는 것인가? 근래에 인쇄하여 반포한《事文類聚》또한 이와 같은 일들이 실려 있지 아니한가? 만약 人君이 이러한 책들을 보는 것은 마땅하지 못하다면, 임금은 단지 經書만 읽어야 마땅하다는 것인가? 李克墩은 理致를 아는 大臣인데, 어떻게 그 不可함을 알면서도 그렇게 하였겠는가? 지난번에 柳輊가 慶尙監司로 있을 때 十漸疏를 屛風에 써서 바치니, 그것에 대해 논하는 자들이 아첨[阿諛]하는 것이라고 주장하였는데, 지금 말하는 것 또한 이와 같도다. 내가 前日에 그대들에게 이 책들을 대강 註解하도록 명하였는데, 그대들은 주해하는 것을 꺼려하여 이러한 말을 하고 있는 것이로다. 일찍이 불가함을 알았다면 애초에 어찌 말하지 아니하였는가?"라고 하였다.[8)]

〈成宗實錄, 卷二八五·19~20, 成宗 24年 12月 28日, 戊子〉

---

8)《朝鮮王朝實錄》, 成宗實錄, 卷二八五·19~20.
(弘文館副提學 金諶等, 上箚子曰, 伏聞 頃者 李克墩爲慶尙監司, 李宗準爲都事時, 將所刊酉陽雜俎 唐宋詩話 遺山樂府 及破閑 補閑集 太平通載等書以獻, 旣命藏之, 內部旋下. 唐宋詩話 破閑 補閑等集, 令臣等 略注歷代編年號, 人物出處以進. 臣等竊惟帝王之學, 潛心經史, 以講究修齊治平之要, 治亂得失之跡耳, 外此皆無益於治道, 而有妨於聖學. 克墩等置不知雜俎詩話等書, 爲怪誕不經之說, 浮華戲劇之詞, 而必進於上者. 知殿下留意詩學而中之也,. 人主所尙, 趨之者衆, 克墩尙爾, 況媒進者乎. 若此怪誕戲劇之書, 殿下當如淫聲美色而遠之, 不宜爲內府秘藏, 以資乙夜之覽. 請將前項諸書, 出府外藏, 以益聖上養心之功, 以杜人臣獻諛之路. 傳曰, 如爾等之言, 以酉陽雜俎等書, 爲怪誕不經, 則國風左傳所載, 盡皆純正歟. 近來印頒, 事文類聚, 亦不載如此事乎. 若曰, 人君不宜觀此等書, 則當只讀經書乎. 克墩識理大臣豈知其不可而爲之哉, 前者 柳輊爲慶尙監司時, 書十漸疏于屛進之議者以爲阿諛, 今所言, 亦如此也. 予前日命汝等, 略注此書, 必汝等, 憚於注解而有是言也. 旣知其不可, 則其初, 何不云爾.)

이 글은 副提學 金諶 등이 1492年 이극돈과 이종준이 경상감사와 都事로 재직할 때《酉陽雜俎》과《太平通載》등의 책을 刊行하여 바친 일이 발단이 되어 탄핵을 하는 기록이다. 이 사건의 핵심은 副提學으로 있던 金諶이 이극돈이 간행한《酉陽雜俎》와《太平通載》등의 책을 不經한 것이라고 탄핵한 데서 시작된다. 그는 오히려 패관잡기 등의 책을 註解하도록 命한 임금(成宗)을 교묘히 힐책하며 모름지기 임금은 이러한 불경한 책들을 멀리하고 經史를 읽어 心身修養에 힘써야 한다고 奏請한다. 이에 심기가 불편해진 임금은 "《詩經》·《左傳》과《事文類聚》에는 모두 순정한 내용만 있단 말인가? 또 임금은 오직 經書만 읽어야 한단 말인가?"라며 역정을 낸다. 성종은 오히려 "金諶 등이 註解(성종이 命한《唐宋詩話》·《破閑集》·《補閑集》등에 대한 註解)하는 것을 꺼려하여 이러한 궤변을 늘어놓는 것 아니냐"며 오히려 그의 잘못을 추궁하고 있다.

탄핵사건이 점점 심각하게 돌아가자 다음날(1493年 12月 29日) 이 탄핵사건의 당사자인 이극돈은 바로 임금님을 謁見하여 이 문제에 대한 출판경위에 대하여 해명을 하며 탄핵의 부당함을 호소한다.

> 吏曹判書 李克墩이 와서 아뢰기를, "《太平通載》와《補閑集》등의 책은 이전에 제가 監司로 있을 때 이미 刊行하였습니다. 劉向의《說苑》와《新序》는 文藝에 관계되는 바가 있을 뿐만 아니라, 또한 제왕의 治道에도 관계되는 것이며,《酉陽雜俎》가 비록 不經한 말이 섞여 있다 하나, 또한 보는 사람들이 마땅히 널리 涉獵해야하는 바이므로, 신이 刊行하도록 하였습니다. 그리고 前日에 각 도에서 새로 간행한 書冊을 進上하라는 御命이 있었기 때문에 進封(진상)하였을 뿐입니다. 어떤 책이 詩學에 관계되기에 臣을 지적하여 전하의 비위를 맞추어 아부하

는 것이라 하는 것인지 알지 못하겠습니다."라고 하였다.[9]
〈成宗實錄, 卷二八五·21, 成宗 24年 12月 29日, 己丑〉

이처럼 이극돈은 직접 御殿으로 들어와 그 억울함과 부당함을 읍소하고 있다. 사실 당시 이극돈은 이조판서로 재직 중에 있었으며 탄핵을 주도한 金諶은 홍문관 부제학이다. 이러한 雜記書籍의 출판문제가 정치적 사건으로까지 비화되어 권력의 암투로 이어지게 된 사실이 매우 흥미롭다.

탄핵사건이 오히려 탄핵을 주도한 金諶 등에게 불리하게 돌아가자, 당일(12월 29일) 金諶 등이 다시 임금을 謁見하며 극구 변명을 하고 있다. 이러한 사실로 보아 당시 신하들 사이에서도 이 문제가 적잖이 화재가 되었던 것으로 보인다. 또한 앞뒤의 정황을 살펴보면 稗官雜記의 간행으로 君臣間에 혹은 신하들 사이에 상당한 논쟁이 있었음을 알 수 있다.[10]

副提學 金諶 등이 와서 임금께 아뢰기를, "《唐宋詩話》·《破閑集》·《補閑集》 등의 책을 註解하는 일을 臣 등이 꺼려한다고 하셨는데, 지난번에 《事文類聚》를 먼저 校正하라는 御命을 전교 받았기 때문에 곧바로 註解하지 못했던 것입니다.

---

9) 《朝鮮王朝實錄》, 成宗實錄, 卷二八五·21.
己丑 …… 吏曹判書 李克墩來啓, 太平通載 補閑等集 前監司時, 已始開刊. 劉向說苑·新序, 非徒有關於文藝, 亦帝王治道之所係, 酉陽雖雜以不經, 亦博覽者, 所宜涉獵, 臣令開刊. 前日諸道新刊書冊, 進上有命故, 進封耳. 未知何書, 爲關於詩學, 而指臣爲中之乎.)

10) 민관동, 《중국고전소설의 전파와 수용》, 아세아문화사, 2007年, 117~123쪽 참고.

臣下가 御命을 받으면 비록 위험한 곳에 나아간다 하더라도 감히 피하지 아니하는 법인데, 하물며 문필(文墨)의 작은 일에 어떻게 조금이라도 꺼려하는 情狀이 있었겠습니까? 臣 등은 이러한 마음이 전혀 없었습니다. 臣 등은 보잘것없는 才能을 가지고 侍從(모시고 따름)하면서, 평소 임금이 詩學 따위에 관심을 가져서는 안 된다고 생각하였던바 聖上께서 혹시라도 이것에 흥미를 가지실까 두려워하였습니다. 李克墩은 事理를 아는 大臣으로서 이런 不經하고 희극적인 책들을 지어 바쳤으므로, 臣 등이 이 일을 생각하기에 진실로 그르다고 여겼기 때문에 아뢰었을 뿐입니다. 어떻게 감히 허물이 없는 者에게 허물을 씌우고, 말이 없는 데에 빈말을 만들고자 하였겠습니까? 註解하라는 명을 받들고 즉시 시작하지 아니한 것은 진실로 上敎와 같습니다. 그러나 臣下의 도리란 옳다고 생각되는 바가 있으면 반드시 啓達하는 것이니, 어찌 말한 때가 이르고 늦은 것으로써 감히 形迹(뒤에 남은 흔적, 자신의 행위)을 피하겠습니까? 지금 下敎를 받들고 보니 절실한 마음 감당하지 못하겠습니다. 待罪를 청합니다."하니,

전교하기를, "내가 그대들이 말하는 뜻을 모르는 바 아니도다. 《酉陽雜俎》등의 책이 비록 不經한 말로 뒤섞여 있다 하나, 《詩經》國風 또한 淫亂한 말이 실려 있다고 하여 經筵(임금 앞에서 경서를 강론하는 자리)에서 進講하지 못하도록 請한 자가 있었으니, 後人이 그 그릇됨을 많이 의논할 것이다. 帝王은 마땅히 善과 惡을 살펴봄으로써 勸戒를 삼는 것이니, 만약 그대들이 말한 바와 같다면 근래에 印刷한 《事文類聚》는 不經한 말이 없다는 것인가? 그렇다면 大闕 內府에 간직해 둔 여러 책을 장차 모두 찾아서 외부로 내보낸다면, 임금은 단지 四書五經만 읽어야 한단 말인가? 이 책을 註解하도록 명한 것이 8월에 있었으나, 이제까지 써서 바치지 아니하였으니, 책망이 돌아갈 바가 있는데, 도리어 이제 와서 이런 말을 하는 이유는 무엇인가? 그대들은 반드시 考閱(註解하는 일)하기를 꺼려하여 그러한 말을 하는 것이라 생각되는 도다. 그러나 待罪(처벌)하지는 않겠다."라고 하였다.[11)]

〈成宗實錄, 卷二八五 · 21, 成宗 24年 12月 29日, 己丑〉

위 기록은 1493年 12月 29日 수세에 몰린 홍문관 부제학 金諶 등이 다시 임금을 謁見하여 오해를 풀기위해 극구 변명을 늘어놓는 장면이다. 즉《事文類聚》를 먼저 校正하라는 御命을 받았기에《酉陽雜俎》를 바로 註解하지 못했다고 변명을 하면서도 한편으로는 帝王이 불경한 잡학에 관심을 두는 것과 李克墩의 행위에 대해서 경계를 늦추지 않고 있다. 그러자 "帝王은 마땅히 善과 惡을 두루 살펴봄으로써 勸戒를 삼는 것이지 어찌 오직 四書五經만 읽을 수 있느냐"며 反問하고 분명 그 책을 註解하기 꺼려하여 구차한 변명한다며 詰責하고 있다. 그러나 임금은 그의 죄를 더 이상 추궁하지 않겠다고 밝히고 있어 이 문제가 다른 문제로 비화되지 않도록 불문에 붙이고자 한 의도를 엿볼 수 있다.

그 당시 논쟁이 야기되었던 쟁점은 중국고전소설이 詩文爲主의 정통문학이 아닌 非正統文學이기에 일부 사신들 사이에서는 이것을 不經하

---

11)《朝鮮王朝實錄》, 成宗實錄, 卷二八五 · 21.
(副提學 金諶等來啓曰, 唐宋詩話 破閑 補閑等集注解事, 以臣等爲厭憚, 前此事文類聚, 爲先校正事, 承傳故, 未卽注解. 人臣受命雖蹈湯赴火, 且不敢避, 況此文墨細事, 豈有一毫厭憚之情. 臣等萬無是心. 臣等俱以劣能待罪, 侍從以爲詩學, 人主之末事, 常恐聖上, 或有留意. 克墩以識理大臣, 獻此不經戱劇之書, 臣等心實非之故, 啓之耳. 安敢求疵於不疵, 造辭於無辭乎. 承註解之命, 不卽論啓, 誠如上敎人臣之義, 有懷必達, 豈以言之早晩, 敢避形迹乎. 今承下敎不勝隕越,. 請待罪. 傳曰, 予未知爾等所言之意. 酉陽雜俎等書, 雖雜以不經之說, 然國風亦載淫亂之辭, 而有請於經筵, 不以進講者, 後人多議其非. 人主當觀善惡, 以爲勸戒, 若如爾等之言則, 近印事文類聚, 其無不經之說乎. 然則內藏諸書, 將書搜出, 而人君只讀四書五經而已耶. 命註此集, 在於八月而迄, 不書進責有所歸, 而今反有是言何耶. 爾等必憚於考閱, 而求其說也. 然勿待罪.)

다는 이유와 음란한 문구가 많다는 이유로 배척하고 있으며, 그와 반대로 국왕과 이극돈 등의 일부 문인들은 오히려 "임금은 마땅히 善과 惡을 살펴봄으로써 그 勸戒를 삼는 것"이라며 詩文爲主의 문학관을 떨치고 폭넓은 학문관을 주장하며 논쟁을 벌인 사건으로 당시 문인들의 문학의식을 살펴 볼 수 있는 한 단면이기도 하다.[12)]

이처럼 우리 작품도 아닌 일개 중국소설의 出刊問題가 朝廷에서 君臣間에 혹은 신하들 사이에 曰可曰否하며 논쟁을 하였다는 것 자체가 매우 희귀한 사실이며 해학적인 사건 중의 하나이다. 그러나 이 탄핵사건은 단순한 출판문제로 惹起된 사건이 아닌 또 다른 음모가 있었음이 확인된다. 즉 김심 등이 이극돈을 탄핵한 본질은 당시의 정치문제를 소설류의 출간문제를 빌미잡아 해결하려 하였다는 것으로 추정된다.

이 사건의 핵심은 勳舊派와 士林派의 견제와 대결구도에서 나온 정치적 사건으로 당시 사림파는 弘文館(성종 9年부터 弘文館이 정비되어 왕성한 활동함)을 중심으로 세력을 크게 확대하며 본격적으로 훈구파를 견제하게 된다. 사림파의 주요인물로는 김종직을 위시하여 김굉필 · 정여창 · 김심 · 표연말 · 이종준 · 김일손 등의 신진 유림세력이었으며, 이들은 道學的인 유교정치를 理想으로 실현하려는 과정에서 기존에 깊게 뿌리를 내리고 있던 훈구파와 정치적으로 크게 부딪친다. 당시 이극돈은 勳舊派였고 김심은 이와 대립관계에 있었던 士林派였다.

여기에서 흥미로운 일은 《유양잡조》를 출간하여 올린 사람이 경상감사 이극돈과 都事로 재임하였던 이종준이다. 그러나 이들은 함께 일을 하였음에도 탄핵의 대상에서 이종준은 제외되었다는 점이다. 실제 성

---

12) 민관동, 《중국고전소설의 전파와 수용》, 아세아문화사, 2007年, 123쪽.

균관대본 《유양잡조》의 跋文을 살펴보면 "弘治壬子 …… 廣原李士高(이극돈의 字)識"과 "月城李宗準謹識"이라고 되어 있어 출판을 주도한 인물은 이극돈과 이종준임을 알 수 있다. 그럼에도 불구하고 이종준에 대한 탄핵은 제외되고 탄핵대상을 이극돈으로 삼았다. 왜냐하면 이극돈은 훈구파인 반면 이종준은 김종직 문인의 사림파였기 때문이다. 이러한 연유에서 이 사건은 탄핵의 본질이 정치적 대립에서 비롯되었다는 것을 증명해 준다.

또 이러한 사건의 앞뒤정황과 조선 초기의 출간을 기록한 《고사촬요》의 서목을 살펴보면 조선 초기의 중국소설류에 대한 국내출판은 당시 조정의 중심이 되었던 훈구파들의 왕성한 편찬사업에 힘입어 중국소설류의 출판도 가능했던 것으로 추정된다.

그 외 유입과 관련된 자료로는 金安老의 《退樂堂集》· 퇴계의 《退溪集》· 이수광의 《芝峯類說》· 李瀷의 《星湖僿說》· 李圭景의 《五洲衍文長箋散稿》· 박지원의 《熱河日記》· 李德懋의 《靑莊館全書》에도 언급되어 있으며, 그 외 《與猶堂全書》·《硏經齋集》·《海東繹史》에서도 확인된다. 이들이 언급한 내용은 喪禮나 冊名, 異域 등 주로 典據나 고증의 누락된 부분의 보충과 의학적 지식 및 서지상황 등에 대하여 언급하고 있다.[13] 이 부분에 대한 것은 제1장 '5. 《유양잡조》의 국내 수용'에서 다시 소개하기로 한다.

13) 단성식 지음, 정환국 옮김, 《譯註酉陽雜俎》, 소명출판, 2011年 9月, 21쪽 참고.

2. 《酉陽雜俎》의 국내 출판

《酉陽雜俎》는 조선시대 成宗 23年(1492)에 《酉陽雜俎》라는 이름으로 출판되었다. 이 책은 1492年 李克墩과 李宗準이 경상감사와 都事로 재직하던 시기에 간행한 책으로[14] 총 20卷 2책 혹은 20卷 3책이며(어느 책이 먼저인지는 확인하기 어렵다.) 한 면이 10行 19字로 된 판본이다. 그 출판관련 기록을 살펴보면 다음과 같다.

> 吏曹判書 李克墩이 와서 아뢰기를, "《太平通載》와 《補閑集》 등의 책은 이전에 제가 監司로 있을 때 이미 刊行하였습니다. 劉向의 《說苑》와 《新序》는 文藝에 관계되는 바가 있을 뿐만 아니라, 또한 제왕의 治道에도 관계되는 것이며, 《酉陽雜俎》가 비록 不經한 말이 섞여 있다 하나, 또한 보는 사람들이 마땅히 널리 涉獵해야하는 바이므로, 신이 刊行하도록 하였습니다.[15]
>
> 〈成宗實錄, 卷二八五 · 21, 成宗 24年 12月 29日, 己丑〉

이 기록에서 이극돈은 《酉陽雜俎》를 출간하였다고 분명히 밝히고 있으며 그 외에도 《太平通載》와 《補閑集》도 자신이 출간하였음이 확

---

14) 《조선왕조실록》 285卷, 성종 24年(1493年 12月 28日)에 "弘文館 副提學 金諶 등이 箚子를 올리기를, "삼가 듣건대, 지난번 李克墩이 慶尙監司와 李宗準이 都事로 있을 때 《酉陽雜俎》·《唐宋詩話》·《遺山樂府》 및 《破閑集》·《補閑集》·《太平通載》 등의 책을 刊行하여 바치니.……"라는 기록에서 이극돈과 이종준이 간행하였음을 알 수 있다.

15) 《朝鮮王朝實錄》, 成宗實錄, 卷二八五 · 21.
己丑 …… 吏曹判書 李克墩來启, 太平通載 補閑等集 前監司時, 已始開刊. 劉向說苑 新序, 非徒有關於文藝, 亦帝王治道之所係, 酉陽雖雜以不經, 亦博覽者, 所宜涉獵, 臣令開刊.

인된다. 특히 劉向의《說苑》과《新序》도 그에 의하여 출간되었음을 알 수 있다. 그러면 이극돈은 어떤 인물이며 그의 문학관은 어떠한지 주목할 필요가 있어 보인다.

이극돈(1435~1503年)[16]은 우의정 李仁孫[17]의 아들로 1457年(세조 3年) 文科에 급제하여 吏曹判書와 右贊成 등 주요 관직을 두루 거친 훈구파의 거물이다. 또 그는 연산군 때 신진 士林派와 반목하던 중 무오사화를 일으킨 장본인이기도 하다. 그러나 학술서적 편찬에는 남다른 조예가 있었던 것으로 보인다. 그가 편찬한 책으로는《綱目新增》·《東國通鑑》·《酉陽雜俎》·《唐宋詩話》·《遺山樂府》·《破閑集》·《補閑集》·《太平通載》·《說苑》·《新序》·《成宗實錄》등이 있다.[18]

---

16) 이극돈은 字가 士高이고, 號는 四峯이며 우의정 李仁孫의 아들이다. 그는 1457年(세조 3年) 親試文科에 급제하여 典農寺注簿·成均館直講·應敎 등을 역임했다. 1468年 文科重試에 乙科로 급제하고 禮曹參議에 승진하였고, 이어 漢城府右尹을 지냈다, 1470年(성종 1年)에는 대사헌·형조참판을 거쳐 이듬해 佐理功臣으로 廣原君에 봉해졌고 1473年 聖節使로 명나라에 다녀왔다. 또 1476年 예조참판 때 奏請使로, 1484年에는 정조사가 되어 재차 명나라에 다녀왔고, 1487年에 漢城府判尹이 되었다. 1493年에 이조판서에 이어 병조·호조판서를 역임하였고, 平安·江原 등의 관찰사를 거쳐 左贊成에 이르렀다. 1498年(연산군 4年) 勳舊派의 거물로서 신진 士林派와 반목하던 중 柳子光을 시켜 金馹孫 등을 탄핵하여 戊午士禍를 일으켰다. 이후 1501年(연산군 7年) 병조판서가 되었다가 1503年에 69세의 나이로 사망하였다. 시호는 翼平이었으나 뒤에 관직과 함께 추탈되었다.

17) 본관은 廣州. 자는 仲胤, 호는 楓厓이다. 참의 李之直의 아들이다. 그는 태종 11年 생원시로 입조하여 세종·문종·단종을 거치면서 출세를 하였고 특히 세조 때에는 찬탈에 가담하여 3등공신이 되었다가 나중에는 우의정에 이른다. 그에게는 아들이 5형제가 있었는데 李克培(영의정), 李克堪(형조판서), 李克增(숭정대부 판중추부사), 李克墩(이조판서), 李克均(좌의정)이다. 이들 형제는 世祖 및 成宗年間에 걸쳐 조선 최고의 명문세가를 이루었던 훈구파의 대표적인 집안이다.

그가 출판을 주도한 서책 가운데 문학 서적이 주류를 이루고 있는 점은 당시 經書出版을 주도하였던 사림파와는 상당한 대조를 이룬다. 즉 조선 초기의 출판활동은 훈구파들의 왕성한 편찬사업에 힘입은 바가 크다. 이는 經學爲主의 편협된 학문관에서 벗어나 中國文藝類 전반의 출판을 주도하였다는 점은 그들의 또다른 문학관을 엿볼 수 있는 일면으로 나름의 의미를 찾을 수 있다.

또 《酉陽雜俎》에 대하여 내용이 비록 "不經한 말이 섞여 있다 하나, 또한 보는 사람들이 마땅히 널리 涉獵해야 한다."는 관점은 서책의 내용을 가려서 읽는 것이 아니라 不經한 책이라 할지라도 읽고서 자신이 그 眞僞와 是非를 가려야 한다는 매우 폭넓은 학문관을 가지고 있었던 것으로 판단된다.

그 외 출판을 주도한 이종준(?~1498年)은 안동출신으로 김종직의 문인이다. 그는 신진 사림파로 시문 · 서화로 저명했으며, 대표저서로는 《慵齋遺稿》가 있다. 1498年(연산군 4年) 무오사화 때 김종직의 문인으로 몰려 富寧으로 귀양 가다가 高山驛에 써 붙인 시로 말미암아 체포되어 이듬해 사형되었던 인물이다.

일반적으로 《유양잡조》는 慶尙監司 李克墩과 都事 李宗準이 출간한 것으로 알려졌지만 이들 외에도 실제로 출판을 주도한 인물이 하나 더 있다. 그는 崔應賢(1428~1507年)이라는 인물로 당시 慶州府尹을 지낸 인물이다. 그는 조선 중기의 문신으로 字는 寶臣이며 號는 睡齋이다. 1448年(세종 30年)에 사마시에 합격하여 그 뒤 江原道都事 · 이조참의 · 동부승지 · 충청도감찰사에 임명되었다. 1489年에는 대사헌

18) 《한국민족문화대백과사전》 참고.

으로 있다가, 1491年에 경주부윤으로 임명되었다. 1494年에 한성부좌윤을 거쳐 1497年 다시 대사헌에 임명되었고, 1505年에는 강원도관찰사를 거쳐 형조참판과 오위도총부 부총관을 역임하였던 인물이다.

그가 《유양잡조》의 출간에 참여하였다는 기록은 성균관대본(貴D7C-16)과 성암문고본(4-1413)의 《酉陽雜俎》跋文에 "弘治壬子(1492年) … 睡翁 崔應賢 寶臣 謹志"라는 기록이 이를 증명해준다. 본래 이 판본의 발문에는 세 개의 발문이 보이는데 첫 번째가 "弘治壬子(1492年) 臘前二日廣原李士高識,"이고 두 번째가 "弘治五年(1492年) … 李宗準謹識,"이며 세 번째가 "弘治壬子(1492年) … 睡翁崔應賢寶臣謹志"순으로 되어있다.

또 최응현은 1491年에 경주부윤으로 임명받은 점과 이 책의 출판지가 慶州라는 점 그리고 최응현의 발문이 가장 뒤에 나오는 점 등을 고려하면 실제적 출간의 총책은 당시 경주부윤으로 있었던 최응현이 실무를 총괄하였을 가능성이 높다.

그 외에도 당시 《酉陽雜俎》의 출판을 고증하는 자료가 宣祖 1年(1568) 刊行本 《攷事撮要》에서도 보인다.

> 宣祖 1年(1568) 刊行本 《攷事撮要》: 557종
> 原州 :《剪燈新話》, 江陵 :《訓世評話》, 南原 :《博物志》, 淳昌 :《效顰集》, 《剪燈餘話》, 光州 :《列女傳》, 安東 :《說苑》, 草溪 :《太平廣記》, 慶州 :《酉陽雜俎》, 晉州 :《太平廣記》.
>
> 宣祖 18年(1585) 刊行本 《攷事撮要》: 988종
> 延安 :《玉壺氷》, 固城 :《玉壺氷》, 慶州 :《兩山墨談》, 昆陽 :《花影集》.[19] (위에 언급된 판본목록은 모두 중복되어 추가 누락된 것만 소개.)

宣祖 1年(1568) 刊行本 《攷事撮要》의 기록에 의하면 《酉陽雜俎》는 月城(慶州)에서 간행되었다고 밝히고 있는데 성균관대본 《酉陽雜俎》의 跋文에도 "月城李宗準謹識"이라는 기록이 있어 이 책이 바로 成宗 23年(1492)에 이극돈에 의하여 발간된 《酉陽雜俎》를 지칭하는 것으로 확인된다.

《酉陽雜俎》는 최초 목판본으로 발간되었고 현재 誠庵文庫(본인이 직접 원본을 확인하지 못하였음), 奉化 沖齋宗宅, 成均館大學校 등 여기저기 흩어져 있어 完整本은 없는 상태이다. 또 판본의 크기도 각각 28×16.5㎝, 29.1×16.8㎝, 26.9×17.5㎝, 29.2×16.8㎝ 등 차이를 보이고 있는 점과 卷冊의 수에 있어서도 20卷 2책본과 20卷 3책본이 따로 존재하는 것으로 보아 한 번의 출판으로 끝난 것이 아니라 後印이 따로 있었던 것으로 보인다.

봉화 충재박물관본의 경우 20卷 2책 가운데 落帙로 현재 전반부 10卷(卷1~卷10) 1책만 남아있고, 성암문고 소장본(4-1412)은 후반부 10卷(卷11~卷20)까지 1책만 소장되어 있어 두 권을 합하면 全帙을 복원할 수 있다.

그 외에도 국내 출판본으로 영주 소수서원본이 새로 민관동에 의하여 발굴되었다. 이 책은 총 20卷 4책으로 현재 卷16~卷20까지 1卷만 남아있다. 版廓 四周雙邊이며 上下白口와 上下向黑魚尾로 되어 있으며 한 면이 10행 23자로 꾸며져 있다.

---

19) 김치우, 《고사촬요 책판목록과 그 수록간본 연구》(아세아문화사, 2007年). 필자가 《고사촬요》 조선 선조 1年(1568年)판을 근거로 중국소설의 출판목록을 따로 만들었다.

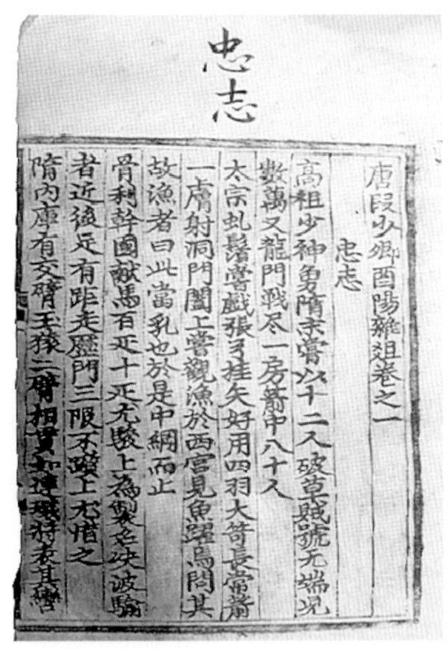
忠志

唐段少卿酉陽雜俎卷之一
忠志
高祖少神勇隋末嘗以十二人破草賊號无端兒
數萬又龍門戰盡一房箭中八十人
太宗虬鬚嘗戲張弓挂矢好用四羽大笴長常箭
一膚射洞門闔上嘗觀漁於西宮見魚躍焉問其
故漁者曰此當乳也於是中網而止
骨利幹國獻馬百疋十疋尤駿上為製名決波騟
者近後足有距走歷門三限不躓上尤惜之
隋內庫有交臂玉猿二臂相貫如連環將表其轡

그림 1. 奉化 冲齋博物館 所藏本

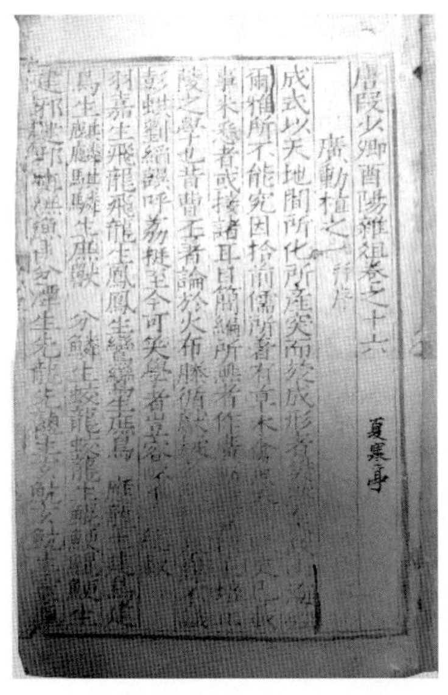
唐段少卿酉陽雜俎卷之十六
廣動植之一 并序
夏寒亭

그림 2. 榮州 嘯皐祠堂本(紹修書院所藏)

榮州 嘯皐祠堂本(현재 紹修書院에 所藏) 《유양잡조》는 간행지가 불분명한 16세기 판본이며 紙質이 和紙인 것으로 보아 신중한 접근이 필요해 보인다. 和紙는 본래 일본에서 기원하였으나 우리나라에서도 사용된 전통 종이이다. 우리나라에서 和紙를 사용한 기록은 조선시대 초기로 거슬러 올라간다. 조선 전기 일본으로부터 들여 온 倭楮(일본의 닥나무)를 충청도 태안과 전라도 진도 그리고 경상도 남해와 하동 등지에서 재배하여 和紙를 생산하였다고 한다. 또한 세종 때에는 《綱目通鑑》을 이 종이로 인출하였다는 기록도 있다. 그러기에 이 판본은 일본 판본일 가능성보다는 오히려 조선전기에 간행된 국내 판본일 가능성이 높다. 충재박물관 소장 《酉陽雜俎》本과 비교해본 결과 충재박물관 소장본(1492年)이 앞서 출간되었고, 후에 嘯皐祠堂本이 출간된 것으로 보인다.[20]

3. 《酉陽雜俎》의 판본

《酉陽雜俎》는 《四部叢刊》에 수록되어 있으며, 秘書를 기록하고 異事를 서술한 책으로 仙 · 佛 · 人 · 鬼로부터 동식물에 이르기까지 총괄하여 기재하고 있는데, 이 책은 같은 類를 모아 놓아 마치 類書처럼 보이기도 한다. 이 책은 前集 20卷 續集 10卷 총 30卷으로 이루어진 책으로 구성과 내용을 살펴보면 다음과 같다.

---

20) 소고당본은(영주시 고현동 소고사당) 현재 소수서원에 위탁관리하고 있다. 민관동 · 유희준 공저, 《한국 소장 중국고전소설의 판본목록》, 학고방, 2013年 6月, 338쪽.

前集 卷1 : 忠志 · 禮異 · 天咫(군주의 사적, 하늘의 영험)
卷2 : 玉格 · 壺史(도교와 도사의 기험), 壺史 - 道術을 기록한 것
卷3 : 貝編(불가의 경전), 貝編 - 佛經에서 뽑은 것
卷4 : 境異 · 喜兆 · 禍兆 · 物革(변경, 화복의 조짐 등)
卷5 : 詭習 · 怪術(기괴한 풍습과 술법)
卷6 : 禮絶 · 器奇 · 樂(기예, 음악, 기물)
卷7 : 酒食 · 醫(술과 음식 및 명의)
卷8 : 黥 · 雷 · 夢(문신, 우레, 꿈 이야기), 黥 - 文身에 대한 기록
卷9 : 事感 · 盜俠(사물의 감흥, 괴도, 유협)
卷10 : 物異(기이한 물건들)
卷11 : 廣知(세간의 속설)
卷12 : 語資(일화의 자료)
卷13 : 冥跡 · 尸窀(명계, 무덤의 비화), 尸窀 - 喪葬을 서술한 것
卷14 : 諾皐記 上(귀신과 요괴에 관한 기록)
卷15 : 諾皐記 下(귀신과 요괴에 관한 기록)
卷16 : 廣動植之一, 羽篇/毛篇(동식물 잡찬, 금수류)
卷17 : 廣動植之二, 鱗介篇/蟲篇(동식물 잡찬, 어패류 곤충류)
卷18 : 廣動植之三, 木篇(동식물 잡찬, 나무)
卷19 : 廣動植之四, 草篇(동식물 잡찬, 풀)
卷20 : 肉攫部(맹금류) - 매를 기르는 방법을 기술

續集 卷1 : 支諾皐 上(귀신, 요괴 습유)
卷2 : 支諾皐 中(귀신, 요괴 습유)
卷3 : 支諾皐 下(귀신, 요괴 습유)
卷4 : 貶誤(잘못된 사례) - 考證
卷5 : 寺塔記 上(장안 사찰 유람기), 寺塔記 - 사찰에 대한 기록
卷6 : 寺塔記 下(장안 사찰 유람기), 寺塔記 - 사찰에 대한 기록
卷7 : 金剛經鳩異(금강경의 영험에 대한 기록)
卷8 : 支動(기타 동물)
卷9 : 支植 上(기타 식물)
卷10 : 支植 下(기타 식물)[21]

그 중 忠志 · 詭習 · 怪術 · 禮絶 · 盜俠 · 語資 등은 비교적 소설의 맛이 강한 작품이다. 특히 諾皐記 2卷과 支諾皐 3卷은 허구적 요소와 작품성이 뛰어나 많은 사람이 애독하였던 것으로 전해진다.

《酉陽雜俎》는 저자가 한 번에 쓴 것이 아니고 여러 차례 나누어서 만들어진 책으로 前集 20卷은 대략 唐 會昌(841~846年)과 大中(847~859年)年間에 만들어 졌고, 續集 20卷은 大中 7年(853) 이후에 만들어졌다. 그러나 이 책이 바로 출간되지는 않은 듯하다. 이 책의 가장 이른 판본은 南宋 嘉定 七年(1214) 永康 周登이 출판한 판본으로 前集 20卷만 간행하였다. 9年 후 嘉定 十六年(1223)에 武陽 鄧復이 또 續集 10卷을 묶어 30卷으로 출간하였다. 또 南宋 理宗淳祐 十年(1250)에는 廣文 彭氏 등이 보충하여 재차 印出하였다.[22] 그러나 현재 이 판본들은 실전되었다.

그 후 현존하는 판본으로는 明代 脈望館刻本(趙琦美等이 校勘한 趙本 / 《四部叢刊》本[影印本] / 30卷本) · 명대 商濬의 《稗海》本(20卷本) · 明末淸初 毛晉의 《津逮秘書》本(30卷本) · 청대 張海鵬의 《學津討源》本(30卷本) · 《叢書集成初編》本(30卷本) 등이 있고, 최근 1981年에는 중화서국에서 方南生이 趙琦美本을 저본으로 보충한 點校本(30卷本)이 출간되었다.[23]

---

21) 손병국, 〈유양잡조의 형성과 수용양상〉, 《한국어문학연구》 제41집, 2003年 8月, 178쪽. 鄭煥局, 《譯註酉陽雜俎》, 소명출판사, 2011年, 12~13쪽 참고.

22) 方南生, 《유양잡조》 점교본, 중화서국, 1981年, 前言 3쪽.

23) 陳文新 · 閔寬東 合著, 《韓國所見中國古代小說史料》, 武漢大學出版社, 2011年, 91쪽.

중국에서 현존하는 가장 이른 完帙本으로는 명대 萬曆 35年(1607)에 李雲鵠이 趙琦美의 校補本을 근거로 간행한 판본이다. 그러나 이 판본은 조선시대 이극돈이 출간한 1492年본에 비하면 115年이나 늦은 판본으로 조선시대 출간한《酉陽雜俎》야 말로《유양잡조》판본 가운데 원형을 추정할 수 있는 가장 값진 판본으로 평가된다. 일본에서도《유양잡조》를 자체 출판하였으나 이 책은 元祿 10年(1697)에 출간한 책이기에 중국의 李雲鵠本 보다 다소 늦다.

다음은 국내 주요도서관에 소장된《유양잡조》의 판본 목록으로 먼저 판본 목록을 근거로 설명하기로 한다.[24)]

書名	出版事項	版式狀況	一般事項	所藏處/所藏番號
唐段少卿酉陽雜俎	段成式(唐)撰, 成宗23年(1492)刊	零本1冊(卷1~10), 朝鮮木版本, 29.2×16.8㎝, 四周雙邊, 半郭: 18.6×12.3㎝, 有界, 10行19字, 上下大黑口, 上下內向黑魚尾, 紙質:楮紙	序: …唐太常少卿段式, 所藏: 卷1~10	奉化郡 冲齋宗宅 09-1935
唐段少卿酉陽雜俎	段成式(唐)撰, 成宗23年(1492)刊	10卷1冊(卷11~20), 朝鮮木版本, 29× 16.8㎝, 四周雙邊, 半郭: 18.4×12.5㎝, 有界, 10行19字, 註雙行, 內向黑魚尾, 紙質: 楮紙	表題: 酉陽雜俎, 版心題: 俎, 跋: … 弘治壬子(1492) … 李士高識, 印記: 權熙淵花山世家實言	誠庵文庫 4-1412

24) 민관동·유희준·박계화,《한국 소장 중국문언소설의 판본 목록과 해제》, 학고방, 2013年 2月, 117~119쪽을 참고하여 도표를 다시 보강함.

書名	出版事項	版式狀況	一般事項	所藏處/所藏番號
唐段少卿酉陽雜俎	段成式(唐)撰, 月城(慶州), 成宗23年(1492)刻	20卷3冊, 朝鮮木版本, 28×16.5㎝, 四周雙邊, 半郭: 17.6×12.5㎝, 有界, 10行19字, 大黑口, 內向黑魚尾, 紙質: 楮紙	版心題: 俎, 跋: 募工刊于月 城廣流布…弘治壬子(1492)臘前二日廣原李士高識, 備考: 卷6~13紙葉中央毁損	成均館大學校 貴D7C-16
唐段少卿酉陽雜俎	段成式(唐)撰, 成宗23年(1492)刊	8卷1冊(現存: 卷12~15, 17~20), 朝鮮木版本, 26.9×17.5㎝, 四周雙邊, 10行19字, 半郭: 18.4×12.5㎝, 有界, 註雙行, 上下小黑口, 上向黑魚尾, 紙質: 楮紙	版心題: 俎, 跋: …弘治壬子(1492) …李士高識, … 弘治五年(1492)…李宗準謹識, …弘治壬子(1492)…睡翁崔應賢寶臣謹志	誠庵文庫 4-1413
唐段少卿酉陽雜俎	16世紀刊(推定)	零本1冊(卷16~20), 朝鮮木版本, 28×18㎝, 四周雙邊, 半郭: 21.7×14㎝, 有界, 10行23字, 上下白口, 上下向黑魚尾, 紙質: 和紙	藏書記: 夏寒亭, 20卷4冊 중 卷16~20(1冊)이 현존함(소수서원)	榮州 嘯皐祠堂 01-01525
唐段少卿酉陽雜俎	段成式(唐)撰, 成宗23年(1492)刊	20卷(卷1~20), 朝鮮木版本, 四周雙邊, 有界, 10行19字, 上下大黑口, 上下雙黑魚尾	序: …唐太常少卿段式, 跋…弘治壬子臘前二日廣原李士高識, 弘治五年玄黑弋困敦臘月有日月城李宗准謹識, 弘治壬子臘前有日睡翁崔應賢寶臣謹志. 所藏: 卷1~20	日本 國會圖書館 821 · 29
酉陽雜俎	段成式(唐)撰, 刊寫地, 刊寫者未詳, 元祿10年(1697)	20卷8冊, 日本木版本, 27×19㎝		國立中央圖書館 [古]10-30-나3

書名	出版事項	版式狀況	一般事項	所藏處 / 所藏番號
酉陽雜俎	段成式(唐)撰, 明版本	20卷2冊, 中國木版本, 25.4×16㎝	序: 段成式	奎章閣 [奎]4838
酉陽雜俎	段成式(唐)撰, 毛晉(明)訂, 刊年未詳	20卷4冊, 中國木版本, 24.7×15.2㎝, 四周單邊, 半郭: 18.4×13.2㎝, 9行19字, 注雙行, 無魚尾	序: (唐)段成式, 識: (明)毛晉	國立中央圖書館 [古]3739-1
酉陽雜俎	段成式(唐)撰, 刊寫地,刊寫者, 刊寫年未詳	4冊, 中國木版本		李朝書院 (三溪書院)
酉陽雜俎	段成式(唐)撰, 毛晉(明)訂, 明朝年間	20卷5冊, 中國木版本, 24.5×15.5㎝, 左右雙邊, 半郭: 18.5×13.2㎝, 有界, 9行19字, 註雙行, 紙質: 竹紙	序: 唐太常小卿段成式撰 … 酉陽雜俎凡三十篇爲二十卷不以此間錄味也, 跋: 以此爲吸矢云湖南毛晉識, 印: 李王家圖書之章	韓國學中央研究院 4-239
酉陽雜俎	段成式(唐)撰, 刊寫地未詳, 刊寫者未詳, 刊寫年未詳	12卷2冊(缺帙, 卷1~12), 24.1×15.7㎝, 四周雙邊, 半郭: 18.1×12.8㎝, 有界, 9行24字, 註雙行, 花口, 內向二葉花紋魚尾	表題(記): 臨川李穆堂輯 酉陽雜組 本衙藏板, 序: 段成式	檀國大學校 퇴계圖書館 873-단258
酉陽雜俎	著者未詳, 刊寫地未詳, 刊寫者未詳, 刊寫年未詳	8卷2冊(缺帙, 卷13~20), 24×15.6㎝, 四周雙邊, 半郭: 18.1×12.8㎝, 有界, 9行24字, 花口內向二葉花紋魚尾		檀國大學校 퇴계圖書館 873-유285

書名	出版事項	版式狀況	一般事項	所藏處 / 所藏番號
酉陽雜俎	段成式(唐)撰, 上海, 文瑞樓, 刊寫年未詳	20卷3冊(續集, 10卷2冊, 共5冊, 卷1~ 20, 續集 卷1~10), 20×13.2㎝, 四周雙邊, 半郭: 16.4×11.8㎝, 有界, 14行31字, 上下向黑魚尾	表題: 正續酉陽雜俎, 刊記: 上海文瑞樓印行	東亞大學校 (3): 12: 2-18
酉陽雜俎	段成式(唐)撰, 淸, 光緖1年 (1875)刊	20卷2冊, 中國木版本, 26.7×17.5㎝, 四周雙邊, 半郭: 18.7×14㎝, 有界, 12行24字, 註雙行, 上下小黑口, 內向黑魚尾, 紙質: 綿紙	序: 段成式序, 識: 湖南毛晉識, 刊記: 光緖紀元夏月湖北崇文書局開雕	仁壽文庫 4-440
酉陽雜俎	段成式(唐)撰, 鄂官書處, 中華1年(1912) 刻, 後刷	20卷4冊, 中國木版本, 26.2×16.9㎝, 四周雙邊, 半郭: 18.9×13.9㎝, 有界, 12行24字, 註雙行, 大黑口, 內向黑魚尾, 紙質: 竹紙	序: 唐太常小卿段成式撰, 跋: 湖南毛晉識, 刊記: 中華民國元年 (1912) 鄂官書處重刊	成均館大學校 D7C-86
酉陽雜俎	段成式(唐)撰, 中華民國元年 (1912)	20卷4冊, 中國木版本, 四周單邊, 12行24字, 匡郭: 19.5×15㎝, 有界, 上下黑魚尾, 上下黑口	刊記: 中華民國元年 (1912)	延世大學校
唐段小卿酉陽雜俎	唐太常小卿臨惱柯古段成式撰, 明, 四川道監察御史內鄕, 李雲鵠校, 後印	30卷(前集, 20卷, 續集, 10卷)4冊, 中國石印本, 20×14㎝		嶺南大學校 汶坡文庫

국내 주요 도서관에 소장된《유양잡조》판본은 비교적 여러 종이 발견된다. 조선판본과 중국판본 및 일본판본까지 다양하다. 먼저 가장 이른 판본은 조선 1492年에 발간한 판본으로 誠庵文庫와 奉化 沖齋宗宅 및 成均館大學 등에 소장되어 있고, 그 후에 간행된 것으로 보이는 榮州 嘯皐祠堂本이 주목되는 판본으로 서지학적 가치가 높은 책이다. 국내소장 조선간본《酉陽雜俎》는 최초 목판본으로 발간되었고 完整本은 없는 상태이다.[25] 중국에서 현존하는 가장 이른 完帙本인(明代 萬曆 35年[1607]에 李雲鵠이 趙琦美의 校補本을 근거로 간행한 판본) 脈望館刻本은 보이지 않고 후대에 李雲鵠本을 다시 찍은 후인본이 영남대에 소장되어 있다.

중국 판본 중 주목되는 판본은 明末淸初 毛晉의《津逮秘書》本(30卷本 / 9행 19자 / 중국목판본)으로 보이는 판본이 규장각·국립중앙도서관·한국학중앙연구원 등에 소장되어 있다. 이 판본들은 明末淸初에 간행된 것으로 보인다. 그 외의 판본들은 대부분이 淸代中·後期 판본들로 毛晉本의 後印本이다. 대개가 14行 31字本과 12行 24字本으로 되어 있으며, 20卷 4책본과 30卷 4책본이 주류를 이룬다.

또 國立中央圖書館에 소장된 1697年 일본에서 간행된 목판본《유양잡조》도 注目된다. 필자는 최근 일본학자 大塚秀高에게《유양잡조》의 일본 간행본에 대하여 자문을 구하였는데, 그는 長澤規矩也가 쓴

---

25) 潘建國은 〈《酉陽雜俎》明初刊本考—兼論其在東亞地區的版本傳承關係〉(《朝鮮所刊中國珍本小說叢刊7》, 상해고적출판사, 2014) 445쪽에서 "조선간본의 전파는 넓지 않으며 현재까지 알려진 판본은 일본국회도서관본과 성균관대학교소장본이 있을 뿐이다."고 말한 것을 보면 국내 소장 판본에 대한 상황을 정확히 인지하지 못한 것으로 보인다.

《和刻本漢籍分類目錄》에서 《유양잡조》의 판본목록을 보내주었다.

1. 酉陽雜俎 20卷 續集10卷, 津逮秘書本, 唐段成式撰, 明毛晉校, 刊, 大10.
2. 上同 , 上同, (元祿10印, 京, 井上忠兵衛等), 大10.
3. 上同 , 上同, (後印, 京, 弘簡堂須磨勘兵衛), 大6.[26]

여기에서 2번에 해당하는 기록이 바로 元祿 10年(1697)本으로 이 판본이 바로 국립중앙도서관([고]10-30-나3)에 소장되어 있는 판본이다. 이상의 기록을 살펴보면 일본에서도 《유양잡조》가 여러 차례 출간되었음이 확인된다. 그러나 출판시기는 조선의 출간시기 보다도 200여 년이나 후에 이루어졌다. 1697年 일본판 《유양잡조》가 어떻게 국내에 유입되었는지는 확인이 어려우나 대략 조선 통신사를 통해 유입되었거나 혹은 일제 강점기에 일본인이 들여왔다가 국립중앙도서관에 남겨진 것일 가능성도 있다.

조선 출판본 가운데 奉化 沖齋宗宅本의 경우 20卷 2冊 가운데 落帙로 현재 전반부 10卷(卷1~卷10) 1책만 남아있다. 朝鮮木版本으로 29.2×16.8㎝ 크기에 四周雙邊, 10行 19字이다. 上下大黑口, 上下內向黑魚尾로 되어 있으며 紙質은 楮紙이다. 誠庵文庫에 소장된 것으로 조사된 《唐段少卿酉陽雜俎》(4-1412)는 10卷(卷11~卷20) 1책이 남아있어 沖齋宗宅本과 합하면 全帙을 복원할 수 있다. 안타깝게도 誠庵文庫에 소장된 《唐段少卿酉陽雜俎》(卷11~卷20)는 직접 확인하지 못한 상황에서 誠庵文庫가 해체되어 현재 판본의 소재를 파악할

---

26) 長澤規矩也, 《和刻本漢籍分類目錄》, 日本 汲古書院, 昭和 51年(1976) 10月, 147쪽.

길이 없는 상황이다. 다행이 성균관대학교에 20卷 3冊本이 남아있어 복원이 가능하다.[27)]

日本 國會圖書館 所藏本 20卷은 현전 판본 중 가장 完整하게 보존되어 있으며, 弘治壬子臘前二日廣原李士高識, 弘治五年玄黑弋困敦臘月有日月城李宗准謹識, 弘治壬子臘前有日睡翁崔應賢寶臣謹志 등 跋文의 내용을 통해 출판과정 및 이들 3인의《酉陽雜俎》에 대한 평가를 알 수 있다. 그 외에도 국내 출판본으로 민관동교수에 의해 발굴된 榮州 紹修書院에 所藏된 嘯皐祠堂本이 있는데 이 책은 20卷 4冊 중 卷16~卷20 1冊만 현존하며, 28×18cm 크기에 四周雙邊, 10行 23字이고, 上下白口, 上下向黑魚尾로 되어 있다. 紙質이 다른 판본과 달리 和紙인 것이 특이하다.

연구과정에서 확보한 奉化 沖齋宗宅本과 成均館大學校 소장본, 일본 국회도서관소장 조선간본《唐段少卿酉陽雜俎》는 모두 前集 20卷으로 이뤄졌고 續集 10卷은 없다. 이 가운데 일부 缺失된 부분이 있지만 前集 20卷이 모두 전해지는 간본은 일본 국회도서관본이며, 목차는 모두 현존하고 중국 출판본과도 일치한다.

4. 조선간본《酉陽雜俎》의 판본 비교

일반적으로 중국에서 간행된《酉陽雜俎》의 최초 판본은 南宋 嘉定

---

27) 민관동·정영호·박종우,《조선간본 유양잡조의 복원과 연구》(학고방, 2018年 12月)에서 복원을 하였다.

七年(1214) 永康 周登이 출판한 前集 20卷으로 알려져 있다. 그 후, 9年 후인 嘉定 十六年(1223)에 武陽 鄧復이 續集 10卷과 함께 30卷으로 출간하였다. 또 南宋 理宗 淳祐 十年(1250)에는 廣文 彭氏 등이 고적들을 참고하여 이전 판본의 희미한 부분을 보충한 후 재차 출판하였다. 그러나 이 판본들은 현재 전하지 않는다.

현재 북경도서관에 소장된 明 각본은 舊明本, 新都本(黃校本), 五序本이 있다. 明清 시기 판본은 舊明本, 新都本(黃校本), 稗海本의 20卷 本과 五序本, 趙琦美脉望館本, 津逮秘書本(毛本), 學津討源本, 湖北先正遺書本의 30卷 本이 있다. 이밖에도 叢書集成初編本(30卷本), 清 馬俊良이 편한 《龍威秘書》 4卷 本, 顧雲逵가 편한 《藝苑捃華》 4卷 本이 있으나 조잡한 상태여서 참고할 가치가 없다. 이 가운데 비교적 완정한 판본으로 알려진 것은 趙琦美脉望館本, 稗海本, 津逮秘書本(毛本), 學津討源本으로 알려져 왔다. 趙琦美脉望館本은 明 萬曆 36年(1608) 常熟의 趙琦美 等이 校勘한 것이며, 稗海本은 명대 會稽 商濬이 《稗海》 叢書에 수록한 것이다. 津逮秘書本(毛本)은 明末清初 常熟 毛晉이 《津逮秘書》에 수록한 것이며, 學津討源本은 청 가경 연간에 張海鵬이 편찬한 《學津討源》 叢書에 수록된 것이다.[28]

---

28) 方南生, 《酉陽雜俎》 점교본, 중화서국, 1981年, 前言 3쪽 참조. 鄭暋暻, 〈段成式의 《酉陽雜俎》 研究〉, 중국사회과학원 박사학위논문, 2002年, 11~15쪽 참조. 潘建國, 〈《酉陽雜俎》明初刊本考—兼論其在東亞地區的版本傳承關係〉, 《朝鮮所刊中國珍本小說叢刊7》, 상해고적출판사, 2014年, 443쪽 참조. 陳文新 · 閔寬東 合著, 《韓國所見中國古代小說史料》(武漢大學出版社, 2011.) 91쪽에는 趙琦美脉望館本, 稗海本, 津逮秘書本(毛本), 學津討源本의 주요 4종 이외에 《叢書集成初編》本(30卷本)을 포함시키고 있다.

그런데 최근 潘建國은 〈《酉陽雜俎》明初刊本考—兼論其在東亞地區的版本傳承關係〉에서 《酉陽雜俎》의 판본에 대해, 여러 판본을 비교하고 고증한 결과를 근거로 새로운 견해를 내놓았다. 그에 따르면 《酉陽雜俎》는 당초 唐의 段成式 《酉陽雜俎》 원본 또는 唐宋抄本을 저본으로 하여 南宋 嘉定 7年(1214) 永康 周登刊本 20卷, 南宋 嘉定 16年(1223) 武陽 鄧復應刊本 30卷, 南宋 理宗 淳祐 10年(1250) 廣文 彭氏刊本이 나왔다고 한다. 또 남송 간본 중 嘉定 7年(1214) 永康 周登刊本 20卷을 저본으로 하여 明 弘治 5年(1492) 朝鮮刊本과 明初本(간행 년도를 알 수 없음)이 간행되었으며, 南宋 理宗 淳祐 10年(1250) 廣文 彭氏刊本을 저본으로 하여 明 萬曆 36年(1608) 常熟의 趙琦美 等이 校勘한 趙琦美脉望館本이 간행되었고, 趙本을 저본으로 四部叢刊初編影印本이 간행되었다고 한다.

또 朝鮮刊本을 저본으로 하여 日本傳錄本(明末時期 필사본)이 나왔고, 明初本을 저본으로 한 嘉靖翻刻本, 嘉靖翻刻本을 저본으로 한 新都本(汪士賢, 萬曆 21年, 1593年으로 추정), 新都本을 저본으로 한 稗海本(商濬, 萬曆 30年, 1602年으로 추정), 稗海本을 저본으로 한 津逮本(汲古閣, 明末 崇禎 癸酉 6年, 1633年으로 추정)이 간행되었다고 서술하고 있다. 그리고 津逮本을 저본으로 한 日本翻刻本(元祿 10年, 1697), 文淵閣四庫全書本(淸 乾隆時期), 學津本(淸 嘉慶時期), 小瑯環山館刊本(道光 29年, 1849)이 간행되었다.[29)]

潘建國의 주장에 따르면, 중국에 현존하는 최초 간본으로 알려진

---

29) 潘建國, 〈《酉陽雜俎》明初刊本考—兼論其在東亞地區的版本傳承關係〉, 《朝鮮所刊中國珍本小說叢刊7》, 상해고적출판사, 2014年, 464쪽 참조.

明 萬曆 36年(1608) 常熟의 趙琦美 等이 校勘한 趙琦美脉望館本보다 빠른 간본인 明初本이 있었음을 알 수 있다. 이 판본은 조선시대 이극돈이 출간한《酉陽雜俎》(1492年)와 같이 남송 간본 중 嘉定 7年(1214) 永康 周登刊本 20卷을 저본으로 하여 간행되었고, 중국 출판 현존 판본의 간행 연도도 趙琦美脉望館本(1608年)보다 더 앞선 것임을 알 수 있으나, 이는 간행시기를 명확히 알 수 있는 어떠한 표식도 없기 때문에 단지 추정일 뿐이다. 또한 현실적인 이유로 필자는 潘建國이 明初本이라 주장하는 판본을 직접 확인하지는 못했기 때문에 후일을 기약하기로 한다. 이 때문에 조선 간본《酉陽雜俎》의 판본을 연구함에 있어서는 方南生의 點校本(중화서국, 1981年)[30]을 활용하여 교정을 진행하였고, 동시 元祿 10年(1697)의 日本 木版本(이하 대조과정에서 日本으로 표기)과도 대조과정을 거쳐 주요 상이점을 밝혀내고자 했다. 이 과정에서 1행 이상의 원문이 상이한 부분들을 중심으로 주요 상이점을 서술하고 조선 간본이 중국 출판 간본 중 어느 간본과 가장 유사한지 변별해 내고자 하였다.[31] 그 내용을 서술하면 아래와 같다.

---

30) 점교본은 명 만력 36年(1608) 趙琦美가 교감한 趙本(脉望館本) 및 稗海本, 津逮秘書本(毛本), 學津討源本을 모두 참고하여 교감한 출판본으로, 조선 간본《酉陽雜俎》의 판본간의 상호 異同점을 변별해내기에 용이한 점이 있었다.

31) 潘建國의 최근 연구에 따르면, 方南生의 점교본 前言에 舊明本이라 칭한 國家圖書館藏本은 바로 明初本이며, 이 明初本은 明初 복건 지역에서 간행되었고, 그 시기는 明 成化(1465~1487年) 시기보다는 늦지 않을 것으로 추정했다. 그리고 조선간본(일본 국회도서관 소장본)과의 대조를 통해, "글자체(明初에 유행한 元代 趙孟頫體의 풍격을 지녔다고 판단)는 물론 版式, 인쇄형식이 모두 일치하고 각 권 편의 내용, 항목의 分合 및 시작과 끝, 행간의 결루와 공란이 거의 완전하게 일치한다.

명초본은 전체적으로 한두 자 혹은 한 행 및 반행 분량의 적지 않은 缺文이 있고

〈卷一〉 조선간본 중 일본 국회도서관소장본은 冲齋宗宅本(卷一~卷十)과 성균관대 소장본(卷一~卷二十)과 달리 卷一《禮異》 2쪽 양이 중복 제본되어 있다.

〈卷三〉 卷三《貝編》의 "或云是揚州所進, 初範模時, 有異人至, 請閉戶人室, 數日開戶, 模成, 其人已失. 有圖並傳於世, 此鏡五月五日, 於揚子江心鑄之."이 조선간본은 모두 缺失되어 있는데, 이 부분은 津逮本·稗海本·日本이 저본과 동일하게 缺失된 부분이다. 또 "睿宗初生含凉殿, 則天乃於殿內造佛氏, 有玉像焉. 及長, 閒觀其側, 玉像忽言: '爾後當爲天子.'" 부분이 缺失된 상태이다. 이 부분은 점교본의 원작인 趙本 또한 缺失된 것이었으나 方南生이 學津本·津逮本에 의거하여 보완한 것이다.

〈卷五〉 조선간본은 모두 卷五《詭習》 "元和中, 江淮術士王瓊, 嘗在段君秀家, 令坐客取一瓦子, 畫作龜甲懷之. 一食頃取出, 乃一龜, 放於庭中, 循垣西行, 經宿却成瓦子. 又取花含默封於密器中, 一夕開花."가 缺失되었으나, 점교본은 '建中初'와 '元和末' 항목 사이에 배치되어 있다. 學津本·津逮本은《怪術》의 '衆言石旻' 다음 항

조선간본 또한 대체로 일치하나, 조선간본 일부(여덟 곳)는 결실되지 않았다. 흥미로운 것은 이 결실되지 않은 여덟 곳이 명 만력 36年(1608)에 간행된 趙本과 완전히 일치한다. 이로 보아 조선간본이 明初本을 저본으로 번각한 것이 아님이 분명하다."고 보았다. 그러면서 조선간본의 저본과 明初本의 저본이 동일한 판본은 아니지만 큰 차이 없이 대동소이한 것으로 보아 형제관계와 같은 매우 밀접한 관련이 있을 것이며, 그것의 저본은 宋刻本이라고 보았다. 그러나 여러 판본의 대조를 통해 추정한 것일 뿐 간행 연대를 알 수 있는 명확한 근거는 없는 실정이다. 자세한 것은 潘建國, 〈《酉陽雜俎》明初刊本考—兼論其在東亞地區的版本傳承關係〉(《朝鮮所刊中國珍本小說叢刊7》, 상해고적출판사, 2014年, 443~464쪽)을 참조할 수 있다.

목으로 배열되었고, 稗海本은 저본과 동일하게 缺失되었다. 日本은 《怪術》의 '衆言石旻' 다음 항목으로 배열되었다. 역시 조선간본은 모두 아래의 卷五《怪術》 6쪽 분량이 缺失된 상태다. 日本의 경우, 卷五《詭習》"元和中, 江淮術士王瓊, 嘗在段君秀家, 令坐客取一瓦子, 畫作龜甲懷之. 一食頃取出, 乃一龜, 放於庭中, 循垣西行, 經宿却成瓦子. 又取花含默封於密器中, 一夕開花."의 내용이 ' 江西人有善展竹' 항목 앞에 배치되어 있다.

> 江西人有善展竹, 數節可成器. 又有人熊葫蘆, 云翻葫蘆易於翻鞠.
>
> 厭鼠法, 七日以鼠九枚置籠中, 埋于地. 秤九百斤土覆坎, 深各二尺五寸, 築之令堅固, 雜五行書曰: "亭部地上土." 塗竈, 水火盜賊不經; 塗屋四角, 鼠不食蠶; 塗倉, 鼠不食稻; 以塞埳, 百鼠種絶.
>
> 雍益堅云: "主夜神咒, 持之有功德, 夜行及寐, 可已恐怖惡夢." 咒曰: "婆珊婆演底."
>
> 宋居士說, 擲骰子咒云: "伊諦彌諦彌揭羅諦." 念滿萬遍, 彩隨呼而成.
>
> 雲安井, 自大江泝別派, 凡三十里. 近井十五里, 澄淸如鏡, 舟楫無虞. 近江十五里, 皆灘石險惡, 難于沿泝. 天師翟乾祐, 念商旅之勞, 於漢城山上, 結壇攷召, 追命羣龍. 凡一十四處, 皆化爲老人應召而至. 乾祐諭以灘波之險, 害物勞人, 使皆平之. 一夕之間, 風雷震擊, 一十四里盡爲平潭矣, 惟一灘仍舊, 龍亦不至. 乾祐復嚴敕神吏追之. 又三日, 有一女子至焉, 因責其不伏應

召之意. 女子曰: “某所以不來者, 欲助天師廣濟物之功耳. 且富商大賈, 力皆有餘, 而傭力負運者, 力皆不足. 雲安之貧民, 自江口負財貨至近井潭, 以給衣食者衆矣. 今若輕舟利涉, 平江無虞, 卽邑之貧民無傭負之所, 絶衣食之路, 所困者多矣. 余寧險灘波以贍傭負, 不可利舟楫以安富商, 所以不至者, 理在此也.” 乾祐善其言, 因使諸龍皆復其故, 風雷頃刻, 而長灘如舊. 天寶中, 詔赴上京, 恩遇隆厚. 歲餘, 還故山, 尋得道而去.

玄宗既召見一行, 謂曰: “師何能?” 對曰: “惟善記覽.” 玄宗因詔掖庭取宮人籍以示之, 周覽既畢, 覆其本, 記念精熟, 如素所習讀. 數幅之後, 玄宗不覺降御榻爲之作禮, 呼爲聖人. 先是一行既從釋氏, 師事普寂於嵩山. 師嘗設食于寺, 大會羣僧及沙門, 居數百里者, 皆如期而至, 聚且千餘人. 時有盧鴻者, 道高學富, 隱於嵩山. 因請鴻爲文贊嘆其會. 至日, 鴻持其文至寺, 其師受之, 致於几案上. 鐘梵既作, 鴻請普寂曰: “某爲文數千言, 况其字僻而言怪, 盍於羣僧中選其聰悟者, 鴻當親爲傳授.” 乃令召一行. 既至, 伸紙微笑, 止於一覽, 復致於几上. 鴻輕其疏脫而竊怪之. 俄而羣僧會於堂, 一行攘袂而進, 抗音興裁, 一無遺忘. 鴻驚愕久之, 謂寂曰: “非君所能敎導也, 當從其遊學.” 一行因窮大衍, 自此訪求師資, 不遠數千里. 嘗至天台國淸寺, 見一院, 古松數十步, 門有流水. 一行立於門屏間, 聞院中僧於庭布算, 其聲蔌蔌. 既而謂其徒曰: “今日當有弟子求吾算法, 已合到門, 豈無人道達耶?” 卽除一算, 又謂曰: “門前水合却西流, 弟子當至.” 一行承言而入, 稽首請法, 盡受其術焉. 而門水舊東流, 今忽改爲西流矣. 邢和璞嘗謂尹愔曰: “一行, 其聖人乎? 漢之洛下閎造大衍曆, 云後八百歲當差一日, 則有聖人定之, 今年期畢矣. 而一行造大衍曆, 正在差謬, 則洛下閎之言信矣." 一行又嘗詣道士尹崇借揚雄《太玄經》, 數日, 復詣崇還其書. 崇曰: "此書意旨深遠, 吾尋之數年, 尙不能曉, 吾子試更硏求, 何遽還也?" 一行曰: "究其義矣." 因出所撰《太衍玄圖》及《義訣》一卷以示崇, 崇大嗟服. 曰: "此後生顏子也." 至開元末, 裴寬爲河南尹, 深信釋氏, 師事普寂禪師, 日夕造焉. 居一日, 寬詣寂, 寂云: "方有小事, 未暇款語, 且請遲回休憩也." 寬乃屛息, 止於空室. 見寂潔正堂, 焚香端坐. 坐未久, 忽聞叩門, 連云: "天師一行和尙至矣." 一行入, 詣寂作禮. 禮訖, 附耳密語, 其貌絶恭, 但頷云無不可者. 語訖禮, 禮訖又語, 如是者三, 寂惟云是是, 無不可者. 一行語訖, 降階入南室, 自闔其戶. 寂乃徐命弟子云: "遣鐘, 一行和尙滅度矣." 左右疾走視之, 一行如其言滅度. 後寬乃服衰絰葬之, 自徒步出城送之.[32)]

점교본의 원작인 趙本과 學津本 · 津逮本 역시 위의 내용이 있으나 稗海本은 저본과 동일하게 缺失되어 있다.

〈卷六〉 조선간본 중 성균관대 소장본은 卷六이 缺失 되었다. 冲齋宗宅本과 일본 국회도서관 소장본은 卷六 《藝絶》의 다음 부분이 缺失되어 있다.

32) 段成式 撰, 《酉陽雜俎》, 中華書局, 57~59쪽.

> 天寶末, 術士錢知微嘗至洛, 遂榜天津橋表柱賣卜, 一卦帛十疋. 歷旬, 人皆不詣之. 一日, 有貴公子意其必異, 命取帛如數卜焉. 錢命蓍布卦成, 曰: "予筮可期一生, 君何戲焉?" 其人曰: "卜事甚切, 先生豈誤乎?" 錢云: "請爲韻語: '兩頭點土, 中心虛懸. 人足踏跋, 不肯下錢." 其人本意賣天津橋紿之. 其精如此.[33]

그러나 學津本·津逮本·日本 등은 위 卷五의 '玄宗旣召見一行' 항목 다음에 배열해 두었고, 점교본의 원작인 趙本은 위 항목을 卷六《藝絶》'李叔詹常識一范陽山人' 항목 다음에 배열하고 있어 學津本·津逮本·日本 등과 차이가 난다. 稗海本은 저본과 같이 缺失되었다. 또 卷六《樂》에는 다음 부분이 缺失되어 있다.

> 王沂者, 平生不解絃管. 忽旦睡, 至夜乃寤, 索琵琶絃之, 成數曲, 一名《雀啅蛇》, 一名《胡王調》, 一名《胡瓜苑》, 人不識聞, 聽之莫不流涕. 其妹請學之, 乃敎數聲, 須臾總忘, 後不成曲. 有人以猿臂骨爲笛, 吹之, 其聲淸圓, 勝于絲竹. 琴有氣. 嘗識一道者, 相琴知吉凶.[34]

이 부분은 점교본과 日本에는 존재하며 學津本 및 津逮本도 존재하는 내용이다. 稗海本은 저본과 같이 缺失되었다.

---

33) 段成式 撰,《酉陽雜俎》, 中華書局, 61쪽.

34) 段成式 撰,《酉陽雜俎》, 中華書局, 65쪽.

〈卷八〉 조선간본 모두 卷八《雷》에는 "貞元年中, 宣州忽大雷雨, 一物墮地, 猪首, 手足各兩指, 執一赤蛇嚙之. 俄頃, 雲暗而失. 時皆圖而傳之."이 缺失되었다. 이 내용은 점교본과 日本엔 존재하며 學津本 및 津逮本에도 존재한다. 稗海本은 저본과 같이 缺失되었다. 卷八《夢》의 "補闕楊子系堇, 善占夢. 一人夢松生戶前, 一人夢棗生屋上, 堇言松丘壟間所植, 棗字重來, 來呼魄之象, 二人俱卒."의 내용이 다른 판본은 모두 서두인 '許超夢盜羊入獄' 항목 다음에 배열되어 있으나, 日本은《夢》의 마지막 항목으로 배열되어 있다.

〈卷十〉 조선간본 중 성균관대 소장본은 卷十《物異》의 12쪽 분량이 缺失되었다. 冲齋宗宅本과 일본 국회도서관 소장본은 卷十《物異》의 4쪽 분량이 缺失되었다. 그러나 이 두 판본은 卷十의 종결부분의 처리 형식이 다른 卷과 동일한 형식으로 끝난 것을 보면, 이후 내용을 의도적으로 제외하였거나 조선간본의 저본에 없었을 가능성이 있다.

上淸珠, 肅宗爲兒時, 常爲玄宗所器, 每坐於前, 熟視其貌, 謂武惠妃曰: "此兒甚有異相, 他日亦吾家一有福天子." 因命取上淸玉珠, 以絳紗裹之, 繫于頸. 是開元中, 罽賓國所貢. 光明潔白, 可照一室, 視之則仙人·玉女·雲鶴·降節之形, 搖動於其中. 及卽位, 寶庫中往往有神光. 異日掌庫者具以事告, 帝曰: "豈非上淸珠耶?" 遂令出之, 絳紗猶在, 因流泣遍示近臣曰: "此我爲兒時, 明皇所賜也." 遂令貯之以翠玉函, 置之于臥內. 四方忽有水旱兵革之災, 則虔懇祝之, 無不應驗也.

漢帝相傳[以]秦王子嬰所奉白玉璽·高祖斬白蛇劍. 劍[上有七]綵[珠]·九華玉以爲飾, 雜厠五色琉璃爲劍匣. 劍在室中, [光]

景猶照於外, 與挺劍不殊. 十二年一加磨瑩, 刃[上常若霜]雪. 開匣拔鞘, 輒有風氣, 光彩射人.

楚州界有小山, 山上有室而無水. 僧智一掘井, 深三丈遇石. 鑿石穴及土, 又深五十尺, 得一玉, 長尺二, 闊四寸, 赤如[榴花], 每面有六龜子, [紫色]可愛, 中若可貯水狀. 僧偶擊一角視之, 遂瀝血, 半月日方止.

虞鄉有山觀, 甚幽寂, 有滌陽道士居焉. 太和中, 道士嘗一夕獨登壇, 望見庭忽有異光, 自井泉中發. 俄有一物狀若兔, 其色若精金, 隨光而出, 環遶醮壇, 久之, 復入于井. 自是每夕輒見, 道士異其事, 不敢告于人. 後因淘井得一金兔, 甚小, 奇光爛然, 即置于巾箱中. 時御史李戎職于蒲津, 與道士友善, 道士因以遺之. 其後戎自奉先縣令爲忻州刺史, 其金兔忽亡去. 後月餘而戎卒.

李師古治山亭, 掘得一物, 類鐵斧頭. 時李章武遊東平, 師古示之, 武驚曰: "此禁物也, 可飮血三斗." 驗之而信.[35]

〈卷十一〉 일본 국회도서관 소장 조선간본은 卷十一《廣知》의 '夫學道之人' 항목 끝 부분 2쪽 분량이 缺失되었다. 점교본에 의하면 趙本은 다음 내용이 있다.

二十四, 或十二.

玉女以黃玉爲痣, 大如黍, 在鼻上, 無此痣者鬼使也.

---

35) 段成式 撰,《酉陽雜俎》, 中華書局, 100~101쪽.

入山忌日: 大月忌三日・十一日・十五日・十八日・二十四日・二十六日・三十日; 小月忌一日・五日・十三(一作二)日・十六日・二十六日・二十八日.

凡夢五臟得五穀: 肺爲麻, 肝爲麥, 心爲黍, 腎爲菽, 脾爲粟.

凡人不可北向理髮・脫衣・及唾・大小便.

月朔日勿怒.

三月三日不可食百草心, 四月四日勿伐樹木, 五月五日勿見血, 六月六日勿起土, 七月七日勿思忖惡事, 八月四日勿市履屣, 九月九日勿起牀席, 十月五日勿罰責人, 十一月十一日可沐浴, 十二月三日可戒齋, 如此忌, 三官所察. 凡存修不可叩頭, 叩頭則傾九天, 覆泥, 九天帝號於上境, 太乙泣於中田, 但心存叩頭而已.

老子拔白日: 正月四日・二月八日・三月十二日・四月十六日・五月二十(一有六字)日・六月二十四日・七月二十八日・八月十九日・九月十六日・十月十三日・十一月十日・十二[36]

위 내용 중 日本은 '玉女以黃玉爲痣 ~ 十二月七日'까지 缺失된 상태로 몇 자의 차이만 있을 뿐이고, 津逮本과 稗海本은 조선 간본과 같이 이 부분이 缺失된 상태였다.

〈卷十二〉 일본 국회도서관 소장 조선간본 卷十二 《語資》의 '魏僕射收臨代' 항목은 學津本・津逮本・稗海本 모두 후면의 '玄宗常伺察諸王' 항목 뒤에 배열되어 있다. 日本은 '魏僕射收臨代' 항목부터

36) 段成式 撰, 《酉陽雜俎》, 中華書局, 105쪽.

'舜祠東有大石, 梁宴魏使李騫·崔劼', '歷城房家園', '單雄信幼時', '秦叔寶所乘馬號忽雷駮', '徐敬業年十餘歲', '玄宗常伺察諸王' 등 8개 항목이 후면의 '黃勵兒矮陋機惠' 항목과 '王勃每爲碑頌' 항목 사이에 배열되어 있어 판본 간에 차이가 있다. 역시《語資》의 조선간본의 '大曆末' 항목의 "長空任鳥飛"이 점교본에서는 "長空任鳥飛. 欲知吾道廓, 不與物情違"이나 學津本·津逮本·稗海本·日本은 모두 저본과 일치하고 있다. 또한《語資》의 끝 '馬僕射(一曰侍中)旣立勳業' 항목 이후에 다음 내용이 점교본과 日本, 津逮本·學津本에는 존재한다.

信都民蘇氏有二女, 擇良婿, 張文成往相. 蘇曰: "子雖有財, 不能富貴, 得五品官卽死." 時魏知古方及第, 蘇曰: "此雖黑小, 後必貴." 乃以長女妻之. 女髮長七尺, 黑光如漆, 相者云大富貴. 後知古拜相, 封夫人云.

明皇封禪泰山, 張說爲封禪使. 說女婿鄭鎰, 本九品官, 舊例封禪後, 自三公以下, 皆遷轉一級, 惟鄭鎰因說驟遷五品, 兼賜緋服. 因大脯次, 玄宗見鎰官位騰躍, 怪而問之, 鎰無詞以對. 黃皤綽曰: "此乃泰山之力也."

成式曾一夕堂中會, 時妓女玉壺忌魚炙, 見之色動. 因訪諸妓所惡者, 有蓬山忌鼠, 金子忌虱尤甚. 坐客乃兢徵虱拏鼠事, 多至百餘余條. 予戲摭其事, 作《破虱錄》.[37]

---

37) 段成式 撰,《酉陽雜俎》, 中華書局, 118쪽.

稗海本은 조선간본과 같이 내용이 缺失된 상태다. 그런데 조선간본 卷十二의 끝맺는 방식이 다른 권과 같은 것으로 보아 편자가 임의적으로 뒤의 세 항목을 제한 것이 아니라, 조선간본의 저본에 없었을 가능성이 높다.

〈卷十六〉 조선간본 중 성균관대 소장본은 卷十六《廣動植之一》은 2쪽 분량이 전후 위치가 바뀌었는데 출판 과정에서 순서가 바뀐 것으로 추정된다. 일본 국회도서관 소장본은 정상적이며 冲齋宗宅本은 缺失되어 그 상황을 알 수 없다. 그리고 점교본 주에 의하면 稗海本은 卷十六의 《毛篇》 중 '咸亨三年', '古訓言' 두 항목이 缺失된 상태로 그 내용은 아래와 같다.

> 咸亨三年, 周澄国遣使上表, 言訶伽国有白象, 首垂四牙, 身運五足. 象之所在, 其土必豊. 以水洗牙, 飲之愈疾. 請發兵迎取." ○ 象膽, 隨四時在四腿, 春在前左, 夏在前右, 如龜旡定身+本也. 鼻端有爪, 可拾針. 肉有十二般, 惟鼻是其本肉. ○ 陶貞白言, 夏月合藥, 宜置象牙於藥旁. 南人言象妬, 惡犬聲. 獵者裹糧登高樹, 搆熊巢伺之. 有群象過, 則爲犬聲, 悉擧鼻吼叫, 循守不復去, 或經五六日, 困倒其下, 因潛煞之. 耳後有穴, 薄如鼓皮, 一刺而斃, 胸前小横骨, 灰之酒服, 令人能浮水出沒. 食其肉, 令人身+本重.
>
> 古訓言, 象孕五歲始生.[38]

---

38) 段成式 撰, 《酉陽雜俎》, 中華書局, 158쪽.

〈卷十八〉 조선간본 성균관대학교 소장본과 일본 국회도서관 소장본은 卷十八《廣動植之三》《木篇》의 '我在鄴' 항목이 '我在鄴'으로 시작하였으나, 점교본은 '蒲萄, 俗言蒲萄蔓好引于西南. 庾信謂魏使尉瑾曰: 我在鄴'으로 시작하였다. 일본은 조선간본과 동일하게 '我在鄴'으로 시작하였다. 또 '比閭, 出白州, 其華若羽, 伐其木爲車, 終日行不敗.' 항목은 學津本, 津逮本, 稗海本, 日本 모두 缺失되어 있는데, 조선간본과 趙本은 존재한다.

〈卷十九〉 卷十九《草篇》'金燈, 一曰九形' 항목의 끝 부분 내용 중 '蜀葵'가 점교본은 "蜀(一作莪)葵, 本胡中葵也, 一名胡葵. 似葵, 大者紅, 可以緝爲布."되어 있으나, 조선간본 성균관대학교 소장본과 일본 국회도서관 소장본은 缺失되었고 日本도 조선간본과 동일하게 결실되어 있다. 稗海本, 津逮本, 學津本도 모두 결실되었다.

〈卷二十〉 卷二十《肉攫部》'鷹巢, 一名菆鷹.' 항목과 '青麻色' 항목 사이에 점교본은 다음 내용이 있다.

> "過頂, 至伏鶉則止. 從頸下過颺毛, 至尾則止. 尾根下毛名颺毛. 其背毛·並兩翅大翮覆翮·及尾毛十二根等并拔之, 兩翅大毛合四十四枝, 覆翮翮亦四十四枝. 八月中旬出籠.
>
> 雕角鷹等, 三月一日停放, 四月上旬置籠.
>
> 鶻, 北回鷹過盡停放, 四月上旬入籠, 不拔毛.
>
> 鶻, 五月上旬停放, 六月上旬拔毛入籠.
>
> 凡鷙擊等, 一變爲鴘, 二變爲鶬, 轉鶬, 三變爲正鶬. 自此以後, 至累變, 皆爲正鶬.
>
> 白鴘, 觜爪白者, 從一變爲鶬至累變, 其白色一定, 更不改

易. 若觜爪黑者, 臆前縱理, 翎尾斑節, 微微有黃色者, 一變爲鵤, 則兩翅封上, 及兩脞之毛間似紫白, 其餘白色不改.

齊王高緯武平六年, 得幽州行臺僕射河東潘子光所送白鶻, 合身如雪色. 視臆前微微有縱白斑之理, 理色曖昧如纁. 觜本之色微帶青白, 向末漸烏, 其爪亦同於觜, 蠟脛並作黃白赤. 是爲上品. 黃麻色, 一變爲鵤, 其色不甚改易, 惟臆前縱斑漸闊而短, 鵤轉出後, 乃至累變, 背上微加青色, 臆前縱理轉就短細, 漸加膝上鮮白, 此爲次色."[39]

위 내용은 조선간본 성균관대학교 소장본과 일본 국회도서관소장본 모두 결실되었고 稗海本 역시 '過頂' 두 자 이후부터 저본과 동일하게 缺失된 상태이고 일본은 점교본과 일치한다. 津逮本과 學津本 역시 존재하는 내용이다.

이상에서 비교한 결과를 간략히 도표로 정리하면 아래와 같다.

	朝鮮刊本(1492)			日本木版本(1697)	點校本(1981)	趙本(脉望館本)	學津本	津逮本(毛本)	稗海本
	冲齋宗宅本	成均館大學校所藏本	日本國會圖書館本						
卷一	·	·	禮異 2쪽 양 중복 제본	·	·	·	·	·	·
卷三	貝編 2행 양 缺	缺	缺	存	存	缺	存	存	缺

39) 段成式 撰,《酉陽雜俎》, 中華書局, 193~194쪽.

	朝鮮刊本(1492)			日本木版本(1697)	點校本(1981)	趙本(脉望館本)	學津本	津逮本(毛本)	稗海本
	冲齋宗宅本	成均館大學校所藏本	日本國會圖書館本						
	貝編 3행 양 缺	缺	缺	缺	存	存	存	缺	缺
卷五	詭習 4행 양 缺	缺	缺	缺	存	存	存	存	缺
	怪術 6쪽 양 缺	怪術 6쪽 양 缺	怪術 6쪽 양 缺	存	存	存	存	存	缺
	缺	缺	缺	怪術 6행 양 添	卷六에 위치	卷六에 위치	6행 양 添	6행 양 添	缺
卷六	藝絶 6행 양 缺	全體 缺失	6행 양 缺	卷五 끝 위치	存	存	卷五 끝 위치	卷五 끝 위치	缺
	樂 5행 양 缺		樂 5행 양 缺	存	存	存	存	存	缺
卷七	存	缺失 (1쪽 양 殘存)	存	存	存	存	存	存	存
卷八	雷 2행 양 缺	雷 2행 양 缺	雷 2행 양 缺	存	存	存	存	存	缺
	夢 '補闕楊子系' 항목 서두에 배열	서두 배열	서두 배열	夢 끝에 배열	서두 배열	서두 배열	夢 끝에 배열	夢 끝에 배열	서두 배열
卷十	物異 4쪽 양 缺	物異 12쪽 양 缺失	物異 4쪽 양 缺	物異 반쪽 양 缺	存	存	楚州界 항목 缺	楚州界 항목 缺	李師古 항목 缺

	朝鮮刊本(1492)			日本木版本(1697)	點校本(1981)	趙本(脉望館本)	學津本	津逮本(毛本)	稗海本
	冲齋宗宅本	成均館大學校所藏本	日本國會圖書館本						
卷十一	全體缺失	全體缺失	廣知 2쪽 양 缺	2쪽 양 缺	存	存	存	2쪽 양 缺	2쪽 양 缺
卷十二	全體缺失	全體缺失	·	語資 4쪽 양위치 바뀜	·	·	반쪽 양 바뀜	반쪽 양 바뀜	반쪽 양 바뀜
			語資 2쪽 양 缺	存	存	存	存	存	2쪽 양 缺
卷十三	全體缺失	全體缺失	存	存	存	存	存	存	存
卷十四	全體缺失	存	存	存, 諸皐記上 2쪽 양 缺	存	存	存	存	存
卷十五	全體缺失	存	存	存	存	存	存	存	存
卷十六	全體缺失	存	存	存	存	存	存	存	存
		廣動植之一 2쪽 양 전후 위치 바뀜	·	·	·	·	·	·	·
卷十七	全體缺失	存	存	存	存	存	存	存	存
卷十八	全體缺失	木篇 1행 양 缺	1행 양 缺	1행 양 缺	存	存	存	存	存
		存	存	比閭 항목 缺	存	存	比閭 항목 缺	比閭 항목 缺	比閭 항목 缺

	朝鮮刊本(1492)			日本木版本(1697)	點校本(1981)	趙本(脉望館本)	學津本	津逮本(毛本)	稗海本
	冲齋宗宅本	成均館大學校所藏本	日本國會圖書館本						
卷十九	全體缺失	草篇 1행 양 缺	1행 양 缺	1행 양 缺	存	存	1행 양 缺	1행 양 缺	1행 양 缺
卷二十	全體缺失	肉攫部 2쪽 양 缺	肉攫部 2쪽 양 缺	存	存	存	存	存	2쪽 양 缺

비교대상으로 한 趙琦美脉望館本, 稗海本, 津逮本(毛本), 學津本 중 조선간본과 稗海本이 가장 유사성을 보이는 것은 판본의 연원이 일치하기 때문이다. 앞에서 언급하였듯, 조선간본과 稗海本은 南宋 嘉定 七年(1214) 永康 周登刊本(20卷) 계열이고, 趙琦美脉望館本은 南宋 理宗 淳祐 十年(1250) 廣文 彭氏刊本 계열이어서, 조선간본과 稗海本은 趙琦美脉望館本과는 차이가 많았다. 商濬의 稗海本은 萬曆 30年(1602) 간행으로 알려져 있는데, 이때까지는 판본의 변화가 크지 않았음을 알 수 있다. 이후, 稗海本을 저본으로 간행된 津逮本(汲古閣, 明末 崇禎 癸酉 6年, 1633)과 日本翻刻本(元祿 10年, 1697), 學津本(淸 嘉慶時期) 등이 조선간본과 차이가 많은 것은 明末에 간행된 津逮本에서부터 교감 보완이 이루어졌음을 알 수 있는 것이다.

조선간본인 충재종택본(卷1~卷10), 성대본(卷1~卷20), 일본 국회도서관본(卷1~卷20) 등 세 간본을 세세하게 비교 검토해본 결과, 위의 표에서 제시한 缺失 내용 이외는 몇몇 글자의 劃이 훼손되는 등 일부 글자가 다르게 나타났다. 卷11~卷13은 충재종택본(卷1~卷10)과 성대본(卷1~卷20)이 결실된 관계로 비교할 수 없었다. 그 내용을 도표로 확인할 수 있다.

卷數	朝鮮刊本(1492)			中國刊本
	冲齋宗宅本	成均館大學校 所藏本	日本 國會圖書館本	點校本 (1981)
卷四 제 5쪽 제 1행	大	大	大	大
卷四 제 6쪽 제 10행	牛	牛	牛	牛
卷四 제 13쪽 제 4행	祈	祈	祈	祈
卷五 제 2쪽 제 6행	于	于	于	于
卷五 제 2쪽 제 6행	七	七	七	七
卷八 제 7쪽 제 2행	前	前	前	前
卷八 제 16쪽 제 8행	錄	録	録	錄
卷九 제 2쪽 제 7행	時	時	時	時
卷九 제 6쪽 제 10행	亦	亦	亦	亦
卷十 제 14쪽 제 6행	窣	缺失 부분	窣	窣
卷十一	全體 缺失	全體 缺失	-	-
卷十二	全體 缺失	全體 缺失	-	-
卷十三	全體 缺失	全體 缺失	-	-
卷十四 제 6쪽 제 4행	全體 缺失	陪	陪	陪
卷十四 제 11쪽 제 1행		足	□	足
卷十四 제 15쪽 제 6행		而	而	而
卷十四 제 15쪽 제 7행		神	神	神
卷十四 제 18쪽 제 5행		士人	士人	士人

卷數	朝鮮刊本(1492)			中國刊本
	冲齋宗宅本	成均館大學校 所藏本	日本 國會圖書館本	點校本 (1981)
卷十六 제 16쪽 제 5행	全體 缺失	宮	宮	宮
卷十八 제 19쪽 제 2행	全體 缺失	生	生	生

이상에서 보듯 대부분의 글자는 脫劃으로 보이나, 宮은 宮·宮, 生은 生·生·生·生·生의 자형을 혼용한 것으로 보아 당시 유행하는 이체자로 짐작된다.[40] 다만 卷十四 제 6쪽 제 4행의 陪(성균관대본)와 陪(일본 국회도서관본)는 글자가 명확히 다르게 인쇄된 것을 알 수 있다. 卷1~卷10까지의 글자를 보면 충재종택본이 脫劃이 거의 없이 보전 전해졌고, 卷14~卷20까지의 내용은 성균관대본과 일본 국회도서관본의 차이점이 크게 나타나지 않았다. 卷11~卷13은 일본 국회도서관본 만이 보전되어 비교가 불가능하였다. 결론적으로 後印으로 알려진 성균관대본과 일본 국회도서관본은 동일 인쇄본이 아닌 것이 분명하고, 글자 상태로 보아 충재종택본 역시 동일본이 아닌 것이 확실하다. 이 같은 사실은《酉陽雜俎》가 조선에 유입된 이후 여러 차례 인쇄되었다는 근거이기도 하다.

국내 출판 조선간본《唐段少卿酉陽雜俎》의 판본을 연구함에는 冲齋宗宅(卷一~卷十) 소장본, 성균관대학교(卷一~卷二十) 소장본, 일본 국회도서관(卷一~卷二十) 소장본을 활용하였다. 이들 간본은 모두 前集 20卷으로 이뤄졌고 續集 10卷은 없으며, 前集 20卷도 完整本

40) 조선간본《酉陽雜俎》에 나타난 약자, 속자 등 이체자는 '제2장 한·중·일《酉陽雜俎》의 異體字形 비교'에서 자세히 다룬다.

은 없는 상태이나 목차는 모두 현존했다.

그러나 구체적으로 비교해 본 결과, 일본 국회도서관 소장본이 卷一~卷二十이 모두 현존하고 가장 完整한 상태였으며, 卷一에서 卷五까지는 세 판본이 동일하였다. 冲齋宗宅 소장본은 현존하는 卷一~卷十 가운데 卷五《怪術》의 6쪽 분량이 缺失, 《物異》의 4쪽 분량이 缺失된 부분을 제외하고는 비교적 完整한 상태였다. 성균관대학교 소장본은 卷一~卷二十까지 현존하나 결실된 부분이 많았는데, 특히 卷六부터 逸失부분이 많음을 알 수 있었다. 이는 卷六의 전체와 卷七의 마지막 1쪽을 제외한 내용이 모두 缺失된 상태이다. 卷八의 1~2쪽에 다른 판본에 없는 탈자가 나타나며, 卷八에서 卷十에 이르는 내용은 희미한 부분이 많아 식별이 불분명한 글자도 보이는데 보관상의 문제점으로 보인다. 특히 卷十의 3분의 2분량에 해당하는 12쪽 분량이 缺失된 상태였다.

冲齋宗宅 소장본, 성균관대학교 소장본, 일본 국회도서관 소장 조선간본은 모두 卷三《貝編》의 2행 분량 및 3행 분량 缺失, 卷五《詭習》의 4행 분량이 缺失, 卷五《怪術》의 6쪽 분량이 缺失, 卷六《藝絶》6행 분량이 缺失, 卷六《樂》의 5행 분량이 缺失되었다. 卷六의 경우, 성균관대학교 소장본은 전체가 缺失되었고 卷七의 마지막 1쪽을 제외한 내용이 모두 缺失된 상태이다. 卷八은 세 간본 모두《雷》의 2행 분량이 缺失되었고,《夢》의 '補闕楊子系堇' 항목이 서두인 '許超夢盜羊入獄' 항목 다음에 배열되어 있다. 卷十은 冲齋宗宅 소장본과 일본 국회도서관 소장본은《物異》의 4쪽 분량이 缺失되었는데 종결부분의 처리 형식이 다른 卷과 동일한 형식으로 끝난 것을 보면, 이후 내용을 의도적으로 제외한 것인지 저본에 없는 것인지 확인할 수 없었

다. 성균관대학교 소장본은《物異》의 12쪽 분량이 缺失된 상태였다.

卷十一, 卷十二, 卷十三은 冲齋宗宅本과 성균관대소장본 모두 缺失된 상태이고 일본 국회도서관 소장본만 완정한 상태여서 이를 통해 비교하였다. 卷十一은《廣知》의 '夫學道之人' 항목 끝 부분 2쪽 분량이 결실되었다. 卷十二는《語資》의 끝 '馬僕射(一曰侍中)旣立勳業' 항목 이후 2쪽 분량 결실되었으나, 끝맺는 방식이 다른 卷과 같은 것으로 보아 편자가 임의적으로 뒤의 세 항목을 제한 것이 아니라, 조선간본의 저본 원본에서 결실된 상태였을 가능성이 높다.

성균관대학교 소장본은 卷十六《廣動植之一》은 2쪽 분량이 전후 위치가 바뀌었는데 출판 시 순서가 바뀐 것으로 추정된다. 일본 국회도서관본은 전후 바뀜이 없었다. 성균관대학교 소장본과 일본 국회도서관 소장본 모두 卷十八《廣動植之三》《木篇》1행 양 결실, 卷十九《廣動植之四》《草篇》의 1행 양 결실, 卷二十《肉攫部》2쪽 분량이 결실되었다.

비교한 결과를 보건대, 卷一에서 일본 국회도서관소장 조선간본만 2쪽 양이 중복 제본된 점을 고려하면 冲齋宗宅本과 일본 국회도서관본은 동일한 시기의 인쇄본이 아니며, 後印이 있었음을 판단하는 근거가 된다. 다만 성균관대본은 卷一의 중복 제본 부분이 없는 점은 冲齋宗宅本과 동일하여 유사점을 보이나 卷十의 경우는 12쪽 분량이 缺失되어 冲齋宗宅本과의 비교가 불가능하여 정확히 밝힐 수 없었다. 또한 일본 국회도서관본은 卷十一 제2쪽, 卷二十 제2쪽이 공백으로 되어 있는데, 卷十一의 제2쪽은 성균관대본과 冲齋宗宅本이 모두 缺失되어 비교할 수 없었으며, 卷二十 제2쪽은 성균관대본도 공백으로 되어 있는 유사점을 보이고 있었다. 그리고 卷1~卷10까지의 글자는 충재종택본이 脫劃이 거의 없이 보전 전해졌고, 卷14~卷20까지의 내용은 성균관대본과 일본 국회도서관본의 차이점이 크게 나타나지 않았으나, 양 간본 간의 글자가 다른 것이 있었다. 卷11~卷13은 일본 국회도서관본 만 유일하게 보존되어 있어 비교가 불가능하였다.

결론적으로 세 간본은 동일 인쇄본이 아닌 것이 분명하며, 後印으로 알려진 성균관대본과 일본 국회도서관본도 동일 인쇄본이 아님이 확실하다. 이 같은 사실은 《酉陽雜俎》가 조선에 유입된 이후 여러 차례 인쇄되었다는 것을 증명해 주는 근거이다.

또한 중국 및 일본 출판 판본과의 비교를 통해 볼 때, 조선간본은 稗海本과 가장 유사하다. 실제로 조선간본과 稗海本은 卷三《貝編》의 2행 분량 缺失 및 3행 분량 缺失, 卷五《詭習》의 4행 분량 缺失, 卷五《怪術》의 6쪽 분량 缺失, 卷六《藝絶》 6행 분량 缺失, 卷六《樂》의 5행 분량 缺失, 卷八《雷》의 2행 분량 缺失, 卷八《夢》의 '補闕楊子系堇' 항목이 서두인 '許超夢盜羊入獄' 항목 다음에 배열된 점, 卷十一의 '夫學道之人' 항목 끝 부분 2쪽 분량 缺失, 성균관대학교 소장본 卷十九《廣動植之四》《草篇》의 '金燈, 一曰九形' 항목의 끝 부분의 1행 양 缺失, 卷二十《肉攫部》'鷹巢, 一名菆鷹.' 항목과 '青麻色' 항목 사이에 2쪽 분량 缺失된 점 등이 일치하고 있어 가장 근사한 판본임을 알 수 있었다.

5.《酉陽雜俎》의 국내 수용

조선시대는 문헌에 언급된 기록이나 국내에서 출판된 판본의 상황으로 보아《유양잡조》에 대한 관심과 열기가 대단하였음이 확인된다. 즉《유양잡조》의 출간이 탄핵의 대상으로 대두되었던 논쟁기록과《유양잡조》가 여러 차례 출판된 판본 정황 등을 통해 당시 조선의 지식인들이 추구하고자 했던 가치관과 문학관을 짐작해 볼 수 있는 귀중한 자료들이다.

《유양잡조》에 대한 국내 수용은 출판방식의 적극적인 수용 외에도 다양한 분야에서 수용이 이루어졌다. 특히 민간고사로의 수용, 신학문에 대한 지적 호기심과 욕구, 박물지식 역할과 서지상황의 고증, 의학적 수용 등을 그 예로 들 수 있다.

1) 민간고사의 수용

《유양잡조》는 우리의 산문문학의 형성에 지대한 영향을 끼쳤을 뿐만 아니라 특히 민간고사로의 수용에도 두드러진다.《興夫傳》의 根源說話라고 하는 旁㐌說話가 수록되어 있어서 일찍부터 국문학계의 관심의 대상이 되어 왔다.《유양잡조》와 관련하여 국내에 유입된 대표적인 작품을 간추려 요약하면 다음과 같다.

1) 旁㐌兄弟 金錐鼻長說話(흥부전전신):《유양잡조》續集, 卷一〈支諾皐〉
2) 청개구리전설(靑蛙傳說):《유양잡조》(《태평광기》 卷389〈渾子〉)
3) 콩쥐팥쥐전설:《유양잡조》〈葉限〉

4) 韓滉故事(朴東亮의《寄齋雜記》): 《유양잡조》續集, 卷4〈貶誤〉(《태평광기》卷172). 그 외에도 《유양잡조》續集, 卷3〈支諾皐〉에 실린 "李簡과 張弘義의 이야기"는 〈옹고집전〉과 연관되어 있는 것으로 보이며, 《유양잡조》卷16 〈羽篇〉의 "天帝女이야기"도 "金剛山仙女說話"와의 관련이 있어 보인다.[41]

이처럼 수많은 설화와 민간고사들이 국내에 유입되어 수용되는 과정에서 《유양잡조》는 적지 않은 역할을 한 것으로 사료된다.

2) 신학문에 대한 지적 호기심과 욕구

조선 전기에는 성리학의 유입과 함께 신학문에 대한 갈망과 호기심 그리고 풍속교화와 교육의 욕구가 강했던 시기였다. 중국의 역사나 생활사 또 중국 이외 주변국에 대한 知的 情報 그리고 동식물에 대한 신지식 등 다양한 정보를 획득하는 데 가장 적절한 책이 《유양잡조》였다. 이 책은 이러한 부분을 충족시켜주면서 한편으로는 喪禮나 異域 혹은 典據나 고증의 漏落을 보충하는 역할을 담당하였다. 이러한 예는 李圭景(1788~1856年)의 《五洲衍文長箋散稿》에 잘 드러나 있다.

세상에 패관소설이 오로지 징험할 게 없다는 소리는 또한 세속의 견해이다. 혹은 사서에 보충할 것이 있으니 《虞初》·《酉陽》에서 수록한 것은 거의 폐기할 수는 없는 것들이다.[42]

---

41) 손병국, 〈유양잡조의 형성과 수용양상〉, 《한국어문학연구》제41집, 2003年, 186~192쪽.

42) 《五洲衍文長箋散稿》 卷45, 影印本 下, 446쪽. 稗官小說 亦有徵補辨證說世

이처럼 《유양잡조》는 국내에 수용되어 각 분야의 학술영역에 많은 영향을 주었고, 또 당시 문인들의 知的 호기심을 충족시켜주는 데 일익을 담당하였던 것으로 보인다. 더군다나 《유양잡조》는 신라나 고구려 및 백제에 관련된 이야기도 간혹 섞여있어 당시 관심과 흥미의 대상이 되었음을 짐작할 수 있다.

3) 博物志的 역할과 서지상황의 고증

《유양잡조》의 수용에 있어서 또 다른 기능은 박물지적 역할과 典籍에 대한 고증의 용도로도 사용되었다. 그 예로 李圭景(1788~1856年)의 《五洲衍文長箋散稿》 卷7, 經史篇4, 經史雜類2, 典籍雜說, 〈古今書籍名目辨證說〉에 이르길:

> 그 예로 段成式이 지은 《酉陽雜俎》에는 玉格 一卷이 들어 있는데, 내용이 鬼神과 詳瑞 異變에 관한 것으로, 玉을 品評하는 것으로 알고 譜錄 가운데 넣었으며, 元代 劉燾가 편찬한 樹萱錄 一卷을 艸木類에 넣었으니, 아마 種樹書로 알았던 모양이다. 옛날 文章이 博識한 사람도 이러한 잘못을 저질렀으니, 어찌 조심하지 않을 수 있겠는가? 그러므로 내가 이에 대하여 변증을 하였으나 만의 하나에 불과하니(대부분을 누락하고 지엽적이고 하찮은 것만을 쓴 것에 불과하니), 독자는 비웃지 말았으면 한다. 책이름은 다음과 같다.
>
> • 齊諧記(者) : 莊子에 보이는데 齊諧란 괴이한 것을 적은 것이다.

以稗官小說 專歸無徵者 亦爲俗見也. 或有可補史牒者 '虞初''酉陽'之所錄者 是已不可廢也.

- 虞初志(者) : 虞初란 漢나라 때의 小吏로서 黃衣를 입고 수레를 타고 다니면서 천하의 異聞을 채집한 사람이다.
- 虞初新志 : 王晫 張潮가 지었다.
- 夷堅志(者) : 列子에 나오는데 夷堅이라는 자가 기이한 것을 듣고 기록한 것이다.
- 酉陽雜俎(者) : 唐의 段成式이 저술한 것이다. 小西山의 石窟속에 冊 一千卷이 있었기 때문에 책명으로 삼은 것이다.
- 諾皐記(者) : 唐의 段成式이 지었다. 梗陽巫皐의 일을 인용한 것인데 遁甲中經에 "山林속에 머물면서 諾皐太陰將軍이란 주문을 왼다."하였으니 諾皐란 太陰의 이름이다. 太陰은 隱神의 神이며 秘隱한 것을 취한 것이다.[43]

이처럼 이 책은 당대와 당대이전의 다양한 故事와 奇物 · 奇人 · 風俗 · 其他 動 · 植物까지 총망라한 책이기에 다양한 지식습득을 할 수 있는 반면 각종 오류를 바로 잡거나 보충하는 용도로 사용되었음이 확인된다.

---

43) 《五洲衍文長箋散稿》 卷7, 經史篇4, 經史雜類2, 典籍雜說, 古今書籍名目辨證說.(《고전국역총서》 155, 276~277쪽). 如段成式酉陽雜俎 有玉格一卷 所記鬼神詳異 而類之譜錄中 盖以爲品玉之書 元撰樹萱錄一卷 入艸木類 盖以爲種樹之書. 古之文章博識 亦有此患 可不念哉. 愚故爲此辨 然則漏萬掛一也 覽者勿譏其少焉. 如書名. 齊諧記(者) : 見莊子齊諧志怪者也. 虞初志(者) : 虞初 漢時小吏 衣黃乘輜 采訪天下異聞者也. 虞初新志 : 王晫 張潮著. 夷堅志(者) : 出列子云夷堅聞而志之者也. 酉陽雜俎(者) : 唐段成式著 小西山石穴 有書千卷 故名也. 諾皐記(者) : 唐段成式著 引梗陽巫皐事者 遁甲中經云 住山林中 呪曰諾皐太陰將 蓋諾皐 乃太陰之名 太陰乃隱神之神也 取秘隱者也.

4) 醫學的 수용

《유양잡조》는 의학적 지식을 얻을 수 있는 기능도 있었다. 특히 동·식물 잡찬 부분에는 이러한 정보가 담겨져 있어 의학적 상식을 활용하기도 하였다. 李德懋의 《青莊館全書》를 살펴보면:

> 《酉陽雜俎》에 "上尸는 青姑인데 사람의 눈을 치고, 中尸는 白姑인데 사람의 五臟을 치고, 下尸는 血姑인데 사람의 胃와 命을 친다."라고 하였는데 일명 尸蟲이다. 道家에서는 "사람의 뱃속에 시충이 셋이 있는데 그것을 三彭이라 한다."고 말한다.[44]

이상에서와 같이 의학적 상식과 지식을 활용하는 내용이 있다. 이 책의 卷7(酒食 / 醫)과 卷16~卷19(廣動植之一 / 二 / 三 / 四) 등 여러 부분에서 의학적 지식을 소개하고 있다. 예를 들면《유양잡조》卷18에 "酒杯藤, 크기가 사람 팔뚝만하고 꽃잎이 단단하여 술잔으로 사용할 수 있다. 열매의 크기는 손가락만 한데 이것을 먹으면 숙취를 해소할 수 있다."라는 유형의 의학적 상식을 소개하는 내용이 나온다.

이처럼《유양잡조》는 국내에 유입되어 다양한 용도로 수용되었다. 급기야 출판까지 이루어졌다는 사실은 그 작품이 독자들에게 상당히 환영받았다는 것을 입증하는 것이다. 왜냐하면 한 작품이 외국에 나가 출판되어 진다는 것은 그 작품이 그 該當國의 독자들에게 상당한 애호와

---

44) 李德懋,《青莊館全書》卷之五十四, 三尸(《고전국역총서》9, 47쪽). "酉陽雜俎 上尸青姑 伐人眼 中尸白姑 伐人五臟 下尸血姑 伐人胃命 一曰尸蟲 道家言 人身有尸蟲三 處腹中 謂之三彭."

수요가 있었기에 가능한 것이고, 또 그 작품의 影響力 또한 無視할 수 없는 것이기 때문이다.[45] 더욱이 조선시대와 같은 封建社會에서《유양잡조》와 같은 책이 출간되어 애독되었다는 사실만으로도 상당한 의미가 있는 것이며, 이 책의 파급력 또한 재조명할 가치가 있어 보인다.

45) 閔寬東,《중국고전소설의 전파와 수용》, 아세아문화사, 2007年, 57쪽.

제2장

한·중·일 《酉陽雜俎》의 異體字形 비교

앞장에서 언급한 바와 같이 唐代 段成式[1)]이 異事奇文을 위주로 엮어 놓은《酉陽雜俎》는 唐代 筆記小說 가운데 독창성이 매우 높은 대표적 작품으로 평가되고 있다. 이 책은 前集 20권과 續集 10권을 합하여 총 30권으로 구성되어 있으며, 그 내용은 人事·神怪·飮食·醫藥·寺塔·動物·植物·鑛物·生物 등 매우 광범위하다. 또 그 문체도 傳奇·志怪·雜錄·考證 등 다양하여 후대에 많은 영향을 주었던 唐代 대표 작품이다.

《酉陽雜俎》의 국내 유입은 늦어도 고려시대 중기에는 국내에 유입된 것으로 보인다. 고려시대에《山海經》·《新序》·《說苑》·《搜神記》·《嵇康高士傳》·《世說新語》·《太平廣記》 등의 전적이 유입된 정황[2)]과 고려중기 이후 문인들의 漢詩에《酉陽雜俎》에만 나오는 典故들이 원용되고 있는 사실로 유입시기를 짐작할 수 있다[3)]. 그리고 表沿沫(1449~1498년)이 1486년에 쓴 徐居正(1420~1488년)의《筆苑雜記》序文의 "대개 筆談은 벼슬을 그만두고 거처하던 때에 보고들은

---

* 이 글은 〈朝鮮刊本《酉陽雜俎》의 異體字形 硏究〉(《中國學論叢》 제63집, 2019.9.)에 기초하고, 〈韓·中·日《酉陽雜俎》의 異體字形 比較 硏究〉(《中國學論叢》 제70집, 2021.6.)를 확대하여 朝鮮刊本과 중국의 四部叢刊本 및 일본 元祿本을 상호 비교 분석한 결과임.

1) 편찬자 段成式(803?~863年)은 字가 柯古, 齊州 臨淄 출생(현 山東省 淄博市)이다. 唐 穆宗 때 校書郞을 지냈고 말년에는 太常少卿에 올랐던 문인이다. 집안에 藏書가 많아 어려서부터 박학다식했으며 특히 佛經에 정통했다고 전해진다. 작품으로《廬陵官下記》 2卷이 있으나 현재 전하지는 않는다.(민관동, 〈《酉陽雜俎》의 국내 유입과 수용〉(《중국어문논역총간》 34집, 2014.) 참고)

2) 손병국은 9세기 경에 우리나라에 전래된 것으로 보았다. 〈《酉陽雜俎》의 형성과 수용양상〉, 《한국어문학연구》 제41집, 2003.8, 172쪽 참고.

3) 단성식 지음, 정환국 옮김, 《譯註酉陽雜俎》, 소명출판, 2011.9, 20쪽 참고.

것이요, 言行錄은 名臣의 실제 행적을 기록한 것이니 이 책은 이 둘을 겸한 것이다. 어찌《搜神記》와《酉陽雜俎》등의 책과 같이 기이한 일을 들추어서 두루 섭렵하였음을 자랑하며 웃음거리로 이바지하는 데 그치겠는가?"라는 記錄으로 보아 1486년 이전에 전래되어 애독되고 있었음을 확인할 수 있다.[4] 그 외《조선왕조실록》의《成宗實錄》(卷二八五 · 19~20, 成宗 24年 12月 28日, 戊子)(1493년)에 보이는 "副提學 金諶 등이 1492년 이극돈과 이종준이 경상감사와 都事로 재직할 때《酉陽雜俎》와《太平通載》등의 책을 刊行하여 바친 일이 발단이 되어 탄핵을 하는 기록",《成宗實錄》(卷二八五 · 21, 成宗 24年 12月 29日, 己丑), 金安老의《退樂堂集》, 퇴계의《退溪集》, 이수광의《芝峯類說》, 李瀷의《星湖僿說》, 李圭景의《五洲衍文長箋散稿》, 박지원의《熱河日記》, 李德懋의《靑莊館全書》등의 기록으로 조선 시기 출판 정황을 유추할 수 있다.[5]

국내 학자의《酉陽雜俎》에 대한 연구는 10여 편이 있는데, 그중《朝鮮刊本《酉陽雜俎》의 복원과 연구》[6],〈段成式的《酉陽雜俎》研究〉[7] 등이 있다.[8] 특히 朝鮮刊本《唐段少卿酉陽雜俎》중 충재종택본과

---

4) 表沿沫,《筆苑雜記》序, 손병국,〈유양잡조의 형성과 수용양상〉,《한국어문학연구》제41집, 2003.8, 181쪽 재인용.

5) 이에 대한 자세한 내용은 민관동,〈《酉陽雜俎》의 국내 유입과 수용〉(《중국어문논역총간》34집, 2014.), 손병국,〈《酉陽雜俎》의 형성과 수용양상〉(《한국어문학연구》제41집, 2003.)을 참고할 수 있다.

6) 민관동 · 정영호 · 박종우,《朝鮮刊本《酉陽雜俎》의 복원과 연구》, 학고방, 2018.

7) 정민경,〈段成式的《酉陽雜俎》研究〉, 中國社會科學院, 2002.

8) 이외〈《酉陽雜俎》〈盜俠篇〉의 武俠敍事에 관한 고찰〉(우강식, 中國小說論叢 37집, 2012),〈《酉陽雜俎》의 국내 유입과 수용〉(閔寬東,《중국어문논역총간》34집, 2014),〈韓國說話에 미친 中國說話의 影響 :《酉陽雜俎》를 중심으로〉(孫

일본 국회도서관본이 2014년 민관동의 〈《酉陽雜俎》의 국내 유입과 수용〉과 중국학자 潘建國의 〈《酉陽雜俎》明初刊本考—兼論其在東亞地區的版本傳承關係〉에 처음 소개되면서 연구가 활성화되었다.

근년《朝鮮刊本《酉陽雜俎》의 복원과 연구》에서《唐段少卿酉陽雜俎》의 전체적인 소개와 판본연구 및 朝鮮刊本《酉陽雜俎》가 복원되었으며, 복원된 원문에 이체자를 각주로 처리하여 연구자들이 자료로 활용할 수 있게 되었다. 이체자를 직접적으로 다룬 연구는 〈朝鮮刊本《酉陽雜俎》의 異體字形 연구〉, 〈韓 · 中 · 日《酉陽雜俎》의 異體字形 比較 研究〉[9]가 있는데, 전자는 朝鮮刊本에 활용된 이체자를 자세히 분석하였고, 후자는 韓 · 中 · 日《酉陽雜俎》에 나타난 異體字를 상호 비교 분석하였다.

《酉陽雜俎》에 대한 중국의 연구는 편수를 논할 수 없을 만큼 매우 활발하나, 이체자에 대한 연구는 〈朝鮮刻本《酉陽雜俎》俗字研究〉(溫州大學碩士學位論文, 2015.), 〈四部叢刊本《酉陽雜俎》俗字研究〉(溫州大學碩士學位論文, 2014.) 등 두 편이 있다.

〈朝鮮刻本《酉陽雜俎》俗字研究〉는《酉陽雜俎》用字概況에서 形体變化方式을 "筆劃增加, 筆劃省減, 筆劃縮短, 筆劃延伸, 筆劃連接, 筆劃中斷, 筆劃或部件移位, 綜合變形" 등으로 나누어 연구하고, 朝鮮刻本《酉陽雜俎》와 중국 소장 明初本의 用字를 비교하여

秉國, 인문사회과학논문집, 2002), 〈《酉陽雜俎》의 국내 유입과 수용에 관한 연구〉(최정윤, 경희대학교 교육대학원, 2014.) 등이 있다.

9) 정영호 · 민관동, 〈朝鮮刊本《酉陽雜俎》의 異體字形 연구〉,《中國學論叢》제63집, 2019.9, 〈韓中日《酉陽雜俎》의 異體字形 比較 研究〉,《中國學論叢》제70집, 2021.6.

차이점을 분석했다. 또한 朝鮮刻本《酉陽雜俎》의 俗字를 활용하여 《漢語大字典》의 속자 부분을 수정하고 未收錄된 속자를 보충했다. 그러나 朝鮮刻本《酉陽雜俎》의 俗字를 세세하게 전면적으로 분석해 내지 못했다는 아쉬움이 있다.

〈四部叢刊本《酉陽雜俎》俗字研究〉는 四部叢刊本 《酉陽雜俎》의 俗字 形体特徵을 "筆劃刪省, 筆劃增加, 移位, 筆劃延伸, 筆劃縮短, 筆劃連接, 筆劃中斷, 變形, 綜合改變" 等 아홉 개 항목으로 분류 연구하였다. 또한 俗字의 생성 원인, 《漢語大字典》 俗字를 수정 보충했다. 하지만 이들 연구가 국내에 소개된 적이 없으며 朝鮮刻本과 四部叢刊本의 이체자를 개별적으로 연구한 것이다. 기존의 연구 가운데 한·중·일《酉陽雜俎》의 판본 字形을 상호 비교 연구한 논저는 전혀 없는 까닭에 이를 비교 연구할 가치가 있다.

본 연구를 진행하는 데에 있어, 판본 텍스트는 국내 판본은 朝鮮刊本을 복원 연구한《朝鮮刊本《酉陽雜俎》의 복원과 연구》에 활용한 판본인 沖齋宗宅 소장본(卷一~卷十) 및 성균관대 소장본(卷十四~卷二十)과 일본 국회도서관 소장본(卷十一~卷十三)[10], 중국 판본은 1922~1936년에 張元濟 등이 편찬한 四部叢刊本《酉陽雜俎》, 일본 판본은 日本의 元祿 10年(1697년)에 출판된 日本 木版本(국립중앙도서관본) 등 세 판본을 상호 대조과정을 거쳐 각 판본에 사용된 자형의 주요 상이점을 살펴보았다. 그리고 정자에 활용하는 자형은 方南生

10) 朝鮮刊本은《朝鮮刊本《酉陽雜俎》의 복원과 연구》에서 활용한 奉化郡 沖齋宗宅 소장의 朝鮮刊本《唐段少卿酉陽雜俎》(卷一~卷十), 성균관대학교에 소장된《唐段少卿酉陽雜俎》(卷十四~卷二十)와 일본 국회도서관 소장 朝鮮刊本《唐段少卿酉陽雜俎》(卷十一~卷十三)를 각각 활용.

이 明 萬曆 36年(1608년) 趙琦美가 교감한 趙本(脉望館本) 및 稗海本, 津逮秘書本(毛本), 學津討源本을 모두 참고하여 교감하여 출판한 點校本《酉陽雜俎》(중화서국, 1981)를 활용하였다.

1. 韓·中·日《酉陽雜俎》의 異體字形 考察

이체자란 형체가 다른, 곧 字形이 다른 글자를 의미하는데, 광의와 협의의 의미로 나눌 수 있다. 광의의 이체자라 함은 단순히 형체만 다른, 곧 그 글자들의 본래의 음이나 의미가 어떠한 관계이든 전혀 상관치 않는 것을 말한다. 예컨대 글자의 음이 같을 때는 서로 통용해서 사용하는 通假字나 혹은 本字의 의미상의 변화 등으로 인해 새로 만들어진 글자와 본래 글자의 관계인 古今字 등도 모두 광의의 이체자에 귀속시킬 수가 있다. 반면, 협의의 이체자란 동일한 시기에 글자의 의미와 음은 같으면서도 글자의 형태가 다른 것을 가리켜 말한다. 群과 羣은 "무리"라는 의미와 "군"이라는 음을 가지면서 글자의 형태는 편방의 위치에 따라 다르다. 또 煙과 烟은 "연기"라는 의미와 "연"이라는 음을 가지면서도 글자의 형태는 각기 다른 聲符를 가지면서 모양이 다르다. 그리고 氷과 冰처럼 俗體字가 이체자로 되는 것도 있으며, 禮와 礼, 萬과 万, 無와 无처럼 근원이 불분명한 古字가 이체자로 되는 경우도 있다.[11] 이런 것은 협의의 이체자라 말할 수 있다. 본 논문에서 다루는 이체자라 함은 俗字, 同字, 略字, 古字, 通假字 등을 모두 포함하는

---

11) 이규갑, 〈《삼국사기》의 이체자 연구〉, 《중국어문학논집》 제8호, 중국어문학연구회, 1995, 179쪽 참조.

광의의 개념으로 사용하여 각 판본의 글자를 상호 비교하였다.12)

1) 筆形의 變形

필형의 변형은 필획의 형체가 여러 가지 방법으로 변화한 것을 말한다. 예를 들어 魚-奐, 瓦-瓦, 氺-忄, 八-ソ, 彑-彐, ソ-八, 今-亼(今, 令, 仒), 殳(殳)-旻(夂), マ-コ, 來-朿, 艹-䒑(䒑, 䒑), 艹-䒑, 廿-卄, 歹-尸, 冃-冈, 虍-声, 婁-婁, 來-朿(来), 羽-丑(羽, 羽, 羽), 四-囚, 吳-呉(呉), 隹-隹(隹), 堯-尭, ユ-亠(亠), 與-與(與, 與), 殳-旻(夂, 殳), 函-凶, 巠-坓, 具-具, 冉-冄(冊), 己-已(巳), 巳-匕, 缶-缶, 匈-匃, 爿-丬, 用-用, 辰-辰, 因-回, 世-卋, 癶-癶, 镸-長, 幾-幾, 繼-㡭 등등의 변형을 보인다. 아래에서 어떤 글자들이 어떻게 변형된 것인지 각각의 예를 들어 살펴보는데, 글자의 변화를 유추 가능한 종합적 변형과 유추하기 어려운 기타 변형의 두 분야로 나누어 살펴보겠다.

가. 종합적 변형

위에서 열거한 것처럼 필형의 변화가 다양하며 어떤 부분이 변화한 것인지 정확히 유추가 가능하다. 이러한 변화는 간단한 부분의 변화에서 복잡한 부분의 변화까지 다양하게 드러난다. 본고에서는 한 자 이상에서 나타나는 사례를 중심으로 살펴보고 單一 字에 나타나는 경우는

---

12) 俗字, 同字, 略字, 古字, 通假字 등의 구분은 《漢韓大字典》(민중서림, 1983 인쇄본)을 참고함.

한 데 묶어 서술하고자 한다.

(1) 魚－奐

正字	朝鮮刊本	四部叢刊本	日本 元祿本	備考
蘇	蘇 蘇 蘇 蘇 蘇 蘇	蘇		魚－奐
鰕	鰕 鰕 鰕		鰕	
鱠	鱠 鱠 鱠	鱠	鱠 鱠	
鯽	鯽 鯽	鯽		
鰒	鰒	鰒	鰒	

상기 외에 朝鮮刊本은 鮮-鮮, 鯖-鯖, 鰌-鰌, 鮔-鮔, 鯉-鯉, 鱗-鱗, 鮒-鮒, 鱧-鱧, 穌-穌, 鱸-鱸, 癬-癬 등이 있다. 이 변형은 자형에 따라 다양한 변화를 보여주기도 하는데, 鱠는 魚-奐의 한 가지 변화뿐만 아니라 鱠처럼 우측의 罒가 田로 변하거나, 鱠와 같이 필획이 연장되거나 鱠자처럼 변화가 더 심한 것도 있다. 蘇의 경우도 蘇(蘇, 蘇, 蘇, 蘇, 蘇, 蘇)처럼 하나 이상의 변화가 있음을 알 수 있다. 鰕는 鰕처럼 변화하기도 했으나 鰕처럼 魚 하단의 네 점을 한 획으로 연결하는 필획 연결의 변화도 있으며 鰕처럼 魚의 변화는 없이 우측의 필획이 연장되는 변화를 보이기도 한다. 鯉의 경우도 鯉처럼 魚의 기본적 변화가 있는가 하면 鯉처럼 네 점이 하나의 획으로 연결되는 현상을 보인다.

四部叢刊本은 魚-奐의 변화가 없이 다른 유형의 변형을 보인다. 蘇가 蘇로 변해서 魚와 禾의 위치가 바뀐 것을 볼 수 있고, 鱠나 鰒처럼 필획이 연결된 예가 있다.

元祿本은 鱠에서 魚-奐의 변형을 보이며, 鱠나 鰒처럼 다른 부분의 변형을 보이고 있다. 전체적으로 朝鮮刊本의 변화가 다양하게 나타나고 있음을 알 수 있다.

(2) 瓦－瓦

正字	朝鮮刊本	四部叢刊本	日本 元祿本	備考
甃	甃	甃	甃	瓦－瓦
甌	甌 甌	甌 甌	甌	
瓷	瓷	瓷	瓷 瓷	
甖	甖	甖	甖	
瓶	瓶	瓶	瓶	
瓦	瓦 瓦	瓦 瓦	瓦	
甒	甒	甒	甒	
瓮	瓮	瓮	瓮	
甕	瓮 瓮 瓮	甕 瓮	甕 甕	
甑	甑 甑	甑	甑	

상기 외에 朝鮮刊本은 瓶-瓶 글자가 있고 元祿本은 甓-甓 글자가 있다. 이 변형은 瓦-瓦의 기본 변형이 충실해 보이며, 한 · 중 · 일 판본 모두에서 유사함을 보인다. 그러나 瓦는 瓦와 瓦, 瓦의 형태를 보이고, 甑은 甑과 甑의 형태를 보이며 왼쪽의 曾자도 罒가 田로 변화하는 등 한 가지 이상의 변형을 보이고 있다.

또 瓮(瓮)과 甕(瓮, 瓮, 瓮)의 경우, 甕과 瓮이 혼용되면서 瓮, 瓮의 형태를 보이고 甌는 甌과 甌처럼 區의 안 부분이 品로 변화한 현상도 같이 보여 筆形의 변형과 동시에 필획 연장 또는 필획 연결 현상을 같이 보이고 있다.

(3) 氺－⺗

正字	朝鮮刊本	四部叢刊本	日本 元祿本	備考
滕	滕 滕	滕 滕		氺－⺗
籐	籐	籐		
爆	爆	爆		
曝	曝	曝		
瀑	瀑	瀑		
擽	擽	擽		
暴	暴 暴 暴	暴	暴 暴	
藤	藤 藤 藤 藤	藤	藤	
泰	泰	泰	泰 泰	
漆	漆 漆 漆	漆 漆	漆	
膝	膝 膝 膝	膝	膝 膝	
黎	黎	黎	黎	
黍	黍 黍	黍		

상기 글자 외에도 朝鮮刊本은 瀑-瀑, 擽-擽, 膝-膝, 黎-黎, 黍-黍 등이 있다. 滕-滕, 籐-籐, 暴-暴, 爆-爆, 曝-曝, 瀑-瀑의 글자 변형은 元祿本에서는 발견되지 않았다. 이 가운데 暴은 暴과 같이 기본 변형이 있지만 暴은 氺-小의 형태이고 暴은 상단부의 曰이 口로 변형되었다. 藤은 藤(藤, 藤, 藤), 漆은 漆(漆, 漆), 滕은 滕(滕), 膝은 膝(膝, 膝), 黍는 黍(黍) 등으로 하나 이상의 자형을 보이는데, 氺-⺗의 형태가 아닌 氺-小의 형태를 보인다. 朝鮮刊本과 四部叢刊本에서 일치한 변화가 많이 보인다.

(4) 彑－ヨ

正字	朝鮮刊本	四部叢刊本	日本 元祿本	備考
椽	椽	椽		彑-ヨ
篆	篆	篆		
彙	彙	彙	彙	
祿	禄		禄	
錄	録		録	

상기 외에도 朝鮮刊本은 喙-喙, 蠡-蠡, 彘-彘, 醁-醁, 淥-渌 등이 있고, 四部叢刊本은 緣-緣, 綠-緑, 籙-籙 등이 있다. 이 가운데 喙는 喙와 喙의 형태를 보여 豕에 필획이 추가된 예도 있다. 彑-ヨ의 변형은 漢韓大字典의 부수색인으로 보면 통용되는 부수이다. 四部叢刊本과 元祿本은 일부 글자에서 변화를 보이지 않는다.

(5) 八－ソ

正字	朝鮮刊本	四部叢刊本	日本 元祿本	備考
僧	僧	僧	僧	八-ソ
益	益		益	
鄭	鄭 鄭	鄭	鄭 鄭 鄭	

상기 외에도 朝鮮刊本은 空-空, 遂-遂, 咲-咲, 層-層, 兮-兮, 拳-拳, 欲-欲 등이 있고 四部叢刊本은 滕-滕이 있다. 僧-僧의 경우, 朝鮮刊本은 八-ソ의 변형뿐만 아니라 罒-四의 변형도 진행되었으나 元祿本은 八-ソ의 변형이 없다. 欲-欲은 八-ソ 변형 아래 一

이 추가된 변형이다. 鄭은 奠-奠에서 보듯 酉도 변형되었고 元祿本의 경우 阝-卩의 변화도 보인다. 四部叢刊本은 僧, 鄭 모두 八-ソ의 기본 변형이 진행되었다.

이와는 반대로 ソ-八의 변형이 있는데, 羣-羣(羣, 群), 縑-縑, 弟-弟, 羊-羊(羊), 幷-幷(並) 등이며 모두 朝鮮刊本에서 보인다. 이 중 羣은 羣외에 羣, 群의 변형도 있는데 점이 증가하거나 상하구조가 좌우구조로 변형된 형태를 보이고 있다. 弟도 弟의 변형 이외에 弟, 弟의 형태를 보였고, 羊도 羊과 羊의 변형을 보이고 있다. 幷은 並과도 혼용하고 있다. 四部叢刊本은 屛-屛, 養-養의 글자에서 보이며 養은 동시에 가로획이 생략되었다.

(6) マ-コ

正字	朝鮮刊本	四部叢刊本	日本 元祿本	備考
予	予	予	予	
通	通 通 通	通	通	
茅	茅 茅	茅	茅	
誦	誦	誦	誦	
務	務	務		
矜	矜 矜	矜	矜 矜	マ-コ
疑	疑 疑 疑	疑 疑	疑 疑	
舒	舒 舒	舒 舒		
辭	辭 辭	辭 辭	辭	
凝	凝	凝		

痛	痛	痛	痛	
桶	桶	桶	桶	
稍	稍	稍	稍	
野	野 野	野	野	
預	預	預		
序	序		序	
杼	杼	杼		
豫	豫	豫		

이 변형은 한·중·일 판본 모두에서 고루 변형을 보이는데, 글자에 따라서 マ-コ 의 변형만이 아닌 マ-ロ의 변형도 혼용하고 있는 것을 알 수 있다. 疑-[illegible](𰀁, [illegible])는 マ-コ외에 マ-ロ, 匕-上의 변형을 혼용하고 矢도 변형된 형태로 쓰였고, 舒-舒는 舍-舎, 矜-矜은 今-㐃의 변형이 동시에 이루어졌다.

이외 朝鮮刊本은 矛-矛가 있다. 四部叢刊本은 柔-柔, 猱-猱, 霧-霧, 俑-俑, 癡-癡, 篛-篛, 亂-亂(亂, 乱), 嶷-嶷 등의 글자가 있는데 亂-乱은 朝鮮刊本과 일치한다. 元祿本은 柔-柔, 猱-猱, 霧-霧, 俑-俑, 癡-癡, 篛-篛, 嶷-嶷, 亂-亂 등의 글자에서도 변형을 보이는데, 四部叢刊本과 元祿本의 글자가 일치하는 것이 많음을 알 수 있다.

(7) 殳(殳)－叏(殳, 叏)

正字	朝鮮刊本	四部叢刊本	日本 元祿本	備考
擊	擊 擊 擊	擊 擊 擊 擊		殳(殳)-叏(殳, 叏)
發	發 發 發 發 發 发	發 發 發		
投	投 投 投 投	投 投		
殺	殺 殺 煞	殺 煞	殺 煞	
段	段	段	段 段	
醫	醫 醫		醫	
黳	黳	黳		
㲉	㲉 㲉	㲉	㲉 㲉	
磬	磬 磬	磬		
毁	毁 毁 毁 毁	毁		
翳	翳 翳		翳 翳	
殿	殿 殿	殿		
盤	盤 盤 盤	盤	盤	
般	般	般		
設	設 設	設 設		
聲	聲 聲 声	聲 聲		
繫	繫 繫 繫	繫 繫		
鍜	鍜	鍜		
椵	椵		椵	
瞍	瞍		瞍 瞍	

상기 글자 외에도 朝鮮刊本은 股-股, 穀-穀(穀), 鰕-鰕, 疫-疫(疫), 磬-磬, 蝦-蝦(蝦), 轂-轂, 鑿-鑿(鑿, 鑿, 鑿) 등이 있다. 이 변형은 朝鮮刊本이 가장 다양한 변형을 보여주며 元祿本은 일부 글자에서 보인다. 이 중 많은 글자들이 殳가 吳와 攵로 변형되는 두 가지 글자를 혼용하고 있음을 알 수 있다. 發은 殳-吳(攵)의 변형 이외 發, 發, 發로 변형되었는데, 변화를 정확히 유추할 수 없는 기타 변형의 글자도 있다. 또 毁가 毁, 毁, 毁로 변형된 것처럼 다양하고 복합적인 변형을 이루는 것도 있는데, 臼가 旧, 工이 一 또는 土의 형태로 변형되었다. 翳는 翳처럼 羽가 习, 聲은 声처럼 변형된 글자를 혼용하고 있는데, 声은 오늘날의 簡體字와 같다. 殺은 세 판본에서 모두 煞과 혼용하고 있고 殺의 변형도 殺, 殺, 殺, 殺처럼 다양하게 나타난다. 椵와 榝자에서 각각 다르게 사용되고 있는데 조본은 椵-椵로 吳-攵, 四部叢刊本은 榝-榝로 殳-吳 형태의 변형을 보여준다. 四部叢刊本 黶는 囬-田의 변형이 동시에 이루어졌다.

(8) 今－亼(今, 今, 今)

正字	朝鮮刊本	四部叢刊本	日本 元祿本	備考
今	亼 今 今 今	今	今	今-亼(今, 今, 今)
黔	黔	黔	黔	
念	念	念	念 念	
捻	捻	捻		

도표 안의 글자 외에도 朝鮮刊本은 矜-矜(矜, 矜), 吟-吟(吟) 등에서 변형을 보이며, 四部叢刊本은 琴-琴의 글자가 있다. 이 변형은 黔-

黔의 경우는 기본 변형 이외에 灬의 위치가 확장된 필획의 위치가 변화된 것을 볼 수 있다. 세 판본 모두에서 今-亼, 今-令 변형을 볼 수 있다.

(9) 艹－丷(䒑, 丷)

正字	朝鮮刊本	四部叢刊本	日本 元祿本	備考
蘇	蘇 蘇 蘇 蘇	蘇		艹－丷 (䒑, 丷)
萌	萌		萌	
蔬	蔬		蔬	
蓋	盖	盖 蓋	蓋	
葉	葉 葉		葉	
舊	旧 舊 舊 舊 舊 舊 舊 舊	舊 舊	舊 舊	
菉	菉	菉		
蘭	蘭	蘭		
莫	莫		莫	
藥	藥		藥	
著	著 著		著	
芃	芃	芃	芃	
菜	菜		菜	
苗	苗 苗	苗	苗	
薩	薩	薩	薩	
蕉	蕉		蕉	
菥	菥		菥	
膜	膜		膜	

獲	獲	獲	獲	
黴	黴 黴	黴		
荷	荷 荷		荷	
芝	芝 芝		芝	
薢	薢		薢	
蕥	蕥		蕥	
塔	塔 塔	塔	塔 塔	
驚	驚 驚		驚	
蠖	蠖	蠖		
苔	苔 苔	苔		
荻	荻	荻		
藋	藋		藋	
蔕	蔕 蔕 蔕	蔕		
草	草		草	
菆	菆		菆	
萸	萸		萸	
苦	苦 苦 苦 苦		苦 苦	
芝	芝 芝		芝	
菌	菌		菌	
芰	芰		芰	
范	范		范	
薇	薇	薇	薇	
蕧	蕧	蕧		
蒜	蒜	蒜		

상기 도표 글자 이외에도 朝鮮刊本은 苫-𦬇, 寞-寞, 萬-萬(万), 若-若(若, 若, 若), 薛-薛, 茱-茱, 薪-薪, 萬-萬, 茅-茅, 墓-墓, 苗-苗(苗), 茂-茂, 茫-茫, 蒻-蒻, 孽-孽, 蘗-蘗, 燕-燕(燕), 蓮-蓮, 蔡-蔡(蔡, 蔡), 葶-葶, 癘-癘, 蘿-蘿, 藕-藕, 蕃-蕃, 落-落, 慕-慕, 苟-苟, 蔭-蔭, 薔-薔, 莭-莭, 莪-莪, 芬-芬, 癘-癘, 苕-苕, 薑-薑, 葩-葩, 蒲-蒲, 荊-荊, 莢-莢(莢), 花-花(花), 苞-苞, 苑-苑, 蓮-蓮, 蕊-蕊, 蒔-蒔, 英-英, 蠖-蠖, 鞭-鞭, 漢-漢(漢, 汉, 漢), 莖-莖(莖, 莖, 莖), 蕭-藍, 籃-菱, 芹-芹, 菟-菟, 落-落, 敬-敬, 菓-菓, 薄-薄(薄, 薄, 薄) 등의 글자가 있다. 이 변형은 가장 많은 글자에서 보인다. 다수의 글자에서 艹-亠의 변형과 艹-丱, 艹-丷, 艹-䒑의 변형을 혼용하고 있으며, 하나 이상의 필획이 동시에 변형된 형태를 보여주고 있다.

四部叢刊本은 艹-亠의 변형이 蓋, 塔, 荅의 세 자만 이루어졌고, 元祿本의 경우도 塔, 苦, 薇, 藥 등 이외에는 艹-丱의 변형이 대부분이다. 元祿本의 塔은 塔와 搭을 혼용하고 있다. 四部叢刊本 蘭은 囗-田의 변형이 동시에 이루어졌다. 葉은 葉처럼 世-丗, 若은 若, 苦는 苦와 苦, 花는 花, 苔는 苔, 萬은 万의 형태로 변형되었다. 莪-莪의 又-乂, 葩-葩의 巴-巳, 菟-菟의 兔-兎, 莢-莢의 夾-夹, 苑-苑의 㔾-匕, 驚-驚(驚)의 馬-馬 변형 등은 기본 변형 이외의 변형이 이루어졌고, 蕊-蕊는 변화의 근거를 정확히 알 수 없는 기타 변형을 이루었다. 首-首처럼 亠와 䒑를 혼용하는 경우도 보인다. 朝鮮刊本 글자들의 변형이 가장 많고 기본 변형 이외의 변동도 다양하게 보이는 것을 알 수 있다. 朝鮮刊本과 四部叢刊本에 쓰인 盖는 蓋의 속자이며 朝鮮刊本에 쓰인 薬은 藥의 약자이다.

(10) 卄—卝

正字	朝鮮刊本	四部叢刊本	日本 元祿本	備考
苑	苑	苑	苑	卄—卝
菰	菰		菰	
滿	滿 滿 滿 滿 滿	滿 滿 滿	滿	
燕	燕		燕	
藝	藝 芸	藝	藝	
蔓	蔓		蔓	
蘇	蘇 蘇 蘇		蘇	
莽	莽		莽	
襪	襪	襪	襪 襪	
𧞤	𧞤		𧞤	
蓐	蓐	蓐		
蔭	蔭 蔭 蔭	蔭	蔭	
著	著		著	
藏	藏 藏		藏	
葬	葬 葬	葬	葬	
莊	莊 莊 莊 莊 庄 莊 莊	庄	庄	
蔕	蔕 蔕 蔕		蔕	
芳	芳		芳	
菓	菓 菓		菓	
荒	荒 荒		荒	
苓	苓	苓	苓	

위 도표 안의 글자 이외에도 朝鮮刊本은 萬-萬(萬, 萬), 萃-萃, 芥-芥, 蓬-蓬, 莖-莖(莖), 萸-萸, 菀-菀, 董-董, 蕭-蕭, 懽-懽, 蔡-蔡(蔡), 蘆-蘆, 蒿-蒿(蒿), 觀-觀(觀, 觀, 觀), 鸛-鸛, 萑-萑, 藤-藤(藤), 葉-葉, 茅-茅, 蒙-蒙(蒙), 藩-藩, 薩-薩, 荀-荀 등이 있다. 四部叢刊本은 蓋-蓋(蓋), 苗-苗, 獲-獲, 蠖-蠖, 荻-荻, 薇-薇, 蒜-蒜 등이 있고, 元祿本도 萌-萌, 蔬-蔬, 蓋-蓋, 葉-葉, 舊-舊, 莫-莫, 欒-欒, 葅-葅(葅), 著-著, 芃-芃, 菜-菜, 苗-苗, 薩-薩, 蔗-蔗, 菥-菥, 膜-膜, 獲-獲, 荷-荷, 芝-芝, 薢-薢, 薙-薙, 塔-塔(塔), 草-草, 菆-菆, 萸-萸, 苦-苦(苦), 芝-芝, 菌-菌, 芰-芰, 范-范 등 다수의 글자가 있다.

이 번형은 앞 (9)의 艹-丷 변형과 혼용하고 있는 글자가 다수 있다. 또한 艹-丱 변형 이외에 滿-滿의 㒳-㒳 변형, 蒙-蒙의 一 생략, 藩-藩의 ノ 생략, 藝-芸의 종합 생략, 藤-藤의 氺-忄 변형, 莊-莊(庄, 庄, 庄)의 다양한 변형, 蒿-蒿의 필획 연결, 荒-荒의 亡-亡 변형, 觀-觀의 雚-雚 변형, 鸛-鸛의 鳥-鳥 변형, 萑-萑의 필획 생략, 苓-苓의 令-令 변형 등 하나 이상의 변형을 보이는 글자들이 다수 있다. 莊의 경우, 朝鮮刊本은 莊(莊, 莊, 庄, 庄, 庄, 莊)처럼 다양한 변형을 보이는데 四部叢刊本과 元祿本은 庄으로 쓰였다. 庄은 오늘날의 簡體字로 세 판본 모두에서 활용하였다.

(11) 廿-卄

正字	朝鮮刊本	四部叢刊本	日本 元祿本	備考
度	度	度	度	廿-卄
輩	輩	輩	輩	

黃	黃	黃	黃	
革	革		革	
靿	靿		靿	
勤	勤		勤	
靺	靺		靺	
鞨	鞨		鞨	
鞞	鞞	鞞	鞞	

상기 이외에도 이외 朝鮮刊本은 勒-勒, 鞁-鞁, 难-雜, 鞭-鞭, 鞽-鞽(鞽) 등의 글자가 있다. 이 변형은 朝鮮刊本과 元祿本에서 변형이 두드러진다. 글자 중 鞏-鞏은 凡-几, 靶-靶은 革-革, 靿-靿은 力-刀, 鞨-鞨은 匃-匂, 鞽-鞽은 大-立, 鞞-鞞은 卑-甲 등 하나 이상의 변형을 이루고 있다.

(12) 尸－尸

正字	朝鮮刊本	四部叢刊本	日本 元祿本	備考
賓	賓	賓	賓	尸－尸
臏	臏	臏	臏	
鬢	鬢	鬢	鬢	
蠙	蠙	蠙	蠙	
檳	檳	檳	檳	
殯	殯	殯	殯	

이 변형은 朝鮮刊本, 四部叢刊本, 元祿本에서 동일한 글자가 동일한 변형을 보인다. 상기 외에 朝鮮刊本은 濱-濵, 四部叢刊本은 嬪-嬪, 元祿本은 蘋-蘋, [illegible]- [illegible] 등의 글자가 더 있다. 賓-賔 변형의 賔은 賓의 속자이다.

(13) 冎-冈

正字	朝鮮刊本	四部叢刊本	日本 元祿本	備考
骨	骨	骨		冎-冈
骸	骸	骸		
撾	撾	撾		
蝸	蝸 蝸	蝸		
猧	猧	猧	猧	
渦	渦	渦		
過	過	過 過		
骭	骭	骭	骭	
禍	禍	禍	禍	
滑	滑	滑		
髓	髓	髓		
鶻	鶻	鶻	鶻	
媧	媧		媧	

이 변형은 朝鮮刊本과 四部叢刊本에서 동일한 변형의 글자가 많이 보이고 元祿本의 경우는 일부 글자에서 동일한 변형을 보였다. 禍-禍의 礻-ネ, 骸-骸의 亥-亥 등은 하나 이상의 필획이 변형된 형태를 보이고 있다. 元祿本은 鶻에서 鳥-鳥의 변형을 보인다.

(14) 虍－声

正字	朝鮮刊本	四部叢刊本	日本 元祿本	備考
虎	虎 虎 虎	虎	虎	
號	號 號 號 号	號 號	號 號	
慮	慮 慮	慮		
戲	戲 戲	戲 戲	戲	
劇	劇 劇	劇 劇		
遽	遽 遽	遽 遽	遽	
虢	虢	虢		
虞	虞 虞	虞	虞	
鸕	鸕		鸕	虍－声
盧	盧	盧		
蘆	蘆	蘆		
虛	虛 虛 虛 虛 虛 虛 虛 虛 虛	虛	虛 虛	
墟	墟	墟		
戯	戯	戯		
獻	獻 獻 獻 獻	獻 獻	獻	
虧	虧	虧		

도표 이외에도 朝鮮刊本은 虜-虜(虜), 褫-褫, 處-處(處, 処, 處, 処, 處, 處, 處), 據-據(據) 등이 있고, 四部叢刊本은 爐-爐, 驢-驢 등이 있다. 이 변형에서 虒, 遞, 褫, 號 등은 虍 아래 儿이 几로 변형되었고, 虞-虞(虞)는 吳가 吴나 呉로 변형되었으며, 號-號은 号-号의 변형을 동시에 보이고 있다.

虛는 기본 변형 이외에 业-业(虚), 业-丘(虗), 业-丘(虛)의 다양한 변형을 보이고, 朝鮮刊本과 四部叢刊本에 활용된 献은 변화를 유추하기 어려운 글자이면서 현재의 簡體字이기도 하다. 處는 하단의 処가 処의 형태로 변형되었고 處, 處 같은 구조 변화, 處 같은 필획 단축 등 다양한 변형을 이루고 있다. 號-号의 号도 오늘날의 簡體字이면서 변화를 유추하기 어려운 변형에 속한다. 處-処의 処는 상단의 虍가 생략되었고 几는 口로 대체된 형태이다. 戱는 戲의 속자이다. 虞와 鸕의 변형은 虞와 鸕와 같이 하단부에서 변형이 심하다. 號-号, 虛-虚, 虛-虗, 獻-献 변형에서 号는 號의 동자이며, 虚는 虛의 속자, 虗는 虛의 동자, 献은 獻의 속자이다.

(15) 婁一婁

正字	朝鮮刊本	四部叢刊本	日本 元祿本	備考
屨	屨 屨	僂	屨	婁-婁
鏤	鏤	鏤	鏤	
樓	楼 樓	楼 樓	樓	
數	數 数 數 數 數	數	數 數	
屢	屢	屢	屢	

髏	髏	髏 髏	髏	
縷	縷 縷	縷 縷	縷	
螻	螻	螻	螻	

상기 이외에 元祿本은 蔞-蒌가 있다. 이 변형의 글자들은 세 판본 모두에서 유사 변형을 보이고 있다. 樓는 婁, 娄의 두 가지 변형을 보였고, 數는 婁, 娄, 婁 등 세 가지 형태의 변형과 數처럼 攵-夂의 형태로 변형된 자형도 있다. 数는 현재의 簡體字이다. 또 縷-缕처럼 婁-娄의 변형 형태가 朝鮮刊本과 四部叢刊本에서 보인다.

(16) 又-乀

正字	朝鮮刊本	四部叢刊本	日本 元祿本	備考
服	服	服	服 服 服	又-乀
驟	驟 驟 驟		驟	
取	取		取	
趣	趣 趣		趣	
聚	聚		聚	

이 변형은 四部叢刊本에서는 변형이 없고 朝鮮刊本과 元祿本에서 일치함을 보인다. 驟-驟(驟, 驟)는 又-乀의 변형 이외에 馬-馬, 乑-乑의 변형도 이루어졌고, 輒-輒(輒)은 又-乀이 아닌 乙-乀의 변형 자형이다. 이외 四部叢刊本은 輒-輙, 朝鮮刊本은 叢-叢(叢), 菆-菆의 글자가 있다. 元祿本은 趣-趣와 같이 又-乙의 변형을 보인다. 元祿本의 聚는 又-乀 변형 없이 필획이 연장된 형태를 보인다.

(17) 爿 – 丬

正字	朝鮮刊本	四部叢刊本	日本 元祿本	備考
莊	荘 [illegible] [illegible] [illegible] [illegible] 疰 庄	庄	荘 庄	爿 – 丬
將	将 [illegible] 将	將 將		
牂	牂		牂	
牀	牀 床	牀 床		
狀	状 [illegible] [illegible] [illegible]	狀		
牁	牁		牁	

상기 이외에 朝鮮刊本은 壯–壮, 奘–奘, 藏–[illegible]([illegible])의 글자에서 변형을 보인다. 이 변형은 將과 狀은 爿–[illegible]의 변형, 牂은 羊–[illegible]의 변형이 동시에 이루어졌고, 莊은 [illegible]처럼 점이 증가하거나 [illegible]과 疰처럼 변화를 유추할 수 없는 변형, 현재의 簡體字인 庄 등 다양한 형태의 자형을 보이고 있으며, 庄은 세 판본 모두에서 보인다. 将은 오늘날의 簡體字이다. 牁과 牂 글자는 朝鮮刊本과 元祿本에서 爿가 牜로 변형된 형태를 보인다. 莊–庄, 牀–床 변형에서 庄은 莊의 속자, 床은 牀의 속자이다.

(18) 𧘇 – 衣([illegible])

正字	朝鮮刊本	四部叢刊本	日本 元祿本	備考
袁	袁	袁		𧘇 – 衣 ([illegible])
園	園 園	園	園	
還	還 還	還		

正字	朝鮮刊本	四部叢刊本	日本 元祿本	備考
遠	逺 逺 逺	逺		
鐶	鐶 鐶	鐶		
擐	擐	擐		
翾	翾	翾		
嬛	嬛	嬛		
猿	猿	猿		

이 변형은 睘-㬅와 유사한 예로 袁-袁처럼 睘-㬅의 변형도 보인다. 園-園처럼 기본 변형에서 口가 없어진 형태도 있다. 朝鮮刊本과 四部叢刊本은 대부분 글자에서 동일한 변형을 보이며 元祿本의 경우는 園 한 글자에서 보인다. 朝鮮刊本은 두 개 이상의 변형을 보이기도 하고, 鬟-鬟의 글자도 있다. 朝鮮刊本의 遠은 㬅, 㬅의 두 가지 변형을 보인다.

(19) [illegible]－用

正字	朝鮮刊本	四部叢刊本	日本 元祿本	備考
獵	獵 獵 獵 獵 獵		獵 獵	[illegible]-用
臘	臘 臘 臘	臘		
蠟	蠟 蠟	蠟		
臘	臘 臘	臘		
鼠	鼡 鼠 鼠 鼠 鼠 鼠	鼠 鼠	鼠 鼠 鼠	
鼢	鼢	鼢	鼢	
竄	竄 竄	竄	竄	

상기 이외 朝鮮刊本은 鼊-鼊의 변형이 있다. 이 변형의 鼠는 𦥑-用 이외에 글자에 따라 臼-旧, 臼-日, 図-囚, 巛-灬 등 다양한 변형을 보여주고 있으며, 四部叢刊本의 鼠, 元祿本의 鼠, 鼠처럼 하단의 변형이 用과 상이한 변형을 보이고 있다. 朝鮮刊本 蠟-蠟은 𦥑-用 이외 巤-旧로 변형되어 하나 이상의 필획이 동시에 변형되었고, 臘-臘은 鼠-鼠처럼 특이한 형태를 보여주고 있다. 朝鮮刊本은 대부분 동일 글자에 다양한 변형을 보인다.

(20) 羽－彐(羽, 羽, 彐)

正字	朝鮮刊本	四部叢刊本	日本 元祿本	備考
膠	膠	膠		羽-彐 (羽, 彐)
謬	謬 謬	謬		
戮	戮	戮		
躍	躍	躍		
習	習	習		
翼	翼	翼	翼 翼	
曜	曜	曜	曜	
翟	翟	翟	翟	
寥	寥	寥	寥	
糴	糴	糴		
摺	摺	摺	擢	
瘳	瘳	瘳		
翠	翠	翠	翠	
翌	翌 翌	翌		

상기 글자 이외에 朝鮮刊本은 翕-翕, 蹋-蹋, 羿-羿, 糴-糴 등이 있고 四部叢刊本은 耀-耀, 趯-趯 등이 있다. 이 변형의 繆는 繆(繆)처럼 구조가 변형된 것도 있고 蹋처럼 足-足, 翔처럼 尽-夂, 習처럼 白-日 등 기본 변형 이외의 변형이 이루어진 글자도 있다. 戮는 朝鮮刊本 戮, 四部叢刊本 戮처럼 彡의 활용이 다르게 변형되었다.

(21) 辰－辰

正字	朝鮮刊本	四部叢刊本	日本 元祿本	備考
晨	晨	晨 晨		辰-辰 (辰)
脣	脣 唇	脣 脣 唇	脣	
農	農	農 農		
辱	辱	辱		
辰	辰	辰 辰		
震	震	震 震		
振	振	振 振		
侲	侲	侲		

상기 이외 朝鮮刊本은 蓐-蓐(蓐)에서도 변형을 보이고 四部叢刊本은 娠-娠이 있다. 이 변형은 脣만 세 판본에서 변형을 보이고 나머지 글자들은 朝鮮刊本과 四部叢刊本에서 변형을 보인다. 朝鮮刊本은 대체로 辰-辰의 변형을 보이나 四部叢刊本은 辰-辰과 辰-辰의 변형이 다수 글자에 나타난다. 脣은 朝鮮刊本과 四部叢刊本에서 脣과 唇으로 혼용하고 있다.

(22) 罒-囚

正字	朝鮮刊本	四部叢刊本	日本 元祿本	備考
層	層	層		罒－囚 (田)
曾	曽 曾	曽		
僧	僧	僧		
繒	繒	繒		
罾	罾	罾	罾	

이 변형 역시 元祿本의 변형은 없으며 罾도 罒-囚 변형이 아닌 罒-山의 변형을 보인다. 朝鮮刊本과 四部叢刊本 모두 대부분의 글자에서 罒-囚 이외에 八-ソ의 변형을 동시에 보이고 있다. 하지만 朝鮮刊本과 달리 四部叢刊本은 罒-囚 변형이 아닌 罒-田 변형이다.

(23) 缶－缶

正字	朝鮮刊本	四部叢刊本	日本 元祿本	備考
陶	陶 陶 陶	陶	陶	缶－缶
罅	罅	罅		
萄	萄	萄		
御	御	御		
缺	缺	缺		

상기 이외 朝鮮刊本은 禦-禦의 변형이 있다. 四部叢刊本은 掏-掏, 淘-淘, 焦-焦, 謠-謠 등의 글자에서 변형을 보이며 謠-謠는 元祿本도 동일한 변형을 보였다. 이 변형의 陶는 朝鮮刊本에서 다양한

변형을 보이고 있는데, 陶-䨩의 변형은 글자의 변화를 유추하기 어려운 경우다. 朝鮮刊本의 鉠와 四部叢刊本 御는 기본 변형과 다른 형태를 보이고 있다. 이와 유사한 경우로 窯-焦의 변형이 있는데 朝鮮刊本 및 元祿本도 동일한 변형을 보였다.

(24) 隹－𠈃(隹)

正字	朝鮮刊本	四部叢刊本	日本 元祿本	備考
唯	𠲿 𠲿	唯		隹-𠈃 (隹)
雋	雋	雋		

상기 이외에 朝鮮刊本은 雕-雕, 懼-懼, 羅-羅, 雞-雞(鷄), 難-難, 維-維, 淮-淮, 僬-僬, 雜-雜, 雊-雊, 雌-雌, 崔-崔, 攜-攜, 鐫-鐫, 歡-歡 등의 글자가 있다. 이 변형은 대부분 朝鮮刊本에서 보이며 四部叢刊本의 雋자만 동일한 변형을 보인다. 朝鮮刊本의 雞는 鷄와 혼용하고 있고, 僬-僬는 변화 없이 필획 위치의 변화를 보이고 있다. 四部叢刊本의 唯는 기본 변화 없이 위치의 변화와 필획 연장 형태를 보이고 있다. 이와 유사한 변형으로 四部叢刊本은 隹-隹의 변형에 雁-雁, 膺-膺, 應-應 등의 자가 있다.

(25) 吳－呉(呉)

正字	朝鮮刊本	四部叢刊本	日本 元祿本	備考
吳	呉 呉	吳		吳-呉 (吳, 呉, 吳)
誤	誤 誤 誤	誤	誤	

悞	悞 悞 悞	悞	悞	
虞	虞 虞	虞	虞	
娛	娛	娛		

상기 이외 朝鮮刊本은 蜈-蜈의 글자가 있으며 四部叢刊本은 鸆-鸆가 있다. 元祿本은 吳-吴처럼 朝鮮刊本과 四部叢刊本과는 다른 특이한 형태를 띠고 있다. 이 변형은 誤는 吳가 오늘날의 簡體字인 吴로 변형된 것도 있다. 悞 역시 吳가 吴로 변형된 자형이 있고 吳의 口가 日로 변형된 것도 있다. 朝鮮刊本은 吳-呉, 吳-昗, 吳-吴 등 다양한 변형을 보이며 四部叢刊本은 吳-吴의 변형을 보인다. 元祿本의 경우는 誤, 悞에서 보이듯 다른 형태를 보인다.

(26) 堯－尭

正字	朝鮮刊本	四部叢刊本	日本 元祿本	備考
曉	暁	暁	暁	堯-尭
燒	焼	焼	焼 焼	
澆	浇	浇		
僥	侥	侥	侥	
撓	挠	挠	撓	
繞	繞 繞	繞	繞	

상기 이외 朝鮮刊本은 翹-翘, 饒-饒, 驍-驍 등의 글자가 있고 四部叢刊本은 橈-橈, 遶-遶 등, 元祿本은 遶-遶의 변형된 글자가 있다. 이 변형은 朝鮮刊本에서는 堯-尭 변형의 기본 틀을 유지하고 있

다. 四部叢刊本의 焼와 繞 외에 曉, 澆, 僥, 撓 등과 元祿本의 글자는 堯-尭의 변형과 약간의 차이를 보인다. 朝鮮刊本의 繞, 元祿本의 曉, 焼(焼), 僥, 撓, 繞는 兀이 几로 변형된 것을 알 수 있다.

(27) ユ－亠

正字	朝鮮刊本	四部叢刊本	日本 元祿本	備考
侯	侯 侯	侯 侯	侯	ユ－亠
喉	喉	喉	喉	
候	候	候		
篌	篌	篌		

상기 이외 朝鮮刊本은 猴-猴(猴)의 글자가 보이며 기본 변형 이외에 犭의 필획 단축도 보인다. 朝鮮刊本은 ユ-亠의 변형을 보이나 侯처럼 矢가 특이한 변형을 보인다. 四部叢刊本은 候처럼 ユ-工, 喉처럼 ユ-ᅀ의 변형을 보이고 侯, 篌처럼 특이한 형태의 변형도 있다. 元祿本의 喉는 변형 없이 口의 위치가 변화를 보인다.

(28) 與－與(與, 與)

正字	朝鮮刊本	四部叢刊本	日本 元祿本	備考
與	與 与 与	與		與－與 (與, 與)
璵	璵	璵		

이외 朝鮮刊本은 擧-擧(擧, 挙, 挙, 挙), 舉-舉 글자가 있다. 이 변형의 朝鮮刊本은 擧-挙(挙, 挙), 與-与와 같이 글자의 변화를 유추

하기 어려운 글자를 혼용하고 있다. 與-与의 与는 속자이면서 현재의 簡體字이다. 四部叢刊本은 글자의 구조에서 與-𦦙(𦦙, 與)의 변형이 아닌 필획이 연장된 형태의 변화가 있고 元祿本은 변형된 글자가 없다.

(29) 𦥑－𦦙(𦦙)

正字	朝鮮刊本	四部叢刊本	日本 元祿本	備考
學	學 學 斈 學	學		𦥑－𦦙 (𦦙)
覺	覺 斍 覺 覚 覚	覺		

이외에도 朝鮮刊本은 黌-黌, 礐-礐 등이 보인다. 이 변형은 특히 朝鮮刊本에서 覺-覚(斍), 學-斈와 같이 글자의 변화를 정확히 유추하기 어려운 글자를 혼용하고 있으며, 朝鮮刊本의 변형이 매우 심하다. 元祿本의 경우는 변형이 전혀 없다. 四部叢刊本은 𦥑-𦦙의 형태를 보인다. 學-斈 변형에서 斈은 學의 속자이다.

(30) 罒－罓

正字	朝鮮刊本	四部叢刊本	日本 元祿本	備考
罩	罩	罩	罩 罩	罒－罓
罟	罟	罟	罟	
襪	襪	襪		

이외 朝鮮刊本은 韈-韈, 罯-罯 등의 글자도 있다. 세 판본 모두에서 罒-罓 변형이 보인다.

(31) 囟－囚

<table>
<tr><th>正字</th><th>朝鮮刊本</th><th>四部叢刊本</th><th>日本 元祿本</th><th>備考</th></tr>
<tr><td>臘</td><td>臘 臈</td><td>臘 臈</td><td>臘</td><td rowspan="4">囟－囚</td></tr>
<tr><td>蠟</td><td>蠟 蠟</td><td>蠟</td><td>蠟</td></tr>
<tr><td>獵</td><td>獵 獵 獵 獵 獵</td><td>獵</td><td>獵 獵</td></tr>
<tr><td>鬣</td><td>鬣</td><td>鬣</td><td></td></tr>
</table>

이 변형은 세 판본 모두에서 囟-囚외에 丮-用, 鼠-鼡, 鼠-[illegible], 巛-[illegible] 등의 변형이 동시에 보이는데, 鼠-[illegible]의 경우는 변형을 유추할 수 없는 기타 변형의 예이다.

(32) 殳－旻(夊, 刄)

<table>
<tr><th>正字</th><th>朝鮮刊本</th><th>四部叢刊本</th><th>日本 元祿本</th><th>備考</th></tr>
<tr><td>沒</td><td>沒 沒 沒</td><td>沒 沒 沒</td><td>沒</td><td rowspan="2">殳－旻
(夊, 刄)</td></tr>
<tr><td>歿</td><td>歿</td><td></td><td>歿</td></tr>
</table>

이 변형은 朝鮮刊本과 四部叢刊本에서 다양한 변형이 보인다. 朝鮮刊本은 旻과 夊, 四部叢刊本은 旻와 刄, 元祿本은 旻의 형태를 보인다.

(33) 巠－坙

<table>
<tr><th>正字</th><th>朝鮮刊本</th><th>四部叢刊本</th><th>日本 元祿本</th><th>備考</th></tr>
<tr><td>經</td><td>經 經 經 經</td><td>經</td><td>經</td><td rowspan="2">巠－坙</td></tr>
<tr><td>莖</td><td>莖 莖 莖 莖</td><td></td><td>莖</td></tr>
</table>

이외 朝鮮刊本은 逕-逕, 徑-徑(徑, 徑), 逕-逕, 輕-輕(輕, 輕), 頸-頸(頸, 頸), 脛-脛(脛), 勁-勁 등의 글자에서 변형을 보인다. 朝鮮刊本의 經, 徑, 莖, 輕, 脛은 巠-坙의 변형 이외에 巠-巠의 변형을 혼용하고 있다. 元祿本은 巠-坙의 변형은 없고 莖-莖에서 艹-艹의 변형이 보이고 經-經처럼 필획이 중단된 변형을 보인다.

(34) 冉(冄)-冊(冉, 冊)

正字	朝鮮刊本	四部叢刊本	日本元祿本	備考
再	再 再	再 再		冉(冄)-冊(冉, 冊)
構	構	構		
稱	稱 稱 稱	稱 稱	稱 稱	

이외 朝鮮刊本은 篝-篝(篝), 溝-溝, 購-購 등의 글자가 있다. 朝鮮刊本은 冉-冉, 冉-冊의 변형을 보이고 四部叢刊本은 冉-冉, 冉-冉의 변형을 보인다. 稱은 朝鮮刊本에서 爪-爫, 爪-爫의 변형을 보이고 元祿本의 稱-稱 변형은 특이한 형태를 띠고 있다.

(35) 昗-具

正字	朝鮮刊本	四部叢刊本	日本 元祿本	備考
冥	冥 冥	冥 冥 冥	冥 冥	昗-具
溟	溟	溟	溟	

이 변형은 溟, 冥 글자에서만 보이는데 세 판본 모두에서 변형을 보인다. 그리고 冥은 세 판본 모두에서 기본 변형 이외에 冖가 宀로 대체된 형태이고 溟은 元祿本에서 冖가 宀로 대체된 것을 볼 수 있다.

(36) 幾－㡬

正字	朝鮮刊本	四部叢刊本	日本 元祿本	備考
譏	譏	譏		幾-㡬
幾	㡬 㡬		几	
機	機 机		機	

이외 朝鮮刊本은 嘰-嘰 글자가 있다. 이 변형은 세 판본에 모두에 보이나 판본에 따라 다르게 나타난다. 朝鮮刊本은 幾-㡬의 변형에다 丶의 위치가 아래로 이동되었고, 譏는 四部叢刊本에서 譏처럼 ノ이 유지되었다. 幾는 元祿本에서 오늘날의 簡體字 几로 쓰였고 機는 朝鮮刊本에서 机와 같이 오늘날의 簡體字로도 쓰였고 朝鮮刊本과 元祿本에서 丶의 위치가 아래로 이동되었다.

(37) 雚－雈

正字	朝鮮刊本	四部叢刊本	日本 元祿本	備考
觀	觀 觀 観 覌	觀		雚-雈
權	權	權		
歡	歡	歡		

이외 朝鮮刊本은 灌-潅 글자가 있고 四部叢刊本은 勸-勸, 顴-顴, 懽-懽 등의 글자가 있다. 이 변형은 元祿本에서는 보이지 않으며, 観, 覌처럼 朝鮮刊本은 다른 형태의 변형을 보여주며 四部叢刊本은 기본 변형에 충실하다.

(38) マ－力

正字	朝鮮刊本	四部叢刊本	日本 元祿本	備考
勇	勇	勇	勇	マ-力
湧	湧	湧	湧	
涌	涌		涌	

이 변형은 세 판본 모두에서 나타난다. 다만 マ-力의 변형이 朝鮮刊本에서만 명확하고 四部叢刊本과 元祿本은 모두 マ-[illegible]의 형태를 띠고 있다.

(39) 亏－丂

正字	朝鮮刊本	四部叢刊本	日本 元祿本	備考
匏	匏	匏	匏	亏-丂
胯	胯	胯 胯	胯	
刳	刳	刳	刳	

상기 이외에 四部叢刊本은 樗-樗, 愕-愕, 誇-誇 등 글자의 변형이 있다. 이 변형은 亏-丂 변형 이외에 세 판본 모두에서 대체로 大-[illegible]처럼 점이 증가된 형태를 띠고 있다. 四部叢刊本의 胯는 亏-丂 변형 없이 大-[illegible]의 변형을 보인다.

(40) 大－立

正字	朝鮮刊本	四部叢刊本	日本 元祿本	備考
奇	竒	竒		大－立
攲	攲	攲		
綺	綺	綺		
倚	倚	倚		
寄	寄	寄		
騎	騎 騎	騎		

상기 이외에 四部叢刊本은 猗-猗의 글자가 있다. 이 변형은 大-立 변형 이외의 변형은 보이지 않으며 朝鮮刊本과 四部叢刊本에서 모두 일치하며 元祿本에서는 보이지 않는다.

(41) 臼－旧

正字	朝鮮刊本	四部叢刊本	日本 元祿本	備考
閻	閻	閻		臼－旧
舊	舊 舊 舊 舊 舊 舊 舊 旧	舊 舊		
鼠	鼠 鼠 鼠 鼠 鼠 鼠	鼠		
寫	寫 寫 寫	寫		

상기 글자 이외에도 朝鮮刊本은 兒-兒(兒), 縚-縚, 鯢-鯢 등의 자에서 변형이 보이고 四部叢刊本은 稻-稻에서 변형이 보인다. 朝

鮮刊本은 여러 글자들이 臼-旧의 형태만이 아니라 臼-日의 형태로 변형된 자를 혼용하고 있다. 이중 舊, 鼠, 寫는 臼-旧 이외에 卄-丷, 卄-䒑, 臼-日, 鼠-用, 宀-冖 등 하나 이상의 필획이 동시에 변형된 형태를 보여주고 있다. 朝鮮刊本 舊-旧의 변형은 오늘날의 簡體字이다. 四部叢刊本의 鼠, 寫는 변형이 없으며 元祿本은 동일 변형이 없다.

(42) 久-乆(厶), 田-冈, 丙-丐, 㡭-米, 令-令, 离-离, 口-厶, 亍-亍(亍), 亶-亶(亶), 必(叉)-乂, 黽-黾, 人-メ 등

正字	朝鮮刊本	四部叢刊本	日本 元祿本	備考
久	乆 乆	乆 乆		久-乆(厶)
畝	畆 畆	畆	畆	
象	象	象		田-冈
像	像 像	像		
眪	眄	眄		丙-丐
麪	麪	麪	麪 麪	
繼	継		継	㡭-米
斷	断 断 断	断	斷	
領	領		領	令-令
翎	翎		翎	
離	離	離		离-离
籬	籬	籬		
强	強	強	強	口-厶
襁	襁		襁	

衡	衡	衡		亍-亍(亍)
術	術 術 朮		術 術	
檀	檀 檀 檀 檀	檀		亶-亶(亶)
密	密	密		必(乄)-乄
蠅	蠅	蝿 蠅	蝿 蝿	黽-黾
繩	縄 縄	縄	縄	
俎	俎	俎		人-㐅
菹	菹		菹 菹	

상기 이외에 朝鮮刊本은 亍-亍(亍) 변형에 珩-珩, 銜-銜, 衛-衛, 行-行, 街-街 등이 있고, 亶-亶(亶) 변형에 壇-壇(壇, 壇), 必(乄)-乄 변형에 蜜-蜜(蜜, 蜜)의 글자들이 있다. 四部叢刊本은 久-夂의 변형에 灸-灸(灸), 柩-柩 등, 离-离 변형에 禽-禽, 璃-璃, 擒-擒의 글자가 있다.

여기에 정리한 변형은 대체로 소수의 글자에서 발견된 것들이다. 글자에 따라 한·중·일 간본 모두에서 보이거나 두 개의 간본 혹은 朝鮮刊本에서만 보이는 것도 있다. 畝-畆(畆, 畆) 변형에서 畆는 畝의 동자이다. 齒-㐫 변형에 四部叢刊本과 元祿本은 齒-齒의 형태를 보인다. 元祿本의 術(術)은 亍-亍(亍) 변형 없이 점이 생략되었고, 蝿(蝿)과 縄은 黾의 형태가 아닌 黽의 형태에 가깝다. 菹도 人-㐅의 변형과 다른 형태를 보이는데, 人-㐅 변형의 俎는 俎의 諱자이다.

(43) 它-也, 匕-也, 睪－睾, 𣶒-渊, 示-ネ, 亡-亡, 丵-业, 水-示(匕-上), 𠓛-火, 処-外, 蚤-叉, 樂-楽, 𠬝-艮, 㠯-长, 壬-缶, 人-乂, 世-丗, 父-仌, 工-亠, 彳-彡(ヲ), 臣-臣, 肉-肉, 立-彐, 口-人, 麗-䴡 등

正字	朝鮮刊本	四部叢刊本	日本 元祿本	備考
蛇	虵	虵	虵	它-也
駝	駞	駞	駞	匕-也
澤	澤		澤	睪－睾
淵	渊	淵	淵	𣶒-渊
祥	祥 祥	祥		示-ネ
望	望 望	望	望	亡-亡
對	對 對 對 對	對	對 對	丵-业
潁	潁	潁	潁	水-示, 匕-上
脊	脊	脊	脊	𠓛-火
昝	昝	昝	昝	処-外
搔	搔	搔		蚤-叉
藥	薬		藥	樂-楽
報	報	報		𠬝-艮
能	能		能	㠯-长
淫	滛 滛	淫		壬-缶
世	丗 丗		丗	世-丗
釜	釜	釜	釜	父-仌
亂	亂 亂	亂 亂	亂	彳-彡 (ヲ)

頤	頥 頥		頥	臣-𦣝
腐	腐	腐		肉-肉
毅	毅	毅		立-彐
喪	䘮	丧	䘮	口-人
劍	劒 劔 劎 劍	劎 劒	劒 劎	僉-㑒
賓	賔		賔	冖-八

여기에 정리한 변형은 대체로 한 개의 글자에서 발견된 것들이다. 이 변형들 역시 위의 항목과 마찬가지로 글자에 따라 한·중·일 간본 모두에서 보이거나 두 개의 간본 혹은 조선 간본에서만 보이는 것도 있다.

상기 이외에 朝鮮刊本은 飠-食의 변형에 飽-飽, 飩-飩, 餙-餙, 餛-餛 등, 罒-罒의 변형에 驛-驛, 示-ネ의 변형에 禮-礼, 祿-祿, 福-福, 祀-祀, 祠-祠, 祆-祆 등, 樂-楽 변형에 樂-楽, 櫟-櫟, 鑠-鑠 등, 㠯-长 변형에 熊-熊, 態-態, 罷-罷(罷) 등, 世-丗의 변형에 葉-葉(葉), 牒-牒, 蝶-蝶(蝶) 등, 麗-麗변형에 驪-驪(驪), 來-来 변형에 來-来(来, 来), 僉-㑒 변형에 儉-倹 글자들이 있다.

它-也 변형에 虵는 蛇의 속자이며 匕-也 변형에 駞는 駝의 동자이다. 劍-劎은 僉-㑒 변형 이외에 刂-刀 변형이 동시에 이뤄졌고, 四部叢刊本의 劎(劒), 元祿本의 劒(劎)은 刂-刀 변형이 이뤄졌다. 元祿本의 藥은 樂-楽 변형 없이 艹-䒑의 변형을 보이고 能도 㠯-长 변형 없이 사용되었다. 四部叢刊本의 劎(劒)과 元祿本의 劒(劎)은 僉-㑒 변형 없이 刂-刀의 변형을 보인다.

(44) 기타

朝鮮刊本은 이상의 (1)~(43)의 표에서 보인 변형 글자 이외에도 아래와 같이 변형된 글자들이 있다. 이런 변형은 四部叢刊本이나 元祿本에서는 보이지 않는 변형이다.

(1) 因-囙 : 이 변형은 因-囙, 絪-䋡, 恩-𢙨, 烟-炯 등이 있다.

(2) 𧾷-⻊: 이 변형은 跳-跳, 跬-跬, 路-路, 跡-跡, 露-露(露), 踈-踈, 跌-跌 등이 있고, 跬-跬, 露-露와 같이 가로획이 생략된 자형도 있다.

(3) 疋-⺪: 이 변형은 是-是, 赴-赴, 足-足, 楚-楚 등이 있다.

(4) 此-此: 이 변형은 紫-紫(紫, 紫), 觜-觜(觜) 등이 있으며, 紫는 紫, 紫처럼 한 가지 이상의 변형을 보인다.

(5) 爲-爲: 이 변형은 爲-爲(爲, 爲, 爲, 爲, 爲, 爲, 爲, 爲, 爲, 爲), 僞-僞 등이 있다. 이 爲는 단일 글자로는 가장 많은 변형 형태를 보이는 글자로, 모든 글자가 爫의 형태가 조금씩 다른 점을 확인할 수 있고, 爲와 같이 灬를 단일 획으로 연결한 형태까지 있다.

(6) 分-分: 이 변형은 分-分, 粉-粉 등이 있다.

(7) 夾-夹: 이 변형은 峽-峡, 麩-麩 등이 있다. 㚊-㚊처럼 상단부가 유사하게 변형된 墻-墻의 경우도 있다.

(8) 區-區: 이 변형은 歐-歐, 甌-甌(甌), 貙-貙 등이 있다. 이들 자형은 區의 안 부분이 品로 변화하고 필획 변형과 동시에 필획 연장 또는 필획 연결 현상이 나타난다.

(9) 巛-刂: 이 변형은 愈-愈, 逾-逾 등이 있다.

(10) 严-严: 이 변형은 儼-儼, 嚴-嚴 등의 글자가 있다.

(11) 㝴-𦉰: 이 변형에는 淵-渊, 嘯-嘯 등이 있다.

(12) 句-勾: 이 변형은 鉤-鈎, 朐-朐가 있다.

(13) 鹿-鹿: 이 변형은 漉-漉, 麝-麝, 塵-塵 등이 있다.

(14) 雨-雨(雨, 雨): 이 변형에는 雷-雷(雷), 漏-漏, 霤-霤가 있다.

(15) 臣-𦣝(目): 이 변형에는 臣-臣, 堅-堅, 藍-藍, 掔-掔, 鑒-鑒, 覽-覧(覧), 賢-賢(賢), 臥-卧, 竪-竪 등이 있다.

(16) 彡-彡: 이 변형은 形-形, 影-影이 있다.

(17) 從-従(從-従): 이 변형에는 縱-縦(縦), 蹤-蹤(蹤) 등이 보인다.

(18) 襄-襄: 이 변형은 襄-襄, 瓤-瓤(瓤) 등이 있다.

(19) 㚇-㚇(癶): 이 변형은 際-際(際), 穄-穄, 祭-祭 등이 보인다.

(20) 𠂎-夕: 이 변형은 卿-卿, 卯-夘, 柳-栁(栁) 등에서 보이는데, 柳는 木-扌의 형태로 변형된 글자도 보인다. 四部叢刊本은 卿이 卿으로 쓰여 皀(皀)-艮(皀) 변형을 보이며, 卯가 夘로 쓰여 卩이 阝로 변형되었다.

이외에도 朝鮮刊本은 壬-缶의 淫-滛(滛), 丱-灬의 聯-聮, 业-业의 墟-墟, 乍-乍의 詐-詐, 小-⺌의 尙-尚, 𠬝-𠬝의 報-報, 巛-巛의 巢-巢 등과 같은 변형이 있고, 기타 父-父, 乳-乳, 厥-厥, 凌-凌, 望-望(望), 煞-煞, 實-實(實), 咎-咎, 凋-凋, 核-核(核), 界-界(界), 敢-敢, 瀾-瀾, 看-看, 公-公(公), 離-離, 榴-榴, 邈-邈, 璞-璞, 蠣-蠣, 然-然(然), 盈-盈, 黶-黶, 潁-潁, 毅-毅, 圍-圍(圍, 圍, 圍), 勗-勗, 懺-懺, 脊-脊, 瘁-瘁, 旣-旣, 欽-欽, 鐶-鐶, 劉-劉(劉), 壽-壽, 淚-淚, 鐵-鐵, 勝-勝 등이 글자의 일부에서 변형을 보이고 있다.

그리고 弓-弓(弓) 변형은 朝鮮刊本에 彄-彄, 弩-弩, 弭-弭(弭), 引-引, 張-張 등이 있고 四部叢刊本에 穹-穹 자가 있다. 이외에도 四部叢刊本은 彳-elsewhere(丬) 변형에 屣-屣, 履-履(履) 등, 走-走 변형에 起-起, 趁-趁(趂), 越-越 등, 死-歹(歹, 死) 변형에 葬-葬, 薨-薨, 屍-屍(屍) 등, 亡-亾(亡) 변형에 忘-忘(元祿本 亡-亾 妄-妄 忘-忘), 口-日의 변형에 壇-壇(壇), 篙-篙, 亮-亮, 烹-烹, 嵩-嵩, 鬻-鬻, 檀-檀, 羶-羶, 蓄-蓄 등, 皀(皀)-艮(皀) 변형에 卽-即, 溉-溉, 節-節, 卿-卿, 饗-饗, 餓-餓, 館-館(舘), 爝-爵 등, 詹-詹 변형에 膽-膽, 蒼-蒼, 贍-贍 등의 글자가 있다.

元祿本은 灬-从 변형에 遮-遮, 摭-摭 등, 酉-酉의 변형에 酒-酒, 醉-醉, 酣-酣(酣), 酌-酌, 醴-醴, 酸-酸, 醒-醒, 釀-釀, 醅-醅, 酪-酪, 酬-酬, 醉-醉 등이 보인다. 기타 四部叢刊本은 庚-庚, 摙-摙 변형이 있는데, 元祿本은 庚-庚의 변형을 보인다.

나. 其他 變形

글자의 변화를 유추하기 어려운 형태의 변형을 기타 변형에 분류하였다. 이 글자들은 변형된 필형에서 글자의 변화를 정확히 유추하기 어려운 글자들이다. 이 가운데는 오늘날의 簡體字, 略字나 俗字, 同字, 그리고 기타 글자로 나눌 수 있다.

(1) 簡體字形 변형

簡體字形 변형은 朝鮮刊本에서 다수 볼 수 있으며, 四部叢刊本과 元祿本에서는 제한적으로 보인다. 아래 표는 朝鮮刊本의 변형을 중

심으로 작성하고 四部叢刊本과 元祿本에서 유사 변형이 있는지 추출해 보았다. 상호 비교해 보면 글자에 따라 簡體字形 변형이 아닌 일부분이 변형된 글자들도 있다.

正字	朝鮮刊本	四部叢刊本	日本 元祿本	備考
爾	尒		尒	
𠸸	㖿	㖿		
舊	旧	舊		
棄	弃	弃 棄	弃	
亂	乱	乱 亂 亂		
憐	怜	怜		
靈	灵	靈		
蟲	虫 䖝	蟲 䖝		
號	号	號		
獻	献	献		
數	数		數 数	
牀	床	牀		
雙	双	雙 雙	雙	
於	于		於	
棲	栖		栖	
蝨	虱		蝨	
鬱	郁	郁	鬱	
纔	才	纔		
濟	済	濟	濟	

蠶	蚕	蠺	蚕 蠺	
莊	庄	庄	庄	
潛	潜	潜	潜	
屬	属		属	
寶	宝 寳	寶		
壞	壊	壊 坏		
斷	断 㫁 断	斷		

표 안의 朝鮮刊本 글자는 모두 현재의 簡體字로 쓰이는 변형인데, 이상의 예 이외에도 朝鮮刊本은 邇-迩, 彌-弥, 禰-祢, 聲-声, 乾-干, 蓋-盖, 糧-粮, 壓-压, 禮-礼, 爐-炉, 萬-万, 彎-弯, 蠻-蛮, 機-机, 燈-灯, 與-与, 戀-恋, 術-术, 襖-袄, 議-议, 遷-迁, 獮-狝, 無-无(旡, 旡), 邊-边, 齊-齐, 盡-尽 등의 글자가 있다. 四部叢刊本도 壞-坏, 囑-嘱, 矚-瞩, 璽-玺의 글자가 있고 元祿本은 幾-几, 矗-矗, 畫-畫 등이 있다. 세 판본 모두 동일하게 활용된 예는 棄-弃, 莊-庄 두 자에 불과하고 四部叢刊本과 元祿本은 朝鮮刊本에 비해 제한적으로 사용되었다.

이중 炉, 蛮, 数, 献, 虫, 旧, 乱, 渞, 蚕, 潜, 属, 迩, 弥, 声, 万, 灯, 与, 双, 断처럼 약자로 쓰인 글자가 간체화된 것이 있고, 邊-邉, 盡-尽, 莊-庒(疟) 등처럼 변화를 유추하기 어려운 형태를 혼용하기도 했다. 旧, 迩, 祢, 弥, 狝, 盖, 机, 灯, 乱, 灵, 礼, 炉, 万, 床, 双, 与, 恋, 齐, 渞, 尽, 数, 献, 蚕, 庄, 潜, 属, 蛮, 迁, 双 등의 글자는 속자인 것을 간체로 사용한 것으로 보인다. 尔, 咊, 伶, 号, 栖, 虱, 无, 弥 등은 동자로 쓰이는 글자들을 간체화한 것으로 보이는데 또 无

처럼 旡, 旡의 유사형태를 혼용하고 있는 것도 있다. 이 가운데 旧, 乱, 献, 数, 済, 蚕, 潜, 万, 蛮, 与, 属, 迹, 炉, 双 등의 글자는 속자이면서 약자로 활용된 글자들이다. 弃는 古字, 才는 통용자인 것이 활용되었고, 四部叢刊本에 쓰인 壊는 속자이면서 약자이며 坏는 간체이고, 断은 속자이다.

(2) 略字 · 俗字 · 同字 변형

正字	朝鮮刊本	四部叢刊本	日本 元祿本	備考
覺	覚 斍	覺		略字
鼓	皷	皷	皷	
歸	帰 婦	歸		
斷	断 [illegible] 断	断		
莊	荘	庄	庄	
豐	豊		豊	
藥	薬		藥	
藝	芸	藝		
兎	兎 兔	兎 兔	兔 兎	俗字
卻	却	却 郤	郤	
怪	恠	恠	恠 恠	
關	関	關		
國	国 囯 囯	國	國 國	
那	郍	郍	郍	
飯	飰	飰	飰	
敍	叙 敘	叙	叙 敘	

揷	揷	揷		
鹽	塩	塩		
屆	屆 屆	屆		
珍	珎	珎		
體	躰 躰	體		
窗	窓 牕(동)	牕	牕	
解	觧 觧 觧	觧		
收	収 収	収		
杯	盃		盃	
涼	凉	凉		
學	斈 學 學 學	學		
莊	庄 荘 荘 荘 荘 荘 庄	庄	荘 庄	
顚	顛	顛 顛		
恥	耻	耻		
牀	床 牀	床 牀		
虛	虚 虚 虚 虚 虚 虚 虗	虚 虗	虗	
獻	献 獻 獻 献	献 獻	獻	
蓋	盖	盖 葢	葢	
賓	賔	賔	賔	
蛇	虵	虵	虵	
虯	虬		虬	
叫	呌	呌 呌	呌	

柏	栢		栢	
臘	臈	臘		
趨	趍	趋	趍	
辭	辞 辭	辭 辤	辭	
吝	恡	恡	恡	
臭	臭 臰 臰	臭(간)	臰	
號	号 號 號 號	號 號	號 號	
畝	畆 畆	畆	畆	
駝	駞	駞	駞	
剛	㓻	㓻 㓻		
貌	皃	貌		
匹	疋	疋	疋	
饑	飢	饑		同字
碁	棋	棊	棊	
疏	疎 踈	踈		
修	脩 脩	脩	脩	
玩	翫 翫	翫	翫	
筆	笔	笔		
煮	煑	煑	煑	
臭	臰 臰 臰	臰		
鎖	鎻	鎻 鏁		
慙	慚	慚	慚 慙	

표 안의 略字·俗字·同字 분류는 朝鮮刊本 글자를 기준으로 분류한 것이다. 내용을 보면 세 판본에서 동일하게 사용된 글자는 鼓-皷, 怪-恠, 叫-呌, 那-䢸, 敍-叙, 吝-恡 등 몇 글자에 불과하고 朝鮮刊本에서의 변형이 많은 것을 볼 수 있다. 朝鮮刊本은 覔, 帰, 断, 荘, 豊, 薬, 尝 등의 약자가 활용되었고 帰는 古字이다. 四部叢刊本의 断은 속자, 庄은 속자이면서 簡體字이다. 元祿本의 庄은 속자, 豊은 속자와 유사한 형태로 쓰였다.

朝鮮刊本은 兎, 却, 恠, 関, 国, 䢸, 飰, 叙, 挿, 届, 珎, 躰, 窓, 収, 盃, 凉, 塩, 荢, 庄, 蕻, 床, 虚, 献, 盖, 肁, 虵, 呌, 陁, 栢 등의 속자, 免의 簡體字 및 약자, 敘, 腮, 疋 등의 동자를 활용하였고 觧은 속자인 鮮에 점이 추가된 형태로 활용되었다. 같은 글자가 여러 형태로 활용되는 현상을 보여준다. 四部叢刊本의 兎, 却, 恠, 関, 䢸, 飰, 叙, 挿, 珎, 觧, 収, 凉, 塩, 庄, 献, 盖, 肁, 虵, 呌 등은 朝鮮刊本과 같이 속자로 활용되었고, 屆는 속자 届의 변형형태, 虚, 剅, 疋 등의 동자를 활용하였다. 元祿本은 兎, 恠, 䢸, 飰, 叙, 盃, 庄, 肁, 虵, 呌, 陁, 栢 등의 속자, 免 등 簡體字, 敘, 腮, 疋 등 동자를 활용하였다.

이상의 글자 이외에도 朝鮮刊本은 속자에 齋-斎, 齊-斉(斊), 濟-済, 擧-挙(举, 挙), 見-児, 尼-尼, 泥-泥, 因-囙, 軫-軫, 鰂-鰂, 體-躰(躰), 약자에 鬱-欝, 靈-霊, 變-変 등, 동자에 脅-脇의 글자가 있다. 四部叢刊本도 속자에 沈-沉, 冰-氷, 懈-懈 등, 약자에 揷-挿, 동자에 斤-觔, 毆-驅, 牆-墻 등의 글자가 있다. 또 각 판본은 글자에 따라 본래의 자에 변형을 가해 활용하거나 다양한 변형을 보이는 글자들이 있다.

또한 위 (1)의 簡體字形 변형에서 다룬 舊-旧, 亂-乱, 蟲-虫(虽),

號-号, 獻-献, 數-数, 雙-双, 濟-済, 蠶-蚕, 潛-潜, 屬-属, 寶-宝, 斷-断(㫁, 断) 등은 약자형 변형이며, 舊-旧, 亂-乱, 靈-灵, 獻-献, 數-数, 牀-床, 雙-双, 濟-済, 蠶-蚕, 莊-庄, 潛-潜, 屬-属, 寶-宝, 邇-迩, 蓋-盖, 爐-炉, 萬-万, 蠻-蛮, 與-与, 戀-恋, 遷-迁, 獮-狝, 齊-齐, 盡-尽 등은 속자형 변형이다. 이 중 旧, 乱, 献, 数, 済, 蚕, 潜, 万, 蛮, 与, 属, 迩, 炉, 双 등의 글자는 속자이면서 약자로 활용된 글자들이다.

(3) 기타

여기에 분류한 글자들은 '나. 기타 변형' 글자들 중 명확한 특징을 발견할 수 없는 자들을 분류하였다. 이 글자들은 약자와 유사하거나 簡體字와 유사한 글자도 있으며, 글자의 변화를 정확히 유추하기 어려운 형태의 글자들도 있다. 이 가운데 玦-玦, 鼓-皷, 修-脩(脩), 趨-趍, 疋-匹 등은 通假字[13]로 분류할 수도 있으나 앞에서 밝힌 바와 같이 넓은 의미의 이체자 개념으로 분류하였다.

正字	朝鮮刊本	四部叢刊本	日本 元祿本	備考
憩	[illegible]	[illegible]		

13) 通假字란 일반적으로 의미와 자형은 다르고 음만 비슷한 글자들을, 음에만 의거하여 서로 자형을 빌려 쓰는 것을 말한다.(金愛英, 〈英國圖書館藏本《六祖壇經》 이체자 연구〉, 《중국어문학론집》 제53호, 중국어문학연구회, 2008, 21쪽.) 鼓-皷, 修-脩(脩), 趨-趍의 글자들은 앞의 '(2) 略字, 俗字, 同字 변형'에서 漢韓大字典의 내용에 따라 鼓-皷는 약자, 修-脩(脩)는 동자, 趨-趍는 속자에 각각 분류한 바 있다.

兼	兼 兼	兼		
顧	頋	顧	顧	
年	年 年 年 年		年 年	
帶	帶	帶	帶 帶	
兜	兠	兠	兜	
陶	陶	陶	陶	
臘	臘	臘		
梁	梁	梁 渘	渘	
發	發 發 發	發		
邊	邉		邉	
鳳	鳯	鳯	鳯 鳯	
鼻	鼻	鼻	鼻 鼻	
犀	犀	犀		
乘	乗	乗		
華		華	華	
遠	逺		遠 遠	
焉	焉 焉 焉 焉 焉 焉	焉	焉	
睿	睿		睿	
炙	炙	炙		
栽	栽	栽		
齎	齎	齎	齎	
鼎	鼎 鼎	鼎 鼎	鼎 鼎	

畫	㐼 畫	畫	畵 画 画	
聽	聴	聽	聽 聴	
麄	麁 麤		麤	
總	摠	揔 惣 総	惣	
置	罝 寘 寘	置 寘 罝	置 寘	
它	他		它	
陁	陀	陁	陁 陀	
橐	擢 橐		槖	
匹	疋	疋	疋	
候	侯	候		
蟹	蠏 蟹	蟹 蠏		
纔	纔 絳	繞	纔	
魘	猒	猒		
鍾	鐘	鍾	鐘	
船	舡 船	船		

이상의 글자 외에도 유사한 형태의 변형이 있다. 朝鮮刊本은 乾-乹(乹), 侃-偘, 惡-悪, 儀-儀, 爾-爾, 蕊-蘂, 甯-寗, 幗-襧, 繭-蠒, 對-對, 興-㒷, 鐵-銕, 浸-浸, 處-処, 脞-脞, 鄲-鄲, 釋-釋, 桑-桒, 繡-綉(繍), 所-所, 碗-盌, 匙-匙, 濕-湿, 顯-顕(顯) 撥-撥, 鸞-鸞, 潛-潜, 縱-縦, 鱸-鱸, 珠-珠, 舞-舞(舞), 無-无, 崩-崩(崩)등과 같이 변형된 글자들이 있다. 四部叢刊本도 噓-嘘, 廳-

廳, 竈-竈의 글자가 있고, 元祿本은 嗤-嗤가 있다.

2) 筆劃의 增減

가. 筆劃의 增加

원래의 자형에 한 획 혹은 한 획 이상의 필획이 가로로 혹은 세로로 증가한 글자들을 분류하였다. 이는 필획의 증가 방식에 따라 세로획의 증가, 가로획의 증가, 점의 증가, 삐침의 증가, 종합 증가 등 다섯 가지로 분류하여 각 판본의 글자들을 배열하였다.

(1) 세로획의 증가

세로획의 증가이다. 이것은 원래 있는 글자의 형태에 세로획을 추가한 경우의 글자들을 분류하였다.

正字	朝鮮刊本	四部叢刊本	日本 元祿本	備考
姬	姬 姬	姬 姬		
段	叚 段 段 段	段	段	
遐	遐	遐		
叔	叔	叔		
頤	頤 頤	頤 頤	頤	
熙	熙		熙	
竺	竺 竺		竺	
寵	寵	寵		
龍	龍	龍	龍 龍	
壟	壟	壟		
籠	籠	籠	籠	

龕	龕	龕		
襲	襲	襲		

상기 도표 안의 글자 이외에도 朝鮮刊本은 抚-抚, 霞-霞, 虾-鰕(蝦), 假-假(假, 假), 鰕-鰕(鰕, 鰕) 등의 글자가 있다. 판본의 글자에 따라 단순히 하나의 획을 증가한 경우도 있으나 雄, 叚, 叚, 叔, 順 등처럼 동시에 다른 변형을 보이는 글자들도 있다. 세 판본 모두 일치하는 글자는 段-叚, 簫-簫 변형이며, 朝鮮刊本과 四部叢刊本의 일치도가 높다.

(2) 가로획의 증가

이것은 원래 있는 글자의 형태에 가로 획을 추가한 글자의 경우이다.

正字	朝鮮刊本	四部叢刊本	日本 元祿本	備考
冢	冢	冢		
刺	刺	刺	刺	
血	血	血	血	
柏	栢		栢	
親	親	親		
復	復 復 復 復	復 復	復	
腹	腹 腹 腹	腹 腹 腹	腹	
覆	覆 覆 覆	覆 覆	覆	
監	監	監 監	監	
棗	棗	棗	棗	

棘	棘	棘		
局	局	局		
時	時	時	時	
新	新	新		
爽	爽	爽		
衆	衆	衆	衆	
笊	笊	笊	笊	
珊	珊		珊	

세 판본 모두 일치하는 글자는 剌-刺, 棗-棗, 笊-笊 등 세 글자이다. 도표 안의 글자 이외에도 朝鮮刊本은 幸-幸, 捍-捍, 爪-爪, 迦-迦, 策-策, 柵-柵 등의 글자가 있고 四部叢刊本은 履-履(履), 蝮-蝮의 글자가 있다. 판본의 글자에 따라 단순히 하나의 획을 증가한 경우도 있으나 辭(辭), 冢, 血, 柘, 瘦(瘦, 復), 腹(腹), 覆(覆), 監(監), 局, 時, 爽, 衆, 笊 등처럼 동시에 기타 획의 감소, 필획의 연장, 다른 변형 등을 보이는 글자들도 있다.

(3) 점의 증가

이것은 원래 있는 글자의 형태에 점을 추가한 글자의 경우이다.

正字	朝鮮刊本	四部叢刊本	日本 元祿本	備考
群	群 羣 羣	羣 群 羣 群		
碑	碑 碑	碑	碑	

壁	壁 壁	壁 壁		
拜	拜		拜	
奄	奄	奄		犬-丸
掩	掩	掩 掩	掩	
匏	匏	匏	匏	
閹	閹	閹		
庵	庵	庵		
胯	胯	胯 胯	胯	
刳	刳	刳	刳	
瓠	瓠	瓠	瓠	
淹	淹	淹		
軌	軌	軌	軌	
丈	丈	丈		
杖	杖	杖 杖		
枕	枕	枕 枕	枕	
仗	仗	仗 仗		
杜	杜 杜	杜		
含	含	含 含 含	含	
曳	曳	曳	曳	
單	單 單	單	單	
技	技	技		
洩	洩 洩	洩	洩	
涉	涉	涉		

紙	紙	紙		
步	歩	步 歩	步 步	
達	達 達	達 達		
唾	唾	唾		
莊	荘 莊 莊 荘 庄 荘 㽵	庄	庄	
解	觧 觧 觧 觧 觧	觧 解 觧		

세 판본 모두가 일치하는 글자는 曳-曵, 單-单, 匏-瓟, 胯-胯, 剝-剥, 匏-瓟, 軌-軏, 洩-洩, 步-歩 등이 있다. 이 중 匏-瓟, 胯-胯, 剝-剥, 匏-瓟는 大-犬처럼 두 개의 점이 추가된 형태이다. 朝鮮刊本과 四部叢刊本 글자들이 일치도가 높은 편이다. 도표의 글자 이외에 朝鮮刊本은 土-圡, 吐-吐, 昏-昬(昬), 翔-翔, 粧-粧, 廐-廐, 漑-漑, 鋒-鋒(鋒), 裝-装, 汁-汁, 升-升, 美-美(美), 友-犮(犮), 彈-彈(彈, 彈, 彈), 奘-奘(奘), 津-津, 筆-筆(筆, 筆), 律-律, 覓-覔. 釋-釋, 澤-澤(澤, 澤, 澤), 監-監(監), 笑-笑(笑, 咲), 建-建(建) 등의 글자도 있다. 四部叢刊本은 沈-沈(沉), 唵-唵, 牡-牡 등이 있는데 沉은 沈의 속자이다. 元祿本은 耽-躭의 글자가 있다. 그리고 四部叢刊本의 일부 글자는 杖(杖), 枕(枕), 狡(伏)처럼 같은 글자에 점을 위 또는 아래에 증가시켜 사용하는 예도 있다. 元祿本은 瓟, 胯, 剥, 瓟, 軏, 桄, 曵, 洩, 步 등과 같이 점을 추가한 글자가 많지 않다.

이것은 원래 있는 글자의 형태에 점획(點劃)을 추가한 형태의 글자이다. 이 글자들은 글자의 상단부에 점을 증가한 자, 글자의 중단부에 점을 증가한 자, 글자의 하단부에 점을 증가한 자, 기타 등의 유형으로 분류해 볼 수 있다. 점이 증가한 글자 가운데 土, 吐, 杜(社), 曳, 洩(洩), 狀, 佼, 爻, 汁, 技, 友(友), 感(咨) 등의 글자는 글자의 상단부에 점을 증가한 경우이다. 莝(莝, 痤), 光(光), 裳, 粧, 涉, 步, 草, 剃, 執, 監, 升, 美(美), 紙, 嗾, 笑(笑, 笑), 壁(壁) 등의 글자는 글자의 중단부에 점을 증가한 경우다. 釋, 澤(澤, 澤), 驛(驛, 驛), 群, 解, 建(建), 津, 筆, 衛, 鋒(鋒), 碑(碑), 拜, 達(達), 彈(弹, 彈, 彈) 등은 글자의 하단부에 점을 증가시킨 글자이다.

기타에는 膀, 匏, 庭, 閹, 庵, 淹, 奄, 掩, 溉, 就, 枕, 含 등의 글자가 있다. 膀, 剃, 匏 등의 글자는 점을 증가한 이외에 亏-亐처럼 필획이 연장되어 연결된 변형도 보인다. 碑는 朝鮮刊本은 점을 추가한 碑과 삐침을 생략한 碑를 활용했고, 四部叢刊本과 元祿本은 모두 삐침을 생략한 碑를 활용했다. 拜는 朝鮮刊本의 拜만 점이 증가되었고 元祿本의 拜는 점의 증가 없이 가로획이 생략된 경우이다. 解 역시 朝鮮刊本의 解만 점이 증가되었다. 技는 朝鮮刊本은 技처럼 점이 증가되었지만 四部叢刊本은 技처럼 점의 증가 없이 필획이 단축된 형태를 보인다. 四部叢刊本의 達 역시 가로획이 생략된 형태이다. 四部叢刊本의 單, 元祿本의 單은 모두 점의 증가 없이 필획이 연결된 형태이다.

(4) 삐침의 증가

이것은 원래 있는 글자의 형태에 ㇒획을 추가한 글자이다.

正字	朝鮮刊本	四部叢刊本	日本 元祿本	備考
厚	厚	厚	厚	
蝦	蝦 蝦	蝦		

蟲	虫 虫	蟲 虫		
發	發 發 發 发	發	發	
腸	腸 腸	腸		
絲	絲	絲 絲	絲	
玃	玃	玃		
雙	雙 双	雙 雙	雙	
私	私 私	私		
臭	臭 臭 臭		臭	

ノ 획을 추가한 글자에는 蝦(蝦), 發, 裏, 絲, 私(私), 雙, 虫, 衷, 玃, 腸(腸), 厚, 子, 臭, 钁 등이다. 세 판본 모두 일치하는 글자는 絲-絲, 厚-厚 등이다. ノ을 추가한 이상의 글자 이외에도 朝鮮刊本은 衷-衷, 钁-钁, 子-子, 裏-裏 등의 글자가 있다. 四部叢刊本은 虹-虹, 蟲-蟲, 蝕-蝕, 蛟-蛟, 蝗-蝗 등의 글자가 있으며, 元祿本도 蝕-蝕의 글자가 있다. 双은 雙의 속자, 臭는 臭의 동자, 蟲-虫의 虫은 약자 虫의 변형이다. 四部叢刊本과 元祿本의 雙은 又가 증가된 형태, 元祿本의 發은 필획이 생략된 형태이다.

기타 綜合적으로 增加한 글자들이 있다. 이것은 원래의 글자에서 하나 이상의 필획이 동시에 증가한 글자가 이에 해당하며 소수의 글자가 있다.

正字	朝鮮刊本	四部叢刊本	日本 元祿本	備考
豆	荳	荳		
登	登	登		

이외에도 朝鮮刊本은 簦-簦, 穉-穉, 剞-剞, 鄧-鄧, 燈-燈(灯) 등의 글자, 四部叢刊本은 澄-澄의 글자가 있다.

나. 筆劃의 생략

원래의 자형에서 한 획 혹은 한 획 이상의 필획이 생략된 경우이다. 이는 필획의 생략 방식에 따라 세로획의 생략, 가로획의 생략, 점의 생략, 삐침의 생략, 綜合 생략 等으로 분류할 수 있다.

(1) 세로획의 생략

이것은 원래의 글자에서 세로획을 생략한 경우이다.

正字	朝鮮刊本	四部叢刊本	日本 元祿本	備考
植	植 植 植	植 植 植	植	直-直
殖	殖	殖		
直	直 直	直 直 直 直	直	
置	置 寘 寘	置 置 寘	寘	
縣	縣		縣 縣	
懸	懸 懸	懸	懸	
愼	慎	愼		眞-真 (眞, 眞)
眞	真 眞	真 眞 眞 眞 眞	眞	
鎭	鎭 鎮	鎭 鎭		
瞋	瞋 瞋	瞋 瞋 瞋	瞋 瞋 瞋	
稹	稹	稹		
塡	塡 填	塡 塡		

顚	顛 顛 顛	顛 顛 顛		
寬	寛	寛 寛		

이 경우는 두 종의 글자에서 뚜렷하게 보여준다. 세로획의 생략은 直이 直으로 변한 것과 眞이 真으로 변한 것이 대표적이다. 四部叢刊本과 元祿本에서는 글자에 따라 세로획이 생략되지 않은 변형도 보인다.

이외 朝鮮刊本은 繩-縄(繩), 四部叢刊本은 值-値(値)의 글자가 있다. 대부분 朝鮮刊本과 四部叢刊本에서 변형을 보였고 元祿本은 瞋이 유일하게 변형을 보였지만 朝鮮刊本의 瞋(瞋), 四部叢刊本의 瞋(瞋, 瞋)과는 다른 형태의 변형을 보였다. 세로획의 생략 없이 필형이 변형된 글자들이 다수 보인다.

(2) 가로획의 생략

이것은 원래의 글자에서 가로획을 생략한 경우이다. 이 종류는 直이 直으로 변한 경우와 眞이 真으로 변한 경우에서 두드러지게 나타난다. 또 堇-堇 변형, 匡-匡 변형, 寧-寧 변형, 具-具 변형, 歹-歺 등이 있다.

正字	朝鮮刊本	四部叢刊本	日本 元祿本	備考
植	植 植 植	植		直-直
眞	真 真	真 眞 真 真		眞-真
顚	顛 顛 顛	顛 顛 顛		
塡	填	塡		

愼	愼	愼 愼		
瑾	瑾	瑾		
勤	勤		勤	堇-堇
堇	堇	堇		
寧	寕 寍 寧 寗	寕 寗	寕 寗	寧-寕
儜	儜	儜		
具	具	具		具-具
俱	俱	俱		
逢	逢	逢		夆-夆
烽	烽	烽		
蓬	蓬	蓬		
鐵	鐵	鐵	銕	壴-壴
宿	宿	宿 宿	宿	百-白
縮	縮	縮	縮	
楊	楊 楊	楊 楊		昜-昜
揚	揚	揚 揚		
踏	踏	踏		日-口
叉	叉	叉		
畢	畢	畢	畢	
百	百	百		
羹	羮	羹 羮	羹	
釘	釘	釘		
穀	穀 穀	穀	穀	

상기의 글자 외에도 朝鮮刊本은 直-直 변형에 殖-殖, 眞-真 변형에 闐-闐, 匡-匡 변형에 筐-筐, 歹-歺 변형에 殮-殮, 殊-殊, 銖-銖, 殃-殃 등이 있다. 또 皐-皐, 筆-筆, 廉-廉, 尾-尾, 白-白, 噉-噉, 攫-攫, 禁-禁, 論-論, 祗-祗, 懲-懲 등이 있다.

가로획이 생략된 글자들은 대부분 朝鮮刊本과 四部叢刊本에서 나타나며 元祿本은 제한적으로 보인다. 元祿本의 경우 鐵-鉄, 宿-宿, 縮-縮처럼 타 판본에 보이지 않는 형태의 변형을 보이는 글자도 있다. 四部叢刊本의 踏은 가로획의 생략이 아닌 세로획이 추가된 형태이며, 百은 가로획이 점의 형태이고 釘은 생략은 없고 필획이 연장된 형태를 보인다.

(3) 점의 생략

이것은 원래의 글자에서 점을 생략한 경우이다. 이 종류에는 瓜-瓜 변형, 凡-几 변형, 戶-尸 변형 등등이 있다.

正字	朝鮮刊本	四部叢刊本	日本 元祿本	備考
瓜	瓜 瓜	瓜	瓜	瓜-瓜
狐	狐 狐	狐	狐	
瓠	瓠	瓠	瓠	
孤	孤 孤	孤		
偏	偏 偏	偏	偏	戶-尸
徧	徧	徧		
甫	甫	甫		甫-甫
博	博	博		

傅	傅 傅	傅		
薄	薄 薄 薄 薄		薄 薄	
縛	縛	縛	縛	
膊	膊	膊	膊	
敷	敷	敷	敷	
決	决	决		氵-冫
潔	潔	潔	潔	
寫	寫 寫 寫	寫		宀-冖
瀉	瀉	瀉		
富	冨	冨		
憲	憲 憲		憲	
寇	寇	寇		
偕	偕	偕		白-日
筑	筑	筑	筑	凡-几
築	築	築	築	
鞏	鞏	鞏	鞏	
恐	恐	恐 恐	恐	
梵	梵	梵 梵	梵	
寃	寃 寃	寃	寃	
逸	逸 逸	逸	逸	
善	善 善 善	善		
流	流 流 流	流		
䟽	䟽	䟽	疏	

裹	褁 褁 褁	褁 褁	褁 褁	
拔	抜 拔 拔 拔	拔 拔 拔	拔	
祓	祓	祓	祓	
術	術 術 朮	術		
述	述		述	
留	留	畱		
卵	卯 夘	卯 夘 夘		
遘	遘		遘	
哭	哭	哭		
器	器	器 器	器	

이상의 글자 외에도 朝鮮刊本은 菰-菰, 苽-苽, 泒-泒, 弧-弧, 窳-窳, 編-編, 遍-遍, 鯿-鯿, 鄕-鄕(鄕), 宜-宜, 聳-聳, 救-救, 裘-裘, 球-球, 繕-繕, 膳-膳, 鄯-鄯, 梁-梁(梁), 債-債, 鄴-鄴 등의 글자가 있고, 사부총간 犮-犮의 변형에 菝-菝, 蚾-蚾 등, 瓜-瓜의 변형에 觚-觚, 笟-笟 등의 글자가 있다.

점의 생략은 세 판본 모두에서 두루 나타나는 현상이다. 朝鮮刊本의 拔, 拔, 拔, 四部叢刊本의 拔처럼 점의 생략이 아닌 점의 이동을 보이는 글자들도 있고, 朝鮮刊本의 拔, 祓, 四部叢刊本의 拔, 祓처럼 삐침의 형태로 변한 형태를 보이기도 한다. 四部叢刊本의 梵, 夘, 夘과 元祿本의 梵은 점의 생략이 아닌 필형이 변형된 형태를 보인다. 鞏-鞏, 恐-恐, 決-決, 潔-潔의 변형은 속자로 활용된 글자들이다.

(4) 삐침의 생략

이것은 원래의 글자에서 삐침을 생략한 경우이다. 이 종류에는 鬼의 상단 삐침을 뺀 鬼의 형태가 포함된 글자가 많고, 悉의 상단 삐침을 뺀 悉의 형태가 포함된 글자, 卑의 상단 삐침을 뺀 卑의 형태가 포함된 글자 등이 있다.

正字	朝鮮刊本	四部叢刊本	日本 元祿本	備考
槐	槐	槐	槐	
鬼	鬼 鬼	鬼	鬼	
魏	魏 魏	魏	魏	
魔	魔	魔	魔	
魄	魄 魄	魄	魄	
愧	愧	愧	愧	
魂	魂 魂	魂	魂	
醜	醜 醜	醜	醜 醜	
隗	隗	隗	隗	鬼－鬼
魅	魅 魅	魅	魅	
魍	魍	魍	魍	
魑	魑	魑	魑	
魎	魎	魎	魎	
魌	魌	魌	魌	
魁	魁 魁	魁	魁	
瑰	瑰		瑰	

餽	餽		餽	
傀	傀	傀	傀	
牌	牌	牌	牌	卑-甲
婢	婢	婢	婢	
碑	碑 碑	碑	碑	
俾	俾	俾	俾	
卑	甲 卑 卑	甲	甲	
鞞	鞞	鞞	鞞	
蜱	蜱	蜱	蜱	
脾		脾	脾	
痺		痺	痺	
髀		髀	髀	
裨	裨	裨	裨	
稗	稗	稗	稗	
捭	押	押	押	
番	畓	畓	畓	釆-米
幡	幡 幡	幡	幡	
燔	燔		燔	
藩	藩		藩	
蕃	蕃		蕃 蕃	
潘	潘	潘	潘	
瀋	瀋		瀋	
審	審	審	審	

播	播	播	播	
蟠	蟠	蟠		
翻	翻	翻	翻	
遙	遥	遥		
謠	謡	謡		
搖	揺	揺	揺	缶-缶
瑤		瑶	瑶	
獄	獄	獄	獄	
腦	腦	腦 脑	腦	
隆	隆	隆	隆 隆	
旣	既 既	既 既	既	

이상의 글자 외에도 朝鮮刊本은 袂-袂, 堦-堦, 皆-皆, 師-師, 螄-螄, 獅-獅, 産-産(產), 滻-滻, 悉-悉, 艧-艧, 蜀-蜀, 顧-頋(顧, 顧), 歸-歸(帰, 帰, 歸, 歸, 歸) 등의 글자가 있고, 四部叢刊本은 鬼-鬼의 변형에서 媿-媿, 魗-魗, 䭈-䭈 등의 글자에서 변형을 보였다. 元祿本은 卑-卑의 변형에서 椑-椑의 글자에서 변형을 보였다. 朝鮮刊本은 釆-米 변형에 膰-膰, 四部叢刊本은 璠-璠이 있다. 삐침의 생략은 세 판본 모두에서 두루 나타나며 일치된 형태를 보이는 경우가 많다. 朝鮮刊本의 既는 旣의 속자이다. 腦는 세 판본 모두 腦처럼 삐침 이외에 가로획이 추가로 생략되었으며 四部叢刊本은 추가로 脑와 같은 변형도 있다. 脾-脾, 痺-痺, 髀-髀 글자는 朝鮮刊本에는 변형이 없고 四部叢刊本과 元祿本에만 보인다.

(5) 종합 생략

이것은 원래의 글자에서 하나 이상의 필획을 동시에 생략한 경우로 세 판본에 모두 보인다.

正字	朝鮮刊本	四部叢刊本	日本 元祿本	備考
膏	膏	膏 膏		
壓	压 壓 壓	壓 壓 壓	猒	
穆	穆	穆	穆	
梟	梟 梟 梟	梟	梟	
鼈	鼈	鼈 鼈	鼈	
亦	亦		亦	
廳	廳	廳	廳	
裹	褁	褁 褁	褁	
藏	藏 藏	藏	藏	
邊	邊		邊	
褰	褰		褰	
囊	囊 囊	囊		
懷	懷 懷	懷	懷	
黿	黿		黿	

위 글자 외에도 朝鮮刊本에는 璇-璇, 諮-諮, 其-其, 鬘-鬘(鬘), 憂-憂(憂), 嚇-嚇, 刻-刻 등의 글자에서 하나 이상의 생략을 보이는 글자들이 있다. 壓은 朝鮮刊本에서 压처럼 簡體字形 변형을 보이고 元祿本에서는 厭과 통용되는 猒으로 변한 것처럼 전혀 유추하기 어려운 변형을 보이기도 한다. 元祿本에서 亦은 위의 점이 옆으로 누운 형

태의 변형을 보이고 褰은 蝁의 형태를 보여 衣가 虫으로 대체된 형태이다. 四部叢刊本의 囊은 口-厶로 편방이 대체된 형태를 보이고 있다.

이상에서 살펴보았듯 '筆劃 增加'와 '筆劃 省略'의 글자들은 단순히 書寫의 편리만을 위해 필획을 증가하거나 생략한 것으로 보인다. 복잡한 한자의 자형을 붓이란 필기도구를 이용하여 쓸 때, 다른 글자와 혼동을 일으킬 가능성이 거의 없는 글자들의 경우 한 두 획을 증가하거나 생략함으로써 서사의 편리함이 있기 때문이다. 물론 종합 증가, 종합 생략의 경우는 여러 필획을 증가하거나 생략한 글자들도 있어 혼동할 수 있으나 이 역시 대부분의 글자가 전체적인 자형에 큰 변화를 주지 않는 범위 내에서 이루어졌고 소수의 글자에 보인다.

3) 筆劃의 短縮 및 延長

가. 筆劃의 短縮

원래의 글자에서 필획의 일부를 단축한 경우이다. 이 종류에는 狂(狂)처럼 犭의 일부가 단축된 형태를 포함한 자형, 吱 같은 支의 상단 일부가 단축된 자형, 若(若)과 같이 若의 右의 일부가 단축된 자형, 丰의 상단부가 단축된 害(害) 같은 자형, ⺕의 우측부가 단축된 雪(雪)의 자형, 攵의 하단 일부가 단축된 夜 형태, 力의 상단부가 단축된 纫자형, 土의 상단부가 단축된 涅, 示의 중간 부분이 단축된 除 등등이 있다.

正字	朝鮮刊本	四部叢刊本	日本 元祿本	備考
狂	狂 狂	狂	狂	犭-犭
狗	狗	狗	狗	

狸	狸		貍	
猩	猩 猩	猩		
猪	猪	猪		
狙	狙		狙	
狼	狼		狼	
獨	獨	獨	獨	
邦	邦	邦		
猶	猶 猶		猶	
害	害 害	害	害	丰-王
豁	豁	豁	豁	
割	割	割		
劫	刼	刼	刼	力-刀
除	除	除		朩-示
年	年 年 年 年		年 年	
灰	灰	灰	灰	𠂇-厂
炭	炭	炭		
支	攴 攴	攴		支-攴
伎	伎	伎		
若	若 若		若	右-石
雪	雪 雪	雪		ヨ-彐
涅	涅	涅	涅	土-工
秦	秦	秦	秦	
肅	肅		肅	

이상의 글자 이외에 朝鮮刊本은 犭-犭의 변형에 猛-猛, 狎-狎, 猳-猳, 狤-狤 등, 支-支의 변형에 吱-吱, 枝-枝 등, 力-刀의 변형에 幼-幼, 勦-勦 등, 夂-夂의 변형에 夜-夜, 腋-腋 등, 彐-彐의 변형에 帚-帚, 掃-掃 등이 있다. 기타 徐-徐, 郡-郡, 君-君, 有-有, 來-來(來), 而-而(而, 而), 常-常, 嗽-嗽, 耳-耳, 頗-頗, 畚-畚, 各-各, 瞀-瞀, 集-集, 致-致, 誌-誌, 届-届, 諾-諾, 慝-慝, 肅-肅, 淖-淖, 輪-輪, 未-未, 索-索, 杌-杌, 琵-琵, 昪-昪, 杜-杜, 戟-戟, 桂-桂, 乹-乹, 考-考, 臂-臂, 苐-苐, 蠅-蠅, 毛-毛 등의 글자에서 다양한 형태의 필획단축 현상을 보이고 있다.

元祿本은 犭-犭의 변형에 獮-獮, 獠-獠 등의 글자, 四部叢刊本은 屣-屣, 履-履 등의 글자가 있다. 판본에 따라 변형을 달리하거나 하나 이상의 변형을 보이는 글자도 있다. 朝鮮刊本의 猩, 猩, 猩과 四部叢刊本의 猩은 하나 이상의 단축이 이루어졌고, 朝鮮刊本과 元祿本의 刼은 필획단축과 동시에 필획이 추가된 형태이고 四部叢刊本의 刼은 필획단축과 연장이 동시에 행해졌다. 四部叢刊本의 泰은 필획 단축이 아닌 필획 연장 형태, 元祿本의 泰은 필형이 변형된 형태를 보인다.

나. 筆劃의 延長

원래의 글자에서 필획의 일부를 연장한 경우이다. 이 자형에는 傷(傷)처럼 昜-昜(昜)의 형태로 연장된 글자, 金(金, 金)과 같이 필획의 일부가 연장된 余-余의 형태, 亨-亨처럼 연결된 형태의 郭자 형태, 冊(冊) 형태의 髯, 鳥-鳥의 형태인 鳥(鳥, 鳥), 廿-卌의 형태인 庶(庶), 壬-壬의 형태인 挺과 같은 글자들이 있다. 또 九(九), 习, 攵과 같은 글자, 巳, 巳와 같은 글자, 民, 眠과 같은 글자, 埀, 睡와 같은 글자, 某(某), 媒와 같은 글자, 永, 脉과 같은 글자들도 다양한 형태를 띠고 있다.

正字	朝鮮刊本	四部叢刊本	日本 元祿本	備考
昜	昜	昜	昜	昜-昜(昜)
傷	傷 傷	傷	傷	
觴	觴 觴		觴	
陽	陽 陽	陽 陽	陽	
楊	楊 楊	楊		
湯	湯 湯	湯	湯	
場	場	場 場	場	
腸	腸 腸	腸		
賜	賜	賜 賜	賜	
郭	郭	郭		古-亩
廓	廓	廓		
敦	敦	敦		
熟	熟	熟 熟	熟	
亭	亭	亭		
停	停	停		
高	高	高		
毫	毫	毫	毫	
隔	隔	隔 隔	隔 隔 隔	

<table>
<tr><td>忌</td><td>忌</td><td>忌</td><td>忌</td><td></td></tr>
<tr><td>民</td><td>民</td><td>民</td><td></td><td></td></tr>
<tr><td>眠</td><td>眠</td><td>眠</td><td></td><td></td></tr>
<tr><td>垂</td><td>垂</td><td>垂 垂</td><td></td><td></td></tr>
<tr><td>睡</td><td>睡</td><td>睡 睡</td><td>睡</td><td></td></tr>
<tr><td>某</td><td>某 某</td><td></td><td>某</td><td></td></tr>
<tr><td>脉</td><td>脉</td><td>脉 脉</td><td></td><td></td></tr>
<tr><td>母</td><td>母 母</td><td></td><td>母</td><td></td></tr>
<tr><td>南</td><td>南</td><td>南 南
南 南</td><td></td><td></td></tr>
<tr><td>擅</td><td>擅</td><td>擅</td><td></td><td></td></tr>
<tr><td>鄙</td><td>鄙</td><td>鄙</td><td></td><td></td></tr>
<tr><td>挈</td><td>挈</td><td>挈</td><td></td><td></td></tr>
<tr><td>昭</td><td>昭</td><td></td><td>昭</td><td></td></tr>
<tr><td>稱</td><td>稱 稱 稱</td><td>稱 稱</td><td>稱 稱 稱</td><td rowspan="2">冉-冊
(冉)</td></tr>
<tr><td>寗</td><td>寗 寗</td><td>寗</td><td>寗</td></tr>
<tr><td>再</td><td>再</td><td>再</td><td></td><td></td></tr>
<tr><td>金</td><td>金 金 金</td><td>金</td><td></td><td rowspan="6">余-余</td></tr>
<tr><td>途</td><td>途</td><td>途</td><td></td></tr>
<tr><td>塗</td><td>塗 塗</td><td>塗 塗</td><td>塗</td></tr>
<tr><td>蜍</td><td>蜍</td><td>蜍</td><td></td></tr>
<tr><td>餘</td><td>餘</td><td>餘 餘</td><td></td></tr>
<tr><td>除</td><td>除</td><td>除</td><td></td></tr>
</table>

金	金	金		
舍	舎	舎 舍	舍	
捨	捨	捨		舍-舎
舒	舒 舒	舒		
鳥	鳥 鳥 乌		鳥 鳥 鳥	
鴞	鴞	鴞		鳥-鳥
庶	庶 庻	庻	庻	
席	席	席	席	廿-卄
庭	庭	庭		壬-壬
丸	九 丸	丸 丸		
執	执 執	執		丸-九(丸)
藝	藝 尝	藝	藝	
勢	勢	勢 勢	勢	
刃	刄	刄 刄	刃	刃-刄
異	異	異 異 異	異	
章	章	章		
量	量	量		
會	會	會	會	
北	比	北	北	
廣	廣		廣	
鍇	鍇		鍇	
角	角	角 角		
顔	顔	顔		

상기 이외에도 朝鮮刊本은 昜-昜(昜)의 변형에 揚-揚, 蝪-蝪 등, 㐭-亩위 변형에 韓-韓, 鶉-鶉, 彈-彈, 豪-豪, 蒿-蒿(蒿) 등, 余-余의 변형에 徐-徐, 기타 己-巳, 夕-夕, 媒-媒, 永-永, 盲-肓, 鉏-鉏, 如-如, 齧-齧, 穸-穸, 妖-妖, 匝-匝, 昆-昆, 莳-莳, 又-又, 髯-髯, 鷂-鷂, 鸛-鸛(鸛), 革-革, 切-切, 佪-佪, 屬-屬(屬), 貞-貞, 寡-寡, 秦-秦, 餂-餂, 反-反, 匕-匕, 攸-攸, 皀-皀, 哉-哉, 便-便, 銷-銷, 挺-挺 등의 글자가 있으며, 四部叢刊本은 舍-舍 변형에 舘-舘, 余-余의 변형에 賒-賒, 禾-禾의 변형에 蓁-蓁, 溱-溱 등, 丸-丸의 변형에 囈-囈, 蟄-蟄 등, 昜-昜(昜)의 변형에 錫-錫 등이 있으며, 元祿本은 亘-亘, 垣-垣, 喧-喧, 宣-宣, 晝-晝, 旻-旻, 鉏-鉏, 但-但, 萛-萛, 冥-冥, 眼-眼, 睹-睹, 暗-暗, 眸-眸, 莳-莳(莳), 映-映, 曄-曄, 睫-睫, 瞼-瞼, 瞳-瞳, 昨-昨, 眴-眴, 睇-睇 등의 글자가 있다. 朝鮮刊本과 四部叢刊本에서 변형 형태 및 일치하는 글자들이 다수 있고, 朝鮮刊本의 鳥(鳥), 穽 등, 四部叢刊本의 垂, 睫, 南, 擅, 舍, 刄(刄), 量, 角, 顏 등, 元祿本의 睡, 舍, 鳥(鳥) 등처럼 특이한 형태의 변형을 보이는 글자들도 있다. 會-會의 변형은 필획 연장과 함께 囮-田처럼 필획이 연결된 형태인데, 元祿本은 會처럼 필획의 연장만 나타난다. 四部叢刊本의 垂와 睫는 필획중단과 변형의 형태이고, 南(南)은 필획 단축이나 변형, 量은 필획 추가 및 연결, 角은 필형 변형 등의 형태를 보인다. 세 판본 모두에 보이는 庶는 필획 연장과 동시에 변형이 되었다.

위에서 살펴 본 '筆劃 短縮'과 '筆劃 延長'의 글자들 역시 '筆劃 增加'와 '筆劃 省略'의 글자들처럼 단순히 書寫의 편리나 시각적 효과를 위해 필획을 短縮하거나 筆劃을 延長한 것으로 보인다. 대부분의 글자가 전체적인 자형에 큰 변화를 주지 않는 범위 내에서 이루어졌기 때문에 소통에 장애가 되지 않는다.

4) 筆劃의 連結 및 中斷

가. 筆劃의 連結

원래의 글자에서 필획의 일부를 하나로 연결시킨 경우이다. 여러 개의 점을 하나의 필획, 즉 가로획이나 세로획으로 연결하였다. 이런 종류의 글자 중 네 개의 점이 하나로 연결된 대표적인 것은 다음 세 가지이다. 첫 번째는 馬가 馬로 변한 것처럼 騷, 驗, 駱, 憑, 駮, 騎 등등의 글자가 있다. 두 번째는 鳥가 鳥로 변한 경우로, 鵓, 鳴, 鳳, 鴨, 鴈, 鵂, 鳩, 鶴 등등의 글자가 있다. 세 번째는 魚가 鱼의 형태로 변한 경우로 鱗와 같은 글자가 있다. 이밖에도 네 개의 점을 연결한 예는 앞의 '필형의 변형'에서 언급한 爲, 烏 등도 있다.

다음은 囬-田 변형의 僧, 贈, 鱠 등, 毒, 悔와 같은 연결, 擢, 彗와 같은 연결, 四, 罒와 같은 연결, 旃, 冊, 舟와 같은 연결 등이 있다. 이외에도 다수의 글자에서 가로획이나 세로획이 연결된 글자를 찾을 수 있다.

正字	朝鮮刊本	四部叢刊本	日本 元祿本	備考
馬	馬 馬		馬	馬-馬
騷	騷	騷		
驗	驗 驗 驗	驗	驗	
憑	憑 憑 憑 憑	憑	憑	
駮	駮 駮		駮	

騎	騎 騎	騎		
駝	駞 駝 駞		駞	
馱	馱	馱	馱	
駄	馱 駄		馱	
驅	驅 駈	駈 敺		
騣	騣		騣	
鱗	鱗		鱗	魚-鱼
悔	悔	悔 悔		母-毋 (毋)
晦	晦	晦 晦 晦	晦	
每	毎	毎 毎	毎	
毒	毒	毒 毒	毒	
母	毋 毋	毋 毋	毋	
舟	舟	舟		舟-舟
船	船 舡	船		
曾	會 曽	曾		罒-田
僧	僧	僧	僧	
甑	甑 甑	甑	甑	
繒	繒	繒 繒		
鱠	鱠	鱠	鱠 鱠	
罾	罾	罾		
黑	黒	黑	黑	
墨	墨	墨		
黛	黛	黛		

纏	纏	纏		
練	練	練		
鳥	鳥 鳥 鳥 鳥 鳥		鳥	鳥-鳥
鳴	鳴	鳴	鳴 鳴	
鳳	鳳 鳳 鳳 鳳	鳳	鳳 鳳	
鸚	鸚 鸚		鸚	
鸜	鸜		鸜	
鶆	鶆		鶆	
鴈	鴈	鴈	鴈	
鸕	鸕		鸕	
鵤	鵤		鵤	
鴨	鴨 鴨		鴨 鴨	
鵲	鵲 鵲		鵲 鵲	
鶬	鶬		鶬	
鵰	鵰		鵰 雕	
鵒	鵒		鵒 鵒	
鵡	鵡 鵡	鵡	鵡	
鷓	鷓 鷓		鷓	
鶘	鶘 鶘		鶘	
鳩	鳩		鳩	
[illegible]	[illegible]		[illegible]	
鶴	鶴 鶴 鶴		鶴	
鴿	鴿 鴿		鴿	
鶸	鶸		鶸	

鴻	鴻		鴻 鴻	
鷹	鷹		鷹	
鵝	鵝 鵝	鵝 鵝	鵝	
鸛	鸛		鸛	
鸝	鸝		鸝	
廻		廻	廻	回-囘
徊		徊	徊	
焉	焉	焉	焉 焉	
旃	旃 旃 旃	旃 旃	旃	
丹	冊	丹 丹		
往	往 往	往		
棘	棘		棘	
融	融 融	融	融	口-日
珊	珊		珊	
陵	陵	陵	陵 陵	
揀	揀		揀	
捏	捏	捏	捏	臼-日

상기 도표 이외에도 朝鮮刊本은 馬-馬 변형에 驗-驗, 駿-駿, 騶-騶(騶), 驩-驩, 駃-駃, 騰-騰, 駒-駒(駒), 駙-駙, 騾-騾, 駛-駛, 馴-馴, 駢-駢, 驛-驛(驛, 驛), 騃-騃, 驢-驢(驢, 驢), 騫-騫(騫, 騫), 驪-驪(驪), 駭-駭(駭), 騏-騏, 驎-驎, 騾-騾, 驟-驟(驟), 駿-

駿, 罵-駡(駡), 駱-駱(駱, 駱) 등의 글자가 있다. 鳥-鳥 변형에는 鴝-鴝, 鸛-鸛(鸛), 鷰-鷰(鷰), 鷓-鷓, 鷙-鷙, 鶩-鶩, 鷄-鷄(鷄), 鷺-鷺(鷺), 鷩-鷩 등의 글자가 있고, 魚-鱼 변형에는 鯉-鯉(鯉), 鰕-鰕(鰕, 鰕) 글자가 있다. 罒-田의 변형도 贈-贈, 増-增, 憎-憎의 글자가 있으며, 기타 변형에 艘-艘, 叫-叫, 賞-賞, 營-營, 然-然, 雷-靁, 氣-氣(氣, 氣), 榷-榷, 彗-彗, 爲-爲(爲, 爲), 怙-怙, 洲-洲, 盡-盡, 忉-忉, 臺-臺, 寵-寵, 稍-稍, 闊-闊, 媒-媒, 四-罒, 西-覀 등의 글자가 있다.

四部叢刊本도 罒-田의 변형에 魯-魯, 襴-襴, 默-默, 繪-繪 등의 글자가 있고 母-毋(毋)의 변형에서 瑇-瑇(瑇), 海-海(海), 敏-敏(敏), 莓-莓, 繁-繁, 梅-梅 등의 글자가 있다. 元祿本은 鳥-鳥의 연결이 鳥-鳥로 연결되었는데, 鴉-鴉(鴉), 鵜-鵜, 鸛-鸛, 鳩-鳩, 鴳-鴳, 鵲-鵲, 鶇-鶇, 鷚-鷚, 鷁-鷁, 鵅-鵅, 鴝-鴝, 鵑-鵑, 鴟-鴟, 鷃-鷃, 鶉-鶉, 鷦-鷦, 鷯-鷯, 鶥-鶥, 鸝-鸝 등의 글자가 있고, 母-毋(毋)의 변형에서 晦-晦, 海-海, 敏-敏 등의 글자, 回-囘의 변형에 牆-牆(墻)의 글자가 있다. 四部叢刊本의 駇는 驅의 동자이다.

馬-馬의 변형은 朝鮮刊本에서만 나타나며 魚-鱼의 변형 역시 朝鮮刊本에서만 이뤄졌고 元祿本은 魚가 魚로 쓰였다. 鳥-鳥의 변형도 朝鮮刊本에서만 나타난다. 元祿本은 鳥-鳥의 형태인데 鳴과 鳴, 鴻과 鴻, 鷹처럼 혼용하거나 변형되지 않은 채 사용한 예도 있다. 四部叢刊本은 鵡, 鵝의 글자처럼 鳥와 鳥를 혼용하는 경우도 보인다. 元祿本에 보이는 陵-陵(陵)의 변형은 朝鮮刊本 陵과 사부총간본 陵과는 다르게 특이한 변형을 이루고 있다. 曽, 甑처럼 罒-田 이외에 八-ソ의 변형을 동시에 보여주는 글자들이 있고, 朝鮮刊本

會, 四部叢刊本 會, 元祿本 會와 같이 기타 부분이 변형을 보이는 것도 있다.

나. 筆劃의 中斷

원래의 글자에서 필획의 일부를 끊는 식의 글자 형성 방법이다. 예를 들면 臼를 臼 또는 旧로 단절하여 획을 끊어버리는 형식이다. 대표적인 글자의 형식은 臼-臼의 형식이다. 이런 종류의 글자는 舅, 毁, 舊, 陷, 鼠 등이 있다. 기타 필획을 끊는 방식을 보이는 글자는 趙, 面, 試, 生과 같은 글자 등도 있다.

正字	朝鮮刊本	四部叢刊本	日本 元祿本	備考
面	面	面 面		目-口
試	試	試		
生	生 生 生 生	生		
趙	趙 趙		趙	
舅	舅	舅		臼-臼
毁	毁 毁 毁 毁	毁	毁	
舊	舊 舊 舊 舊 舊 舊 舊	舊 舊 舊		
臼	臼	臼		
陷	陷		陷	
鼠	鼠 鼠 鼠 鼠 鼠 鼠	鼠 鼠		

도표 안의 글자 이외에도 朝鮮刊本은 寫-寫(寫, 寫), 䌌-䌌, 免-免, 營-營, 椹-椹, 驚-驚(驚), 于-于, 克-克, 神-神(神), 宮-宮(宮), 中-中(中, 中, 中), 牛-牛, 動-動, 本-本, 士-士 등의 글자가 있으며, 四部叢刊本은 緬-緬이 있다. 臼-臼의 변형이 가장 많은데 朝鮮刊本과 四部叢刊本은 대체로 일치하나 元祿本에서는 나타나지 않는다. 판본에 따라 필획 중단이 아닌 필형의 변형, 필획 생략, 필획 연결 등의 형태를 보인다.

5) 偏旁의 代替

글자를 구성하고 있는 일부분이 다른 편방으로 대체된 것을 말한다. 예를 들어 臼-日(臾-史), 阝-卩, 匕-亠(上, 亠), 口-厶, 衤-礻, 己-已(巳), 宀-冖, 竹-卄, 亠-亠, 兄-允(允, 允), 力-穴, 吅-八, 巳-匕, 廿-䒑, 矢-夫, 旡-夫, 巛-小(小), 入-人, 匃-匂, 口-几, 彡-忄(小), 先-夫, 匕-工, 丂-口, 八-儿, 力-刀(力), 小(小)-巛, 上-亠 등등과 같이 편방이 변화된 것을 말한다. 이들 변형은 필형의 변화에 넣을 수도 있으나 변화 결과가 명확한 글자들은 모두 편방의 대체에 넣었다. 이 종류에는 어떤 글자들이 있는지 구체적 예를 들어보겠다.

(1) 臼-日(臾-史)

正字	朝鮮刊本	四部叢刊本	日本 元祿本	備考
瀉	瀉		瀉	臼-日 (臾-史)
腴	腴	腴	腴	
臾	史	史		

萸	萸 萸	萸		
庾	庾	庾		
搜	搜	搜	搜	

도표 안의 글자 이외에도 朝鮮刊本은 兒-皃, 蹈-蹈, 艘-艘, 插-揷, 瘦-瘦 등이 있으며, 瀉와 蹈는 臼-日 외에 宀-冖, 爫-⺈, 足-⻊의 형태로 변형되는 등 하나 이상의 필획이 변형을 보이고 있다. 四部叢刊本의 蹈는 필획 중단의 형태를 보인다.

(2) 阝－卩

正字	朝鮮刊本	四部叢刊本	日本 元祿本	備考
陰	隂	陰	陰 陰	
降	降 降	降	降	
陸	陸	陸	陸	
隋	隋	隋	隋	
隨	隨 随	隨	隨	
隕	隕	隕	隕	阝－卩
阿	阿	阿	阿	
陽	陽 陽	陽	陽	
隘	隘	隘	隘	
隗	隗	隗		
隆	隆 隆	隆 隆		
陪	陪	陪	陪	

除	除		除	
際	際	際	際	
阻	阻	阻	阻	
笻	笻	笻	笻	
邛	邛	邛	邛	
郎	郎		郎	
陵	陵 陵	陵		
陶	陶 陶 陶	陶		
隱	隱 隱 隱 隱	隱 隱	隱	
陋	陋		陋	
隍	隍	隍	隍	
防	防	防	防	
隔	隔	隔 隔 隔		
耶	耶	耶	耶	
陟	陟	陟 陟 陟	陟 陟	
附	附	附	附	
障	障	障	障	
隧	隧 隧	隧 隧	隧	
限	限	限	限	
墮	墮 墮	墮	墮	
陛	陛	陛	陛	
階	階 階	階	階	
隙	隙	隙	隙 隙	

鄕	鄕 鄉	鄉 鄕	鄕	
院	院	院	院	
阮	阮	阮	阮	
隅	隅	隅	隅	
陜		陜	陜	
陳		陳	陳	
陣		陣	陣	
險		險	險(險)	
陂		陂	陂	
隊		隊	隊	

이외에도 朝鮮刊本은 陰-陰, 陷-陷, 陷-陷, 榔-榔, 嚮-嚮 등의 글자가 있다. 四部叢刊本은 陪-陪, 郵-郵(郵), 陡-陡, 擲-擲 등의 자가 있다. 이 변형은 세 판본 모두에서 대부분 일치하게 나타난다. 이 가운데 隨에서 工이 생략된 隨, 隆에서 生-生, 除에서 朩-朩, 隱에서 爫-爫, 墮에서 工의 생략, 階에서 比-比, 隔에서 口-日, 鄕에서 皀-艮과 乡-乡, 院에서 完-元처럼 阝-卩 이외의 다양한 변형과 혼용을 볼 수 있다. 또한 陶는 陶처럼 근거를 알 수 없는 변형도 보인다. 陰은 陰, 陰과 함께 혼용되었다. 阝-卩 변형과 반대로 卩-阝의 변형의 글자도 있는데, 朝鮮刊本에 卻-郤, 印-印 등이 있다. 四部叢刊本도 卩-阝로 쓰인 경우가 있다. 却-郝, 脚-脚, 卯-卯 등의 글자에서 卩이 阝으로 대체되어 사용되었다. 陜, 陳, 陣, 險, 陂, 隊 등은 四部叢刊本과 元祿本에서만 편방이 대체된 글자들이다.

(3) 匕－亠(上, 𠂉)

正字	朝鮮刊本	四部叢刊本	日本 元祿本	備考
嘗	甞 甞 嘗 甞	甞 甞 甞	甞 甞 嘗 甞	匕－亠 (上, 𠂉)
指	指 指	指	指	
詣	詣	詣	詣 詣	
脂	脂 脂	脂	脂	

이 변형에서 嘗은 匕-亠, 匕-𠂉, 匕-一, 匕-乚 형태의 변형된 글자가 혼용되고 있고, 指는 日-口 변형이 동시에 이루어졌다. 판본에 따라 글자의 변형 형태가 일치하는 것도 있으나 대체로 다르게 나타나는 현상을 알 수 있다.

(4) 口－厶

正字	朝鮮刊本	四部叢刊本	日本 元祿本	備考
鄖	鄖	鄖		口-厶
涓	涓	涓	涓	
隕	隕	隕		
員	員	員	員 員	
殞	殞	殞		
韻	韻	韻		
絹	絹 絹	絹		
勛	勛		勛	
損	損	損 損		

雖	雖	雖		
鐲	鐲	鐲	鐲	
圖	圖	圖 圖 圖	圖	

상기의 글자 이외에 朝鮮刊本은 圓-圎(圎), 鉛-鈆 등의 글자가 있다. 유사한 예로 或-或의 변형도 있다. 四部叢刊本은 鵑-鵑, 狷-狷, 釀-釀, 攘-攘, 鉤-鉤 등의 글자도 있다. 隕처럼 口-厶 변형 이외에 阝-卩 변형도 동시에 이루어졌고, 損과 損처럼 본 자와 혼용하는 경우도 있다. 朝鮮刊本과 四部叢刊本은 대부분 글자에서 일치된 변형을 보여주나, 元祿本은 제한된 글자에서 변형되었다. 또한 口-厶 변형 없이 필획이 생략되거나 변형된 형태를 보이는 글자들도 있다.

(5) 衤－礻

正字	朝鮮刊本	四部叢刊本	日本 元祿本	備考
裕	裕		裕	衤-礻
褐	褐	褐	褐	
初	初	初 初		
袓	裸	祖		
衿	衿	衿		
裙	裙	裙		
袍	袍	袍		
襁	襁	襁		
被	被	被		

補	補	補		
衿	衿	衿	衿	
初	初	初		

이외에도 朝鮮刊本은 襟-襟, 衹-衹, 褫-褫, 襖-袄, 裩-裩, 袖-袖, 袂-袂, 裕-裕, 被-被, 袖-袖 등의 글자가 있다. 이 가운데 褫는 虒-厓의 변형도 있고, 袒-祼는 旦이 果로 변형되어 글자의 변화를 유추하기 어려운 변형이며, 襖-袄는 현재의 簡體字와 같은 변형으로 글자의 변화를 유추하기 어려운 변형이다.

朝鮮刊本과 四部叢刊本에서 주로 나타나며, 다수의 글자에서 일치한다. 裕는 朝鮮刊本의 裕, 元祿本의 裕, 모두 衤-ネ의 틀을 벗어났고, 朝鮮刊本의 祼는 袒과 의미와 유사하지만 음과 자형이 전혀 다른 자를 활용했다. 朝鮮刊本 衿은 今-令의 변형을 동시에 보인다.

(6) 己－已(巳)

正字	朝鮮刊本	四部叢刊本	日本 元祿本	備考
已	巳	巳	巳	己-已 (巳)
起	起 起	起 起	起	
忌	忌	忌		
厄	厄	厄	厄	
犯	犯	犯	犯 犯	
妃	妃	妃	妃	
記	記 記	記	記	

紀	紀	紀	紀	
玘	玘	玘	玘	
屺	屺	屺	屺	
改	攺	攺	攺	
卷	巻	巻		
倦	倦	倦		
危	危	危		
詭	詭	詭		
范	范	范	范	
扼	扼	扼	扼	

卷-巻, 倦-倦의 八-ソ, 范-范의 艹-亠 등은 己-巳(已) 이외의 필획이 변형되었다. 세 판본 모두 己-巳(已) 변형을 보이는데, 朝鮮刊本과 四部叢刊本은 대부분 일치하고 元祿本은 변형글자가 타 판복에 비해 적다. 朝鮮刊本의 起, 四部叢刊本의 攺 등은 변형 형태가 다르게 나타난다. 四部叢刊本 起는 走-走변형처럼 근원을 알 수 없는 추가 변형을 보인다. 또한 元祿本의 犯처럼 필획 단축이 동시에 나타난 경우도 있다.

(7) 宀-冖

正字	朝鮮刊本	四部叢刊本	日本 元祿本	備考
寧	寧		寧 寧	宀-冖
寫	寫 寫 寫	寫		

瀉	潟	瀉		
寇	寇	寇 冦		

상기 외에도 朝鮮刊本은 宜-宜(宜), 富-冨, 憲-憲 등의 글자가 있다. 이 변형은 필획의 생략에서 점의 생략에도 해당하나 본고에서는 편방의 대체로 보았다. 朝鮮刊本의 寧, 寫, 寫는 宀-冖의 변형 이외의 변형이 이뤄진 것을 알 수 있다.

(8) ⺮－艹

正字	朝鮮刊本	四部叢刊本	日本 元祿本	備考
等	等 等 等 等 等 等 等	等		⺮－艹
第	苐 第 第 第		第	
簷	薝	簷		
筐	茞	筐		

도표 안의 글자 이외에도 朝鮮刊本은 簡-蕑, 答-荅(荅, 荅), 筆-華 등의 자가 있으며, 等은 ⺮-ㅛ의 변형과 ⺮-艹, ⺮-艹의 변형을 혼용하고 있고 答도 ⺮-ㅛ의 변형과 ⺮-艹, 艹-艹을 혼용하고 있다. 朝鮮刊本 茞은 ⺮-艹의 변형 이외에 가로획의 생략, 四部叢刊本 筐은 ⺮-艹의 변형 없이 가로획이 생략되었다. ⺮-艹의 변형은 四部叢刊本과 元祿本에서는 나타나지 않는다. 四部叢刊本과 元祿本은 ⺮-艹처럼 편방이 대체된 자는 없고 필획이 연장되거나 단축 혹은 생략된 글자들이 있다.

(9) 𠂉－亠

正字	朝鮮刊本	四部叢刊本	日本 元祿本	備考
臨	臨 臨 臨 臨	臨		𠂉－亠
腹	腹 腹	腹	腹	

이외에도 元祿本은 履-履 글자가 있다. 도표의 글자 중 臨은 𠂉-亠 변형 이외에 臣-㠯(目) 변형이 보인다. 腹은 세 판본 모두에서 동일한 변형이 이뤄졌다. 朝鮮刊本에는 반대로 亠-𠂉의 경우도 있는데, 哀-哀의 경우이다. 또한 朝鮮刊本의 復-復(復, 復, 復) 변형은 𠂉-亠과 유사한 변형을 이루면서 彳-𢓊의 변형도 추가로 확인할 수 있다.

(10) 兄－允(允)

正字	朝鮮刊本	四部叢刊本	日本 元祿本	備考
脫	脫	脫	脫	兄-允 (允, 允)
蛻	蛻 蛻	蛻 蛻	蛻	
說	說 說	說 說		
悅	悅	悅	悅	

도표 안의 글자 이외에 朝鮮刊本은 兌-兊(兊), 稅-稅(稅), 閱-閱 등이 있다. 朝鮮刊本의 說은 說과 說의 형태이나 四部叢刊本은 說과 說의 자형을 쓰고 있다. 朝鮮刊本은 蛻가 蛻와 蛻로 쓰였는데 蜕는 오늘날의 簡體字이며, 四部叢刊本은 蛻와 蛻로 쓰였다. 朝鮮刊本의 稅는 稅와 稅로 쓰여 允과 允의 두 가지 형태를 혼용하였고, 允은 允으로 쓰고 充은 充으로 쓰는 유사한 변형도 있다. 元祿本의 경

우는 변형이 없이 활용된 것을 알 수 있다.

(11) ⺈－爫

正字	朝鮮刊本	四部叢刊本	日本 元祿本	備考
啗	啗	啗	啗	⺈－爫
陷	陷	陷	陷 陷	
餤	餤	餤		
焰	焰	焰		
閻	閻 閻	閻		

도표의 閻은 閻과 閻의 형태로 변형되었는데, 閻은 ⺈은 변형이 없고 臼가 旧로 변형된 형태를 보인다. 陷은 朝鮮刊本과 四部叢刊本에서 ⺈－爫 변형 이외에 阝－卩의 형태도 이뤄졌으나, 元祿本은 陷처럼 ⺈－爫 변형없이 阝－卩의 형태만 이뤄진 것을 알 수 있다. 반대로 淨－凈, 隱－隐의 경우는 爫가 ⺈로 변형된 형태도 있다.

(12) 吅－八(ソ)

正字	朝鮮刊本	四部叢刊本	日本 元祿本	備考
喪	喪	喪	喪	吅－八(ソ)
蟬	蝉 蟬	蟬		
禪	禅 禪 禅 禅	禅 禪		
憚	惮		憚	

이외에도 朝鮮刊本은 瓢－瓢, 讓－讓, 襄－襄, 戰－戦, 瓢－瓢, 巖－

巖, 獸-獣(獣) 등의 글자가 있다. 喪은 세 판본 모두 동일한 자형으로 변형되었다. 蟬은 朝鮮刊本은 蝉과 蝉의 형태에서 蝉은 虫의 가로획이 단축되고 점도 생략되었으며, 四部叢刊本은 변형 없이 사용되었다. 朝鮮刊本의 禪은 禅(禅, 禅)의 형태를 보이는데, 禪은 모두 示가 ネ의 형태로 변형되었고, 禅은 單의 하단에 필획이 첨가되었으며 禅과 禅은 吅-ハ의 형태로 변형되었다. 戰도 戦과 戦의 형태를 보이는데 戦 역시 單의 하단에 필획이 첨가되었다. 讓은 譲과 譲으로 혼용하였다.

(13) 㔾－匕

正字	朝鮮刊本	四部叢刊本	日本 元祿本	備考
苑	苑 苑	苑	苑	㔾-匕
宛	宛	宛		
盌	盌	盌		
椀	椀 椀	椀		
怨	怨	怨		

朝鮮刊本은 추가로 菀-菀, 碗-盌, 踠-踠, 惋-惋 등의 글자가 있다. 苑은 艹-丷 과 艹-丬의 변형이 같이 이루어졌고 혼용되었다. 元祿本은 변형된 글자가 없으며 苑의 경우도 夕의 필획이 연장된 형태를 보일 뿐이다. 朝鮮刊本 碗-盌의 경우는 글자의 변화를 정확히 유추하기 어려운 글자이다.

(14) 卄－丷

正字	朝鮮刊本	四部叢刊本	日本 元祿本	備考
漢	漢	漢	漢	卄-丷
韈	韈	韈		

위의 예 이외에도 朝鮮刊本은 鞋-鞋, 鞠-鞠(鞠), 歎-歎 등의 글자가 있는데, 卄-丷, 卄-丷 형태의 변형을 혼용하고 있다. 四部叢刊本은 변형이 없고 元祿本의 경우도 동일한 자형이 아니다.

(15) 矢－夫

正字	朝鮮刊本	四部叢刊本	日本 元祿本	備考
猴	猴猴	猴	猴	矢-夫
矣	矣	矣		

이외 朝鮮刊本에는 埃-埃, 疾-疾, 俟-俟, 族-族 등의 글자가 있다. 矢-夫의 변형은 朝鮮刊本에서만 보이고 四部叢刊本과 元祿本에서는 발견되지 않는다. 세 판본 모두에서 ユ-亠(工)의 변형이나 厶-𠂉의 변형도 동시에 보이고 있다. 朝鮮刊本 候-候(侯)의 候는 글자의 변화를 정확히 유추하기 어려운 변형이고, 四部叢刊本과 元祿本은 候-候 형태이다. 篌의 경우, 朝鮮刊本 篌-篌, 四部叢刊本 篌-篌, 元祿本 篌-篌의 형태로 모두 다르게 쓰였다.

(16) 旡－夫

正字	朝鮮刊本	四部叢刊本	日本 元祿本	備考
潛	潜 㵀	潛	潜 潛	旡-夫
熸	熸	熸	熸	
簪	簮	簮	簮	
蠶	蠺	蠶	蠺 蚕	

朝鮮刊本은 위의 글자 외에 鑽-鑚 글자도 있다. 朝鮮刊本 潛은 潜과 㵀의 변형이 있는데 현재의 潜은 簡體字와 같고 元祿本의 潛은 자형이 다르다. 蠶은 蠺과 蚕으로 나타나는데 蚕은 오늘날의 簡體字이다. 四部叢刊本 蠶은 旡-先의 형태로 변형되었다.

(17) 巛－⺌(小)

正字	朝鮮刊本	四部叢刊本	日本 元祿本	備考
臘	臘 臘 臈	臘	臘	巛-⺌(小)
獵	猟 獵 獵	獵	獵 獵	
蠟	蝋 蠟	蠟	蠟	
鏁	鏁	鏁		

이 변형은 朝鮮刊本에서만 보인다. 그런데 臘-臈처럼 巛이 ⺍로 변한 경우도 있고, 蠟-蝋처럼 巛와 囟가 旧로 변한 것도 있으며, 鎖-鏁처럼 ⺌(小)-巛의 형태로 변형된 경우도 있다. 四部叢刊本과 元祿本은 巛-⺌(小) 변형 없이 鼠-用(𠂤, 凮)처럼 하단의 변형이 用과 상이한 변형을 보이는 글자가 있다. 元祿本은 巛-⺌(小)이 진행된 글자들은 없

으며 필획단축이나 필형의 변형이 진행되었다.

(18) 入－人

正字	朝鮮刊本	四部叢刊本	日本 元祿本	備考
內	内		内	入-人
衲	衲	衲	衲	
兩	两 两	两	两	
蜽	蜽	蜽	蜽	

이외에도 四部叢刊本은 納-**納**도 있다. 모든 글자에서 入-人 변형이 이뤄졌다. 衲의 경우 衤-礻의 변형(衲)이 이뤄졌고, **两**처럼 현재의 簡體字도 보인다.

(19) 匃－匂

正字	朝鮮刊本	四部叢刊本	日本 元祿本	備考
渴	渴	渴 渴	渴	匃-匂
蝎	蝎	蝎	蝎	
鞨	鞨	鞨	鞨	
曷	曷	曷	曷	
褐	褐	褐	褐	
謁	謁 謁	謁	謁	
偈	偈	偈	偈	
喝	喝	喝	喝	

暍	睸	睸		
鍻	鍻		鍻	
葛	葛	葛	葛	
竭	竭	竭	竭 竭	
揭	揭 揭	揭		

朝鮮刊本은 이외에도 歇-歇 글자가 있다. 세 판본의 모든 글자에서 거의 일치한 결과를 보여준다. 이 가운데 曷-曷과 揭-揭은 匃-匂의 변형 이외 필획이 연결된 변형이 있고 鍻-鍻은 曷 위에 艹가 증가된 변형을 보이고 있다. 四部叢刊本의 渴은 氵-冫의 변형이 추가되었고, 元祿本의 竭은 匃-匂의 변형과 차이가 난다.

(20) 口－几

正字	朝鮮刊本	四部叢刊本	日本 元祿本	備考
尋	尋	尋		口-几
鄩	鄩	鄩		

이 글자들은 口가 几로 변형된 이외에도 彐이 ヨ로 변형되는 모습을 보여준다. 반대로 几가 口로 변형된 형태도 있는데 處가 処로 변한 경우이다. 이는 오늘날의 簡體字하고도 유사한 면이 있다. 處는 이외에도 處, 處, 處, 處, 處 등과 같이 상단부가 변하거나 점을 추가하고 필획이 추가되는 등 다양한 변형을 이루고 있다.

(21) 彡 — 忄(小)

正字	朝鮮刊本	四部叢刊本	日本 元祿本	備考
參	叅 叅	叅	叅	彡-忄(小)
醦	醦	醦		
黲	黲	黲	黲	
慘		慘	慘	

朝鮮刊本은 이외에도 須-湏, 衍-衍의 글자가 있다. 세 판본 모두 대체로 彡-忄의 변형을 보이나, 朝鮮刊本의 參은 叅과 叅으로 변형된 모습을 보인다. 朝鮮刊本 黲과 四部叢刊本 黲은 彡-忄의 변형 없이 灬의 이동만 보이고, 元祿本 黲은 彡-忄의 변형과 함께 灬의 이동을 보인다. 반대로 衍-衍처럼 氵-彡의 변형도 있다. 元祿本은 彡-忄(小)와 유사한 경우로 氺-忄(小)의 변형에 樣-様 글자가 있다.

(22) 先 — 夫

正字	朝鮮刊本	四部叢刊本	日本 元祿本	備考
鑽	鑚	鑚	鑚	先-夫
贊	賛	賛	賛	

이 변형은 세 판본 모두에서 동일한 형태를 보여 준다. 朝鮮刊本은 이외 攢-攅의 글자가 있다.

(23) 기타

正字	朝鮮刊本	四部叢刊本	日本 元祿本	備考
頃	頃	頃	頃	匕-工
瓊	瓊 瓊	瓊 瓊 瓊	瓊 瓊 瓊	⺈-⺳
詈	詈		詈	丂-口
宂	宂	宂		八-儿
負	負 負	負		⺈-刀(力)
鎖	鎖	鎖 鏁		⺌(小)-巛
稽	稽	稽		匕-亠

이외에도 朝鮮刊本은 匕-巳의 변형에 匙-匙(匙), 死-死 글자가 있는데, 匙의 경우는 독특한 형태를 이루고 있다. 四部叢刊本의 死는 匕-巳 변형 없이 死의 형태를 보인다. 匕-工 변형에도 尼-尼 泥-泥 등의 글자가 있다. 기타 大-火의 美-美(美), ⺳-不의 覓-覓, 刀-⺈의 招-招, 㣺-业의 澀-澀, 于-𠀋의 紆-紆, 止-山의 穢-穢, 齊-斉의 濟-濟, 木-才의 札-札, 王-金의 玦-玦, 支-皮의 鼓-皷, 旦-果의 裡-裸, 竹-⺍의 等-等, 無-无의 撫-撫, 目-王의 算-筭, 氐-互의 低-低, 聽-斤의 廳-廳, 乃-几의 朶-朵, 聿-毛의 筆-筆 등의 글자도 편방이 대체된 글자들이다.

四部叢刊本은 宀-穴의 대체도 있다. 寢-寢(寢), 寤-寤, 寐-寐 등의 글자에서 宀가 穴로 대체 사용되었다. 또 士-上에 隸-隸, 匕-上에 旨-旨, 氵-⺡에 菹-菹가 있다. 四部叢刊本의 鏁는 鎖의 동자이다. 匕-亠 변형의 稽는 朝鮮刊本은 稽처럼 匕-亠의 변형만 있

지만 四部叢刊本 就는 上-亠 이외에 尤-九의 변형이 동시에 이루어진 것이다. 四部叢刊本과 元祿本의 頃은 匕-工 변형이 아닌 匕-上의 형태를 보이고 있고, 元祿本의 號는 丂-口가 아닌 丂-几의 형태이다.

6) 構造 및 位置의 變化

필획 혹은 글자 일부의 부분 이동이다. 원래의 글자에서 필획이나 글자의 일부가 위치를 변경한 경우이다. 이 경우 點의 이동이 가장 많고 글자의 일부가 이동한 경우도 있다.

가. 필획의 위치 이동

이 경우 필획 이동의 주요 방식은 점의 이동이 두드러지는데, 대표적으로 몇 가지를 들 수 있다. 유사 종류로 髮(髮), 跋, 拔, 拔(拔, 拔, 拔), 成, 歲(歲) 등, 貳, 代, 伐, 式, 拭, 膩 등, 刃, 紉(紉), 忍 등, 凡, 汎 등, 非, 作 등, 就, 尤 등, 玉, 寶(宝), 瑩 등, 雀, 沙(沙, 沙), 少, 省 등이 있다. 기타 필획의 위치가 이동한 글자는 丞, 寒, 蚩, 帝, 抵, 執, 涉, 處 등도 있다. 세 판본에 중복해서 출현하는 글자를 도표로 정리하면 아래와 같다.

正字	朝鮮刊本	四部叢刊本	日本 元祿本	備考
髮	髮 髮	髮		
拔	拔 拔 拔 拔	拔	拔	

跋	䟦	䟦	䟦	
成	成	成		
歲	嵗 歳	嵗 嵗	嵗 歳	
式	式	式 式		
膩	膩	膩	膩	
刃	刄 刄	刅 刄		
仞	仭	仭	仭	
忍	忍 忍	忍		
凡	凢	凡 凡 几 几 凡	凢 凢	
汎	汎	汎 汎		
寶	宝 寳	寳		
吟	吟 唫	吟	吟	
就	就	就 就		
尤	尤	尤	尤	
雀	雀	雀		
沙	沙 沙 沙	沙		
少	少	少	少	
省	省	省		
術	术 術 術	術	術	
幾	幾 幾		几	

이외에도 朝鮮刊本은 枝-技, 貳-貮, 代-伐, 伐-伐, 拭-拭, 紉-紉(紉), 芃-芃, 莎-莎, 非-非, 作-作, 瑩-瑩, 返-返, 寒-寒, 蚩-蚩, 市-市, 抵-抵, 執-執, 巵-巵, 祆-祆, 刻-刻, 又-又, 玉-玉 등의 글자가 있고, 四部叢刊本은 抄-抄, 或-或, 砂-砂, 紗-紗, 杪-杪 등의 글자, 元祿本 帆-帆 글자가 있다.

跋-跋, 歲-歲, 膩-膩, 凡-凡, 少-少 등의 글자는 세 판본 모두 동일하게 변화하였다. 元祿本에 비해 朝鮮刊本과 四部叢刊本의 변화가 두드러진다. 대체로 朝鮮刊本 글자의 변화가 다양하게 나타나나, 凡의 경우 凡(凡, 凡, 九, 几)처럼 四部叢刊本의 글자가 다양한 변화를 보인다. 四部叢刊本의 髮, 成, 式, 几, 就 등과 元祿本의 尤는 필획의 위치 이동 없이 필획이 생략된 형태이고, 四部叢刊本의 办, 伆 등은 필획이 추가된 형태이다. 朝鮮刊本과 四部叢刊本의 歲는 필획의 위치 이동보다는 필형의 변형이 뚜렷하게 보이며, 元祿本의 歲는 필획이 생략된 형태이다. 朝鮮刊本의 宝와 朩은 오늘날의 簡體字에서 점의 위치가 이동되었고, 세 판본에 보이는 術은 점이 생략된 형태이다. 朝鮮刊本 幾는 점의 이동과 글자의 일부가 변형되었고 元祿本의 几는 오늘날의 簡體字이다.

나. 글자 일부의 위치 이동

글자의 일부가 위치를 이동한 경우이다. 원래 글자의 자형을 위치만 변경하였다. 이 경우는 좌우구조가 상하구조로 변한다든지 상하구조가 좌우구조로 변한 경우가 있고, 좌나 우에 있는 일부분이 전체를 받쳐주는 경우가 대표적이다. 좌우구조가 상하구조로 변한 경우는 替, 胷(胷,

胷), 峯, 峩, 䁖(腰), 羣(羣, 群), 寍, 嵳, 蟇 등이고, 상하구조가 좌우구조로 변한 경우는 壠, 慚, 蟹 등이며, 좌우 또는 상하에 위치해 있는 일부분이 전체로 확장된 경우는 燃, 點, 譙(譙), 燋, 樵, 燋, 醮, 黙(黙), 黥, 穩, 極(極), 便 등이 있다. 또 전체에 걸쳐 있는 부분이 부분으로 축소된 경우도 있는데 簸, 髮, 鼎(鼎), 荊 등이며, 좌우 위치만 바뀐 경우는 郌, 隣, 鄰, 蘚 등의 글자가 있다. 穩는 좌우위치도 바뀌고 일부분이 전체로 확장된 형태를 보여주고 있다.

正字	朝鮮刊本	四部叢刊本	日本 元祿本	備考
携	攜		攜	
胸	胷 胷 胷 胷	胷 胷 胷 胷	胷 胸	
峰	峯	峯		
峨	峩	峩	峩	
腰	䁖 腰	䁖	腰 䁖	
群	羣 羣 群	羣 群 羣		
嵯	嵳	嵳	嵳	
蟆	蟇	蟇	蟇	
壟	壠	壠	壠	
慚	慚	慚	慚 慙	
蟹	蠏 蟹	蠏 蟹		
簸	簸	簸	簸	
髮	髮	髮 髮		
點	點	點	點 點	

正字	朝鮮刊本	四部叢刊本	日本 元祿本	備考
譙	譙	譙	譙	
樵	樵	樵	樵	
僬	僬			
燋	燋	燋	燋	
醮	醮	醮	醮	
黥	黥	黥	黥	
默	默		默	
氈	氈	氊 氊	氊 氈	
鄰	隣	隣	隣	
辣	辢	辣		
鼎	鼎 鼎	鼎 鼎 鼎	鼎 鼎	
荊	荆	荆	荆	
繭	璽 璽	璽	璽	

이외에도 朝鮮刊本은 虻-蝱, 燃-燃, 極-极(極) 등이 있고, 四部叢刊本은 略-畧, 脅-脇, 黲-黪, 蕉-蕉, 鶬-鶬 등의 글자가 있다. 四部叢刊本에서 蘇는 蘓로 변해서 魚와 禾의 위치가 바뀐 것을 볼 수 있다. 세 판본 모두에서 글자의 일부가 동일하게 이동한 경우는 胸-胷, 峨-峩, 腰-䙅, 嵯-嵳, 嵳-嵳, 巃-巃, 慙-慚, 點-點, 譙-譙, 樵-樵, 燋-燋, 醮-醮, 黥-黥, 氈-氊, 鄰-隣, 鼎-鼎, 荊-荆 등의 글자에서 보인다.

이 가운데 胸은 胷(胷, 胷, 胷, 胷, 胷, 胸)처럼 글자 일부의 이동뿐만이 아니라 凶-囟(凶) 같은 변형을 보여준다. 點은 點처럼 黑-田의 변형, 氈은 氈(氈, 氈, 氈, 氈, 氈)처럼 口-月의 변형을 동시에 보여준다. 朝鮮刊本의 鼎-鼎은 유추할 수 없는 변형을 보여준다. 慙-慚에서 慚은 慙의 동자, 脅-脇에서 脇은 脅의 동자이다. 元祿本의 胸, 攜 등은 일부의 위치 이동 없이 글자 일부가 변형되었고 朝鮮刊本 群과 사부총간 群은 위치 이동 없이 필획이 변형되거나 추가된 형태이다.

2. 韓·中·日《酉陽雜俎》의 異體字 활용과 특징

韓·中·日《酉陽雜俎》에 나타난 이체자를 상호 비교하여 살펴본 결과, 朝鮮刊本에서 이체자를 가장 많이 활용하였음을 알 수 있다. 朝鮮刊本에 나오는 이체자는 1,500여 자에 이르며 글자에 따라 하나 혹은 여러 개에 이르는 이체자를 혼용하고 있고, 정자와 이체자를 전 권에 걸쳐 혼용하고 있다. 四部叢刊本은 1,000여 자에 이르는 이체자를 활용하였다. 朝鮮刊本과 마찬가지로 글자에 따라 하나 혹은 여러 개에 이르는 이체자를 혼용하였다. 日本 元祿本은 750여 자에 이르는 이체자를 활용하였다. 朝鮮刊本이나 四部叢刊本에 비해 한 글자에 여러 개의 이체자를 활용한 예는 소수의 자에 한정되었다. 四部叢刊本과 元祿本은 정자와 이체자를 혼용하는 예를 발견하지 못했다. 이는 후대로 올수록 정형화된 글자, 통일된 글자를 사용했다는 것을 반증해준다.

《酉陽雜俎》에 활용된 이체자 중에는 세 판본 모두 일치하는 글자들도 있지만 각 판본에서만 특이하게 변형된 형태들의 글자들이 있다. 또한 朝鮮刊本과 四部叢刊本, 四部叢刊本과 元祿本, 朝鮮刊本과

元祿本 등 두 개 판본에서 일치하는 글자들도 있음을 도표를 통해 알 수 있었다. 이체자의 숫자를 통해서도 짐작할 수 있겠지만, 이체자가 가장 많이 활용된 朝鮮刊本은 타 판본에서 활용하지 않은 변형이 가장 많았다.

1) 韓·中·日《酉陽雜俎》의 同一 이체자

韓·中·日《酉陽雜俎》는 판본에 따라 이체자의 활용 수가 많은 차이가 난다. 많은 변형 가운데 세 판본 모두에서 같거나 유사하게 사용된 글자만을 추출하여 정리하였다. 그 변형 유형은 비고란에 기입하여 참고할 수 있도록 했다.

正字	朝鮮刊本	四部叢刊本	日本 元祿本	備考
甆	[illegible]	[illegible]	[illegible]	瓦－[illegible]
甌	[illegible]	[illegible]	[illegible]	
瓷	[illegible]	[illegible]	[illegible] [illegible]	
甖	[illegible]	[illegible]	[illegible]	
瓶	[illegible]	[illegible]	[illegible]	
瓦	[illegible]	[illegible]	[illegible]	
甒	[illegible]	[illegible]	[illegible]	
瓮	[illegible]	[illegible]	[illegible]	
甕	[illegible] [illegible]	[illegible] [illegible]	[illegible] [illegible]	
暴	[illegible] [illegible]	[illegible]	[illegible]	氺－[illegible]
泰	[illegible]	[illegible]	[illegible] [illegible]	

正字	朝鮮刊本	四部叢刊本	日本 元祿本	備考
彙	彚	彚	彚	彑-ヨ
鄭	鄭 鄭	鄭	鄭 鄭 鄭	八-ソ
予	予	予	予	マ-コ
通	通 通 通	通	通	
茅	茅 茅	茅	茅	
誦	誦	誦	誦	
矜	矜	矜	矜 矜	
疑	疑 疑 疑	疑 疑	疑 疑	
辭	辞 辭	辭 辭	辭	
痛	痛	痛	痛	
桶	桶	桶	桶	
野	野 野	野	野	
殺	殺 殺 煞	殺 煞	殺 煞	殳(殳)-旻(夂, 殳)
段	段	段	段 段	
盤	盤 盤 盤	盤	盤	
今	亼 今 兮	今	今	今-亼(今, 令, 兮)
黔	黔	黔	黔	
念	念	念	念 念	
塔	塔	塔	塔	艹-䒑
滿	滿 滿 滿	滿	滿	艹-丱
藝	藝 芸	藝	藝	
度	度	度	度	廿-卄

正字	朝鮮刊本	四部叢刊本	日本 元祿本	備考
鞏	鞏	鞏	鞏	
黃	黃	黃	黃	
鞞	鞞	鞞	鞞	
賓	賔	賔	賔	丆-尸
鬢	鬂	鬂	鬂	
蠙	蠙	蠙	蠙	
檳	檳	檳	檳	
殯	殯	殯	殯	
骭	骭	骭	骭	冃-冈
鶻	鶻	鶻	鶻	
屨	屨 屨	屨	屨	婁-娄
鏤	鏤	鏤	鏤	
樓	楼 樓	楼 樓	樓	
數	數 數 数	數	數 數	
屢	屢	屢	屢	
髏	髏	髏 髏	髏	
縷	縷	縷 縷	縷	
螻	螻	螻	螻	
園	園 園	園	園	𧘇-衣
鼢	鼢	鼢	鼢	臼-用
竄	竄 竄	竄	竄	
鼠	鼠 鼠 鼠	鼠 鼠	鼠 鼠	

正字	朝鮮刊本	四部叢刊本	日本 元祿本	備考
翼	翼	翼	翼	羽-⺕⺕ (羽, ⺕⺕)
曜	曜	曜	曜	
翟	翟	翟	翟	
寥	寥	寥	寥	
摺	摺	摺	摺	
翠	翠	翠	翠	
脣	脣	脣 脣	脣	辰-辰
罯	罯	罯	罯	罒-㓁
陶	陶	陶	陶	缶-缶
誤	誤	誤	誤	吳-吴 (吴)
悞	悞	悞	悞	
曉	暁	暁	曉	堯-尭
燒	焼	焼	焼 燒	
僥	僥	僥	僥	
撓	撓	撓	撓	
繞	繞 繞	繞	繞	
罩	罩	罩	罩	罒-㓁
詈	詈	詈	詈	
臘	臘	臘	臘	囟-囚
蠟	蠟	蠟	蠟	
獵	獵 獵	獵	獵	

正字	朝鮮刊本	四部叢刊本	日本 元祿本	備考
沒	没	没	没	𠬛-旻
冥	寘	寘	寘	昗-具
溟	滇	滇	滇	
勇	勇	勇	勇	マ-ク
湧	湧	湧	湧	
匏	匏	匏	匏	亏-亐
刳	刳	刳	刳	
繩	絕 縄	縄	繩	黽-黾
麪	麪	麪	麪	丏-丐
蛇	虵	虵	虵	它-也
駝	駞	駞	駞	匕-也
對	對	對	對	丵-丵
頴	頴	頴	頴	匕-上
脊	脊	脊	脊	𠆢-火
咎	昝	昝	昝	処-外
釜	釜	釜	釜	父-八
喪	丧	丧	丧	口-人
棄	弃	弃	弃	簡體字形
莊	庄	庄	庄	
潛	潜	潜	潜	
鼓	皷	皷	皷	약자
冤	寃 兔	寃 兔	兔 寃	속자

正字	朝鮮刊本	四部叢刊本	日本 元祿本	備考
怪	恠	恠	恠	
那	郍	郍	郍	
飯	飰	飰	飰	
敍	叙	叙	叙	
莊	庄	庄	庄	
賓	賔	賔	賔	
蛇	虵	虵	虵	
叫	呌	呌	呌	
吝	悋	悋	悋	동자
畝	畆	畆	畆	동자
駝	駞	駞	駞	동자
匹	疋	疋	疋	동자
修	脩	脩	脩	동자
玩	翫	翫	翫	동자
煮	煑	煑	煑	동자
慙	慚	慚	慚	동자
帶	帯	帯	帯	기타 변형
齎	齎	齎	齎	기타 변형
鼎	鼎	鼎	鼎	기타 변형
總	惣	惣	惣	기타 변형
纔	纔	纔	纔	기타 변형
段	段	段	段	세로획의 증가

正字	朝鮮刊本	四部叢刊本	日本 元祿本	備考
頤	頤	頤	頤	
龍	龍	龍	龍	
籠	籠	籠	籠	
刺	刺	刺	刺	가로획의 증가
棗	棗	棗	棗	
笊	笊	笊	笊	
匏	匏	匏	匏	점의 증가
胯	胯	胯	胯	
刳	刳	刳	刳	
匏	匏	匏	匏	
軌	軌	軌	軌	
枕	枕	枕	枕	
曳	曳	曳	曳	
洩	洩	洩	洩	
步	步	步	步	
厚	厚	厚	厚	삐침 증가
綿	綿	綿	綿	
寧	寧 寧	寧 寧	寧 寧	가로획의 생략
畢	畢	畢	畢	
羹	羹	羹	羹	
穀	穀 穀	穀	穀	
瓜	瓜	瓜	瓜	점의

正字	朝鮮刊本	四部叢刊本	日本 元祿本	備考
狐	狐	狐	狐	
瓠	瓠	瓠	瓠	
縛	縛	縛	縛	
膊	膊	膊	膊	
敷	敷	敷	敷	
潔	潔	潔	潔	
筑	筑	筑	筑	생략
築	築	築	築	
鞏	鞏	鞏	鞏	
恐	恐	恐	恐	
寃	寃	寃	寃	
逸	逸	逸	逸	
裹	裹	裹	裹	
槐	槐	槐	槐	
鬼	鬼	鬼	鬼	
魏	魏	魏	魏	
魔	魔	魔	魔	
魄	魄	魄	魄	삐침의 생략
愧	愧	愧	愧	
魂	魂	魂	魂	
醜	醜	醜	醜	
隗	隗	隗	隗	

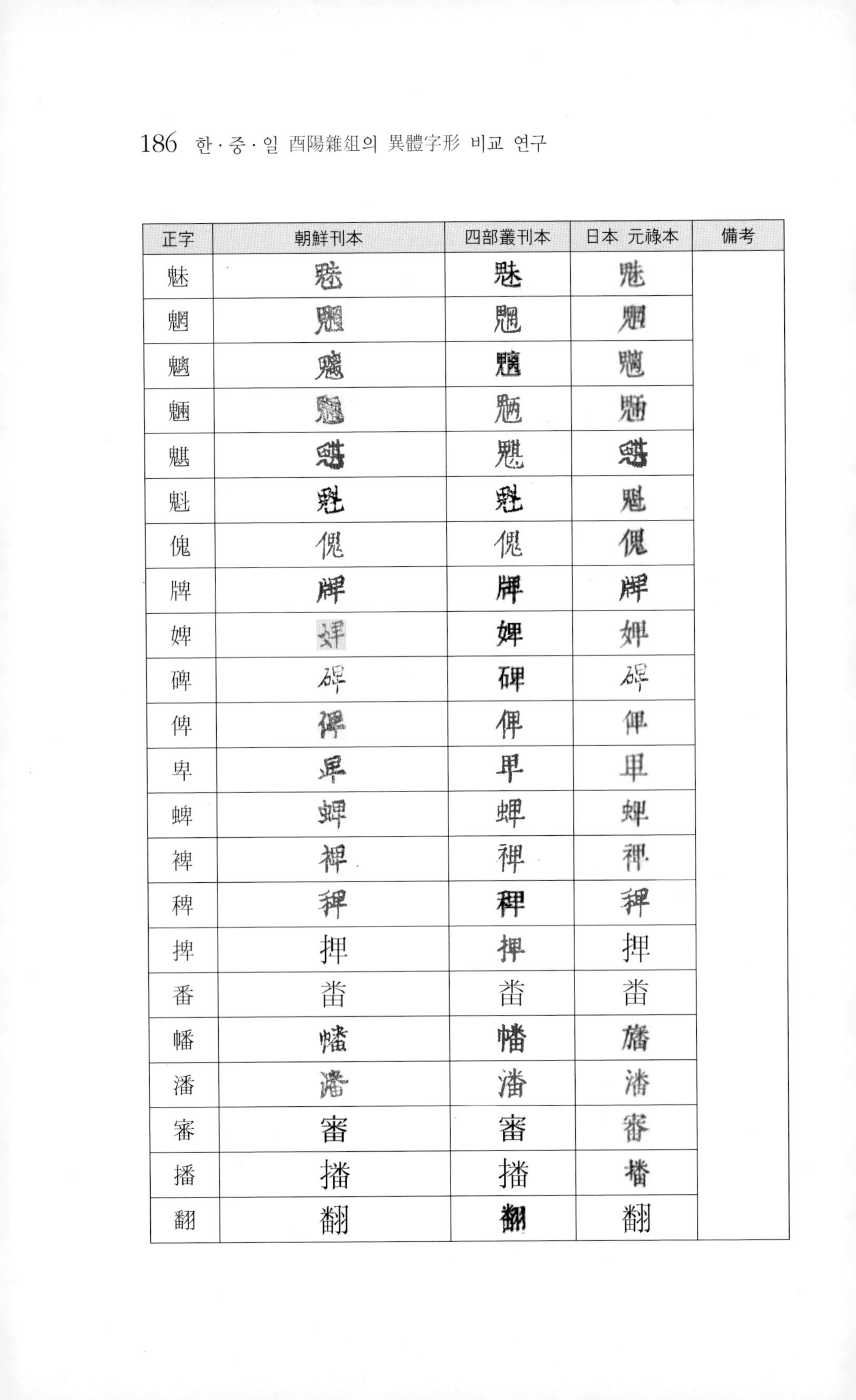

正字	朝鮮刊本	四部叢刊本	日本 元祿本	備考
魅				
魍				
魑				
魎				
魌				
魁				
傀				
牌				
婢				
碑				
俾				
卑				
蜱				
裨				
稗				
捭				
番				
幡				
潘				
審				
播				
翻				

正字	朝鮮刊本	四部叢刊本	日本 元祿本	備考
搖	搖	揺	揺	
腦	腦	腦	腦	
穆	穆	穆	穆	종합 생략
皃	皃	皃	皃	
廳	廳	廳	廳	
裹	褁	褁	褁	
狂	狂	狂	狂	필획 단축
狗	狗	狗	狗	
獨	獨	獨	獨	
害	害	害	害	
劫	刼	刼	刼	
灰	灰	灰	灰	
炭	炭	炭	炭	
涅	涅	涅	涅	
昜	昜	昜	昜	필획 연장
傷	傷	傷	傷	
陽	陽	陽	陽	
湯	湯	湯	湯	
場	場	場	場	
賜	賜	賜	賜	
熟	熟	熟 熟	熟	
毫	毫	毫	毫	

正字	朝鮮刊本	四部叢刊本	日本 元祿本	備考
忌	忌	忌	忌	
睡	睡	睡	睡	
塗	塗	塗	塗	
席	席	席	席	
異	異	異	異	
會	會	會	會	
北	北	北	北	
憑	憑	憑	憑	필획 연결
晦	晦	晦	晦	
毒	毒	毒	毒	
母	毋	毋	毋	
僧	僧	僧	僧	
甌	甌	甌	甌	
鱠	鱠	鱠	鱠	
鳴	鳴	鳴	鳴	
鵡	鵡	鵡	鵡	
鵝	鵝	鵝	鵝	
揑	揑	揑	揑	
腴	腴	腴	腴	臼-臼
搜	搜	搜	搜	
陰	陰	陰	陰	阝-卩
降	降	降	降	

正字	朝鮮刊本	四部叢刊本	日本 元祿本	備考
陸	陸	陸	陸	
隋	隋	隋	隋	
隨	隨	隨	隨	
隕	隕	隕	隕	
阿	阿	阿	阿	
陽	陽	陽	陽	
隘	隘	隘	隘	
陪	陪	陪	陪	
際	際	際	際	
阻	阻	阻	阻	
筇	筇	筇	筇	
邛	邛	邛	邛	
隍	隍	隍	隍	
防	防	防	防	
耶	耶	耶	耶	
陟	陟	陟	陟	
附	附	附	附	
障	障	障	障	
墜	墜	墜	墜	
限	限	限	限	
墮	墮	墮	墮	

正字	朝鮮刊本	四部叢刊本	日本 元祿本	備考
陛	陛	陛	陛	
階	階	階	階	
隙	隟	隟	隟	
院	院	院	院	
阮	阮	阮	阮	
隅	隅	隅	隅	
隱	隠	隠	隠	
嘗	嘗 嘗 甞	嘗 嘗 甞	甞 甞 甞	
指	指	指	指	匕-丄 (上)
詣	詣	詣	詣	
脂	脂	脂	脂	
涓	涓	涓	涓	口-厶
員	貟	貟	貟 貟	
鐲	鐲	鐲	鐲	
己	巳	巳	巳	己-巳 (巳)
起	起	起	起	
厄	厄	厄	厄	
犯	犯	犯	犯	
妃	妃	妃	妃	
記	記	記	記	
紀	紀	紀	紀	
玘	玘	玘	玘	

正字	朝鮮刊本	四部叢刊本	日本 元祿本	備考
屺	岜	岜	岜	
改	攺	攺	攺	
范	范	范	范	
扼	扼	扼	扼	
腹	腹	腹	腹	𠂉-亠
啗	啗	啗	啗	⺈-爫
陷	陷	陷	陷	
喪	喪	喪	喪	吅-八
潛	潛	潛	潛	旡-夫
熸	熸	熸	熸	
簪	簪	簪	簪	
衲	衲	衲	衲	入-人
兩	兩 两	兩	兩	
蜽	蜽	蜽	蜽	
渴	渴	渴	渴	匃-匂
蝎	蝎	蝎	蝎	
鞨	鞨	鞨	鞨	
曷	曷	曷	曷	
謁	謁	謁	謁	
偈	偈	偈	偈	
喝	喝	喝	喝	
葛	葛	葛	葛	
竭	竭	竭	竭	

正字	朝鮮刊本	四部叢刊本	日本 元祿本	備考
參	叅	叅	叅	彡－⺌(小)
驂	驂	驂	驂	
鑽	鑚	鑽	鑚	先－夫
贊	賛	贊	賛	
瓊	瓊	瓊	瓊	⺈－宂
拔	拔	拔	拔	필획의 위치 이동
跋	跋	跋	跋	
成	成	成		
膩	膩	膩	膩	
仞	仞	仞	仞	
凡	凡	凡	凡	
吟	吟	吟	吟	
少	少	少	少	
胸	胷	胷	胷	글자 일부의 위치 이동
峨	峩	峩	峩	
腰	腰	腰	腰	
嵯	嵳	嵳	嵳	
蟆	蟇	蟇	蟇	
壟	壠	壠	壠	
慙	慚	慚	慚	
簸	簸	簸	簸	
點	點	點	點	

正字	朝鮮刊本	四部叢刊本	日本 元祿本	備考
譙	譙	譙	譙	
樵	樵	樵	樵	
燋	燋	燋	燋	
醮	醮	醮	醮	
黥	黥	黥	黥	
氈	氊	氊	氊	
鄰	隣	隣	隣	
鼎	鼎	鼎	鼎	
荊	荆	荆	荆	

2) 韓·中·日《酉陽雜俎》의 판본별 特異 이체자

韓·中·日《酉陽雜俎》는 위에서 언급한 것처럼 각각 1,500여 자, 1,000여 자, 750여 자에 이르는 이체자를 활용했다. 이들 이체자 중 각 판본에 따라 유일하게 변형 활용된 글자들이 판본마다 차이가 있고, 특히 朝鮮刊本에서만 보이는 이체자가 아주 많다. 여기에는 각 판본의 특이한 변형을 정리해 본다.

① '筆形의 變形'에서 朝鮮刊本은 因-囙의 因-囙, 絪-絪, 恩-㤙, 烟-烟, 𧾷-⻊의 跳-跳, 跬-跬, 路-路, 踈-踈, 跌-跌, 𤴔-𤴔의 是-是, 赴-赴, 足-足, 楚-楚, 此-此의 紫-紫(紫, 紫), 觜-觜(觜) 爲-為의 爲-為(為, 为, 爲, 為, 爲, 為, 爲, 爲, 爲, 為), 僞-僞, 分-分의 分-分, 粉-粉, 夾-夹의 峽-峡, 麩-麩, 區-區의 歐-歐,

甌-甋(甌), 貙-貙, 巛-刂의 愈-愈, 逾-逾, 严-严의 儼-儼, 嚴-嚴, 㶊-㴊의 淵-渊, 嘯-嘯, 句-勾의 鉤-鉤, 絇-絇, 鹿-鹿의 漉-漉, 麝-麝, 塵-塵, 雨-雨(雨, 雨)의 雷-雷(雷), 漏-漏, 霤-霤, 臣-巨(目)의 臣-臣, 堅-堅, 藍-藍, 覽-覧(覽), 賢-賢(賢), 臥-卧, 豎-豎 등, 彡-彡의 形-形, 影-影, 從-従(從-従)의 縱-縱(縱), 蹤-蹤(蹤), 襄-襄의 襄-襄, 瓢-瓢(瓢), 癶-癶(癶)의 際-際(際), 穄-穄, 祭-祭, 卯-夕의 卿-卿, 卯-夘, 柳-栁(栁) 등의 글자가 있다. 이러한 변형은 타 판본에 보이지 않는 독특한 변형이다. 그리고 단일 글자에서 특이한 형태를 활용한 것도 다수의 글자가 있는데, 父-父, 凌-凌, 望-望(望), 核-核(核), 界-界(界), 敢-敢, 瀾-瀾, 離-離, 蠣-蠣, 然-然(然), 潁-潁, 瘁-瘁, 壽-壽, 勝-勝 등의 글자들이 글자의 일부에서 변형을 보이고 있다.

四部叢刊本도 다른 판본에 보이지 않는 변형이 있는데, 彳-丬(丬) 변형에 屣-屣, 履-履(履), 走-走 변형에 起-起, 趁-趁(趂), 越-越, 死-死(死, 死) 변형에 葬-葬, 薨-薨, 屍-屍(屍), 口-日의 변형에 壇-壇(壇), 篙-篙, 亮-亮, 烹-烹, 嵩-嵩, 鬻-鬻, 檀-檀, 氈-氈, 薔-薔, 皀(皀)-皀(皀) 변형에 卽-即, 溉-漑, 節-節, 卿-卿, 響-響, 餓-餓, 館-館(舘), 爝-爵, 詹-詹 변형에 膽-膽, 簷-簷, 贍-贍 등의 글자가 있다.

元祿本 역시 다른 판본에 보이지 않는 변형이 있다. 灬-从 변형에 遮-遮, 摭-摭 등, 酉-酉의 변형이 있는데, 酒-酒, 醉-醉, 酣-酣(酣), 酌-酌, 醴-醴, 酸-酸, 醒-醒, 釀-釀, 醅-醅, 酪-酪, 酬-酬, 醉-醉 등이 보인다.

이들 독특한 변형 가운데 韓·中·日 판본들 간 유사형태가 극히 일부의 자에서 보이는 경우가 있다. 四部叢刊本과 元祿本에서 유사한 변형이 있는데, 亡-亾(亡) 변형에 四部叢刊本의 忘-忘, 元祿本의 亡-亾, 妄-妄, 忘-忘, 四部叢刊本의 庚-庚, 捷-捷 등, 元祿本의 庚-庚의 변형이 있다. 朝鮮刊本과 四部叢刊本의 弓-弓(弓) 변형에 朝鮮刊本의 弫-弫, 弩-弩, 弭-弭(弭), 引-引, 張-張 등, 四部叢刊本의 穹-穹 글자가 있다.

'簡體字形 변형'에서 각 판본 유일하게 활용된 글자들이 있다. 朝鮮刊本은 邇-迩, 彌-弥, 禰-祢, 聲-声, 乾-干, 蓋-盖, 糧-粮, 壓-压, 禮-礼, 爐-炉, 萬-万, 彎-弯, 蠻-蛮, 機-机, 燈-灯, 與-与, 戀-恋, 術-术, 襖-袄, 議-议, 遷-迁, 獼-猕, 無-无(旡, 旡), 邊-边, 齊-齐, 盡-尽 등의 글자가 있다. 사부총간도 壞-坏, 囑-嘱, 矚-瞩, 璽-玺의 글자가 있고 元祿本은 幾-几, 鼉-鼉, 晝-昼 등이 있다.

'略字·俗字·同字 변형'에서 각 판본 유일하게 활용된 글자들이 있다. 朝鮮刊本은 齋-斋, 齊-斉(斉), 濟-済, 舉-挙(举, 挙), 見-見, 尼-尼, 泥-泥, 變-変, 靈-霊, 鬱-欝, 因-曰, 軫-軫, 鰓-鰓 등의 글자가 있다. 四部叢刊本도 속자에 沈-沉, 冰-氷 揷-挿, 恥-耻, 懈-懈 등, 동자에 斤-觔, 毆-驅(朝鮮刊本은 歐), 牆-牆(朝鮮刊本은 墻처럼 回의 변형 없이 사용) 등의 글자가 있다.

② '필획의 증감'에서도 각 판본 모두 각 판본에만 나타나는 특이한 글자들이 있다. '필획 증가'에서 세로획이 증가한 글자 중 朝鮮刊本에만 보이는 撫-撫, 霞-霞, 蝦-蝦(蝦), 假-假(假, 假), 鰕-鰕(鰕, 鰕), 가로획의 증가한 글자 중 朝鮮刊本에 幸-幸, 捍-捍, 爪-爪, 迦-迦, 策-策, 柵-柵 등, 四部叢刊本에 履-履(履), 蝮-蝮의 글자가 있다.

점이 증가한 글자 중 朝鮮刊本에만 보이는 글자는 土-圡, 吐-吐, 昏-昬(昬), 翔-翔, 粧-粧, 旣-旣, 漑-漑, 鋒-鋒(鋒), 裝-裝, 汁-汁, 升-升, 美-美(美), 友-友(友), 彈-彈(彈, 彈, 彈), 奘-奘(奘), 津-津, 筆-筆(筆, 筆), 律-律, 覓-覔. 釋-釋, 澤-澤(澤, 澤, 澤), 監-監(監), 笑-笑(笑, 笑), 建-建(建) 등이 있다. 四部叢刊本에만 보이는 글자는 沈-沈(沈), 唵-唵, 牡-牡 등, 元祿本에만 보이는 글자는 耽-耽이 있다.

삐침이 증가한 글자 중 朝鮮刊本에 보이는 것은 衷-衷, 钁-钁, 子-子, 裏-裏 등, 四部叢刊本에 보이는 것은 虹-虹, 蠱-蠱, 蝕-蝕, 蛟-蛟, 蝗-蝗 등, 元祿本에만 보이는 것은 蝕-蝕이 있다.

'필획 생략'에서 세로획을 생략한 글자 중 朝鮮刊本에만 보이는 글자는 繩-繩(繩), 四部叢刊本에만 보이는 글자는 値-値(値)가 있다. 가로 획을 생략한 것 중에 朝鮮刊本에만 보이는 글자는 殖-殖, 闐-闐, 筐-筐, 殮-殮, 殊-殊, 銖-銖, 殃-殃, 皐-皐, 筆-筆, 廉-廉, 尾-尾, 白-白, 攫-攫, 禁-禁, 論-論, 祇-祇, 徵-徵 등이 있다. 四部叢刊本에는 추가 글자가 없으며 元祿本의 경우 鐵-鐵, 宿-宿, 縮-縮 등의 글자가 있다.

점을 생략한 글자 가운데 朝鮮刊本에만 보이는 글자는 菰-菰, 苽-苽, 泒-泒, 弧-弧, 窳-窳, 編-編, 遍-遍, 鯿-鯿, 鄉-鄉(鄉), 宜-宜, 聳-聳, 救-救, 裘-裘, 球-球, 繕-繕, 膳-膳, 鄯-鄯, 梁-梁(梁), 債-債, 鄴-鄴, 裕-裕, 被-被, 袖-袖 등의 글자가 있고, 四部叢刊本은 菝-菝, 蚊-蚊, 觚-觚, 笊-笊 등의 글자가 있다.

삐침을 생략한 글자 중 朝鮮刊本에만 보이는 글자는 袂-袂, 堦-堦, 皆-皆, 師-師, 螄-螄, 獅-獅, 產-產(產), 滻-滻, 艧-艧, 蜀-

蜀, 顧-顧(顧, 顧), 歸-歸(歸, 歸, 歸, 歸, 歸) 등의 글자가 있고, 元祿本에만 보이는 글자는 椑-椑, 媿-媿, 魏-魏, 魈-魈 등이 있다.

이외에도 종합적으로 생략된 글자 중 朝鮮刊本은 琁-琁, 諮-諮, 其-其, 鬘-鬘(鬘), 憂-憂(憂), 嚇-嚇, 刻-刻 등의 글자에서 하나 이상의 생략을 보이는 글자들이 있다.

③ '筆劃 短縮 및 延長'에도 각 판본에만 나타나는 특이한 글자들이 있다. '필획 단축' 글자 중 朝鮮刊本에만 보이는 글자는 猛-猛, 狎-狎, 猳-猳, 狤-狤, 吱-吱, 枝-枝, 幼-幼, 靿-靿, 夜-夜, 腋-腋, 帚-帚, 掃-掃, 徐-徐, 郡-郡, 君-君, 有-有, 來-來(來), 而-而(而, 而), 嗽-嗽, 耳-耳, 頗-頗, 畚-畚, 各-各, 瞽-瞽, 集-集, 致-致, 誌-誌, 屆-屆, 諾-諾, 慝-慝, 肅-肅, 淖-淖, 輪-輪, 未-未, 索-索, 杌-杌, 琵-琵, 昇-昇, 杜-杜, 戟-戟, 桂-桂, 乾-乾, 考-考, 臂-臂, 苐-苐, 蠅-蠅, 毛-毛 등의 글자에서 다양한 형태의 필획 단축 현상을 보이고 있다. 元祿本은 獮-獮, 獠-獠 등의 글자, 四部叢刊本은 屣-屣, 履-履 등의 글자가 있다.

'필획 연장'에서 朝鮮刊本에만 보이는 글자는 揚-揚, 蝪-蝪, 韓-韓, 鶉-鶉, 彈-彈, 豪-豪, 蒿-蒿(蒿), 徐-徐, 己-巳, 夕-夕, 媒-媒, 永-永, 盲-盲, 鲃-鲃, 如-如, 謟-謟, 穸-穸, 妖-妖, 匝-匝, 昆-昆, 蒔-蒔, 又-又, 髯-髯, 鶄-鶄, 鸛-鸛(鸛), 革-革, 切-切, 佪-佪, 屬-屬(屬), 貞-貞, 寡-寡, 秦-秦, 鮎-鮎, 反-反, 匕-匕, 攸-攸, 皀-皀, 哉-哉, 便-便, 銷-銷 등의 글자가 있다. 四部叢刊本에만 보이는 글자는 舘-舘, 賒-賒, 蓁-蓁, 溱-溱, 囈-囈, 蟄-蟄, 錫-錫 등이 있으며, 元祿本은 亘-亘, 垣-垣, 喧-喧, 宣-宣, 晝-

晝, 旻-旻, 鉏-鉏, 但-但, 萛-萛, 冥-冥, 眼-眼, 睹-睹, 暗-暗, 眸-眸, 蒔-蒔(蒔), 映-映, 曄-曄, 睫-睫, 瞼-瞼, 瞳-瞳, 昨-昨, 眴-眴, 睇-睇 등의 글자가 있다.

④ '筆劃의 連結 및 中斷'의 '필획 연결'에 朝鮮刊本에만 보이는 글자는 騟-騟, 駿-駿, 騆-騆(騆), 驩-驩, 駃-駃, 騰-騰, 駒-駒(駒), 駙-駙, 騾-騾, 駛-駛, 馴-馴, 駢-駢, 驛-驛(驛, 驛), 騃-騃, 驢-驢(驢, 驢), 騫-騫(騫, 騫), 驪-驪(驪), 駭-駭(駭), 騏-騏, 驎-驎, 騍-騍, 驟-驟(驟), 駿-駿, 罵-罵(罵), 鳴-鳴, 鸛-鸛(鸛), 鶼-鶼, 鷰-鷰(鷰), 鷓-鷓, 鷙-鷙, 鶩-鶩, 鷄-鷄(鷄), 鷺-鷺, 鷟-鷟, 鯉-鯉(鯉), 鰕-鰕(鰕, 鰕), 贈-贈, 增-增, 憎-憎, 艘-艘, 叫-叫, 賞-賞, 營-營, 然-然, 雷-雷, 氣-氣(氣, 氣), 榿-榿, 彗-彗, 爲-爲(爲, 爲), 怙-怙, 洲-洲, 盡-盡, 叨-叨, 臺-臺, 龐-龐, 稍-稍, 闊-闊, 媒-媒, 四-四, 西-西 등의 글자가 있다.

四部叢刊本에만 보이는 글자는 魯-魯, 襴-襴, 默-默, 繪-繪, 璹-璹(璹), 海-海(海), 敏-敏(敏), 莓-莓, 繁-繁, 梅-梅 등의 글자가 있다. 元祿本은 鴉-鴉(鴉), 鵜-鵜, 鸛-鸛, 鴆-鴆, 鴳-鴳, 鵲-鵲, 鶇-鶇, 鷚-鷚, 鶿-鶿, 鴟-鴟, 鶼-鶼, 鳴-鳴, 鵑-鵑, 鴕-鴕, 鷖-鷖, 鶉-鶉, 鵂-鵂, 鶬-鶬, 鵄-鵄, 鸝-鸝, 晦-晦, 海-海, 敏-敏, 牆-牆(墻)의 글자가 있다.

'필획 중단'에서 朝鮮刊本에만 보이는 글자는 寫-寫(寫, 寫), 縚-縚, 免-免, 營-營, 椹-椹, 驚-驚(驚), 于-于, 克-克, 神-神(神), 宮-宮(宮), 中-中(中, 中, 中), 牛-牛, 動-動, 本-本, 士-士 등이며, 四部叢刊本은 緬-緬이 있다.

⑤ '편방의 대체'에서 각 판본에만 보이는 글자들을 정리해보면 다음과 같다. 臼-臼(臾-吏)에 朝鮮刊本은 兒-皃, 艘-艘, 揷-插, 瘦-瘦 등, 阝-卩에 朝鮮刊本은 陰-隂, 陷-陥, 陷-陥, 榔-梛, 嚮-嚮 등, 四部叢刊本은 陪-陪, 郵-郵(郵), 陡-陡, 擲-擲 등의 자가 있다. 口-厶에 朝鮮刊本은 圓-圓(圓), 鉛-鈆 등, 四部叢刊本은 鵑-鵑, 狷-狷, 釀-釀, 攘-攘, 鉤-鉤 등의 글자가 있다. 衤-礻에 朝鮮刊本은 襟-襟, 祗-祗, 褫-褫, 襖-祆, 裩-裩, 袖-袖, 袂-袂 등의 글자가 있다. 宀-冖에 朝鮮刊本은 宜-冝(冝), 富-冨, 憲-憲 등의 글자가 있다. 竹-艹에 朝鮮刊本은 簡-蕑, 答-荅(荅, 荅), 筆-華 등의 자, 𠂉-亠에 元祿本은 履-履 글자가 있고, 兄-允(允, 允)에 朝鮮刊本은 兌-兊(兊), 稅-稅(稅), 閱-閲 등이 있다. 吅-八(丷)에 朝鮮刊本은 瓤-瓤, 讓-讓, 襄-襄, 戰-戦, 瓤-瓤, 巖-巖, 獸-獣(獣) 등의 글자가 있다. 㔾-匕에 朝鮮刊本은 菀-菀, 碗-盌, 踠-踠, 惋-惋 등, 廿-䒑에 朝鮮刊本은 鞋-鞋, 鞠-鞠(鞠), 歎-歎 등, 矢-夫에 朝鮮刊本에는 埃-埃, 疾-疾, 侯-侯, 族-族 등, 旡-夫에 朝鮮刊本은 鑽-鑽, 巛-小(小)에 朝鮮刊本은 臘-臘(臘, 臘), 獵-獵(獵, 獵), 蠟-蠟(蠟), 鏁-鏁 등이 있다. 入-人에 四部叢刊本은 納-納가 있다. 彡-小(小)에 朝鮮刊本은 須-湏, 衍-衍의 글자가 있다.

기타 朝鮮刊本은 匕-㔾의 변형에 匙-匙(匙), 死-死 글자가 있는데, 匙의 경우는 독특한 형태를 이루고 있다. 四部叢刊本의 死는 匕-㔾 변형 없이 死의 형태를 보인다. 匕-工 변형에도 尼-尼 泥-泥 등의 글자가 있다. 朝鮮刊本은 기타 大-火의 美-美(美), 爫-不의 覓-覔, 刀-力의 招-招, 𣥂-止의 澀-澁, 于-乇의 紆-紆, 止-山의 穢-穢, 齊-斉의 濟-済, 木-扌의 札-扎, 王-金의 玦-鈌, 支-皮의 鼓-

皷, 旦-果의 袒-裸, 竹-𫝀의 等-䓁, 無-旡의 撫-抚, 目-王의 算-筭, 氐-互의 低-伍, 聽-斤의 廳-庁, 乃-几의 朶-朵, 聿-毛의 筆-笔 등의 글자도 편방이 대체된 글자들이다. 四部叢刊本은 宀-穴의 대체도 있다. 寢-寝(寑), 寤-寤, 寐-寐 등의 글자에서 宀가 穴로 대체 사용되었다. 또 士-上에 隷-隷, 匕-上에 旨-旨, 氵-冫에 菹-葅가 있다.

⑥ '構造 및 位置의 變化'의 '필획의 위치 이동'에 朝鮮刊本은 枝-枝, 貳-貳, 代-代, 伐-伐, 拭-拭, 紉-紉(紉), 芃-芃, 莎-莎, 非-非, 作-作, 瑩-瑩, 返-返, 寒-寒, 蚩-蚩, 市-市, 抵-抵, 執-執, 巵-巵, 袄-袄, 刻-刻, 又-又 등의 글자가 있고, 四部叢刊本은 抄-抄, 或-或, 砂-砂, 紗-紗, 杪-杪 등의 글자, 元祿本은 帆-帆 글자가 있다. '나. 글자 일부의 위치 이동'에 朝鮮刊本은 虻-寅, 燃-燃, 極-極(極) 등이 있고, 四部叢刊本은 略-畧, 脅-脇, 黟-黟, 蕉-蕉, 鶬-鶬 등의 글자가 있다.

3) 朝鮮刊本《西陽雜俎》의 이체자 多用과 특징

① 출판 당시 서체의 유행 상황과 밀접한 관련이 있다. 고려 말에서 조선조 중엽까지 松雪 趙孟頫의 서체가 유행하였는데, "집현전학사들을 중심으로 한 시문, 묵객들이 거의 조맹부체를 따라 썼고, 왕명으로 조맹부의 전적을 수집, 인행하여 널리 교본으로 삼았는데, 활자본을 쓴 사람들 또한 조맹부체를 즐겨 썼던 관계로 활자도 조맹부체가 지배적이었다."[14]고 한다. 이런 결과로 "조선시대 명사들이 송설체를 즐겨 유행시킴으로써 조선조의 목판의 서체는 대부분이 조맹부의 서체로 제작

되었음이 파악되고 있다."[15] 이러한 시대상황으로 인해 《酉陽雜俎》도 당연히 조맹부체 유행의 영향을 받아 간행되었다고 추정할 수 있다.[16]

正字	朝鮮刊本	書道大字典
數	數 數	數 元 趙孟頫
因	囙	囙 元 趙孟頫
僧	僧	僧 元 趙孟頫
窗	窓 牕	窓 元 趙孟頫
刻	刻	刻 元 趙孟頫
堯	尭	尭 元 趙孟頫

위의 도표는 朝鮮刊本의 이체자와 《書道大字典》[17]을 통해 추출한 몇몇 글자를 비교해본 것인데 朝鮮刊本의 자형과 일치하는 것을 볼 수 있다.

또 조선시대 조맹부 서체에 대해 연구한 논문에서 인용한 조선시대 판본에 나타난 글자들과 《酉陽雜俎》 朝鮮刊本, 《書道大字典》의 글자를 비교해 봐도 그 유사성을 발견할 수 있다. 《書道大字典》의 글자들은 대부분 唐 및 그 이전 시기의 글자들이며, 朝鮮刊本 및 조맹부

---

14) 박기진, 〈朝鮮時代 판본의 조맹부 서체 연구〉, 경기대석사논문, 2006, i쪽.

15) 박기진, 앞의 논문, 경기대석사논문, 2006, 2쪽.

16) 高麗末 朝鮮初 趙孟頫體는 손환일의 〈高麗末 朝鮮初 趙孟頫體 硏究〉(상명대석사논문, 1999.)와 박기진의 〈朝鮮時代 판본의 조맹부 서체 연구〉에서 더 자세히 파악할 수 있다.

17) 伏見冲敬編, 《書道大字典》上 · 下, 尙志社, 1984.

서체와 대체로 일치한 것을 알 수 있다. 위와 아래의 도표에 예를 든 글자들로 보면 朝鮮刊本은 조맹부 서체에 기반을 두고 있고, 조맹부 서체는 唐을 전후한 시기의 서체에 기반을 두고 있음을 추정할 수 있다.

正字	朝鮮刊本	조선시대 판본의 조맹부 서체 연구	書道大字典
經	經 經 經	經 妙法蓮華經, 経 楞嚴經, 經 金剛經, 刊經都監本 (1462~1467)	經 宋 爨龍顔碑
德	德	德 道德經, 國王·王室板本 (14C 말~15C 말)	德 唐 伊闕佛龕碑
爲	為 爲 爲	為 道德經, 爲 論語, 坊刻本 (17C 중기~18C 후반)	爲 隋 孟顯達碑 爲 隋 張貴男墓誌 爲 唐 信行禪師碑
學	斈 學 學	學 道德經, 錄券字本(1395)	學 隋 蘇慈墓誌
與	与 与 與	與 道德經, 與 洪武正韻, 洪武正韻字本(1445)	与 唐 顔氏家廟碑 與 唐 泉南生墓誌
遠	遠 遠	遠 道德經, 遠 傳法正宗記, 乙酉字體字(15C 후반)	遠 唐 多寶塔碑 遠 唐 道因法師碑
歲	歲 歲	歲 詩豳七月, 印曆字本 (16~17세기)	歲 北魏 張玄墓誌
國	国 国 國 國	國 道德經, 國 道德經, 元宗字本(1580-1693)	國 唐 李靖碑
此	此	此 資治通鑑, 韓構字本(17C)	此 唐 九成宮碑
壽	壽	壽 詩豳七月, 丁酉字本(1777)	壽 北魏 張玄墓誌

② 앞의 '筆形의 變形'에서 字形의 변형 형태를 이미 예로 들은 바와 같이 古字나 俗字 등 唐代 및 唐代 이전에 유행하던 字體가 많이 활용되었기 때문으로 추정할 수 있다. 명 이전 간본이 저본인 것으로 추정되는 朝鮮刊本과 명초 간본으로 추정되는 明初本, 그리고 四部叢刊本과 元祿本, 《書道大字典》을 각각 비교해보면 朝鮮刊本의 이체자의 형태가 많이 다른 것을 확인할 수 있다. 朝鮮刊本은 약자, 속자, 오늘날의 簡體字와도 같거나 유사한 글자들이 많고, 이와 유사한 변형이 진행된 것을 알 수 있다. 朝鮮刊本의 古字나 俗字 등을 중심으로 하여 四部叢刊本과 元祿本 및 《書道大字典》에서는 어떤 형태로 쓰였는지 도표로 정리해본다.

明初本	朝鮮刊本	四部叢刊本	日本 元祿本	書道大字典
覺	斍	覺	覺	覺 唐 九成宮碑
學	斈 斈 斈	學	學	學 唐 泉南生墓誌
怪	恠	恠	恠 怪	恠 唐 歐陽詢 史事帖
顧	頋	顧	顧	頋 唐 泉南生墓誌
關	関 關	關	關	·
蓋	盖	盖 蓋	蓋	盖 唐 九成宮碑
卻	却	却 郤	郤	却 北魏 元項墓誌 郄 東魏 元玕墓誌
看	看	看	看	·
國	国 国 國 國	國	國 國	國 唐 李靖碑

明初本	朝鮮刊本	四部叢刊本	日本 元祿本	書道大字典
群	羣 羣	羣 羣 群		羣 唐 多寶塔碑
見	見	見	見	·
經	経 經 経	經	經	經 宋 爨龍顔碑
幾	幾 幾	幾	几	幾 北魏 丘 誓墓誌
機	机 機	機	機	機 唐 九成宮碑
饑	飢	饑	饑	飢 北魏 元詮墓誌
那	郍	郍	郍	郍 唐 圭峰禪師碑
寧	寧 寧 寧	寧 寧	寧 寧	寧 隋 宋玉艶墓誌 寧 唐 孟法師碑
尼	𡰥	尼	尼	𡰥 隋 龍華寺碑
斷	断 断 断	斷	斷	断 宋 宋芾
燈	灯	燈	燈	·
爐	炉	爐	鑪	炉 宋 米芾
鱸	鲈	鱸	鱸	鱸 唐 歐陽詢 史事帖
亂	乱	乱 亂 亂	亂	乱 唐 歐陽詢 史事帖
鸞	鸾	鸞	鸞	·
陵	陵 陵 陵	陵	陵 陵	陵 北魏 元詮墓誌
馬	馬 馬	馬	馬	馬 唐 圭峯禪師碑
無	无 无	無	無	·
萬	万	萬	萬	·
彎	弯	彎	彎	·

明初本	朝鮮刊本	四部叢刊本	日本 元祿本	書道大字典
貌	皃	貌	貌	皃 唐 多寶塔碑
舞	舞	舞	舞	·
蠻	蛮	蠻	蠻	·
變	変	變	變	變 唐 多寶塔碑
寶	宝	寶	寶	寶 唐 泉南生墓誌
發	發 发	發	發	發 北魏 元欽墓誌 发 唐 顔眞卿祭伯稿
牀	床 牀	床 牀		床 唐 玄祕塔碑
笑	咲	笑	笑	咲 隋 高緊墓誌
數	数 數 數	數	數 數	數 元 趙孟頫 數 唐 顔勤禮碑
濕	湿	濕	濕	·
收	収 収	收	收	収 唐 玄祕塔碑
雙	双 雙	雙 雙	雙	·
辭	辞 辭	辭 辭	辭	辞 唐 信行禪師碑 辭 北魏 元珍墓誌
船	舡 船	船		舡 宋 米芾
聲	声 聲 聲	聲 聲		聲 唐 玄祕塔碑
焉	焉 焉 焉	焉	焉	焉 宋 蘇軾 焉 宋 蘇軾
爾	尔	爾	尒	尔 唐 多寶塔碑
因	囙	因	因	囙 元 趙孟頫

明初本	朝鮮刊本	四部叢刊本	日本 元祿本	書道大字典
惡	悪	惡	惡	唐 善才寺碑
鱮	鱮	鱮	鱮	·
與	与 与	與	與	唐 顔氏家廟碑 唐 泉南生墓誌
戀	恋	戀	戀	晋 王獻之
靈	灵 霊	靈	靈	東魏 敬史君碑
鹽	塩	塩	鹽	宋 米芾 隋 張伏敬墓誌
禮	礼	禮	禮	唐 玄祕塔碑 唐 玄祕塔碑
齊	斉 斉	齊	齊	隋 王成墓誌
盡	尽 尽 盡	盡	盡	隋 尉富娘墓誌 隋 王光墓誌
齋	斎	齋	齋	·
再	再 再	再 再	再	隋 蘇慈墓誌
鳥	鳥 鳥 鳥		鳥 鳥 鳥	唐 陸柬之文賦
處	処 処 處	處	處	唐 夏日游石淙詩
蟲	虫 虫	虫 蟲	蟲	唐 圭峰禪師碑
體	躰 躰	體	體	宋 米芾 北魏 元鑒妃吐谷渾氏墓誌
恥	耻	耻		唐唐 圭峰禪師碑
蟹	蟹	蟹 蠏		·

明初本	朝鮮刊本	四部叢刊本	日本 元祿本	書道大字典
解	觧 觧 觧	觧 觧 觧		觧 陳 智 永 千字文谷氏本 觧 東魏 元玕墓誌
獻	献 獻 獻	献 獻	獻	献 宋 郭天錫
興	㒷	興	興	㒷 唐 孫過庭 千字文墨妙軒本
學	斈 學 學	學		學 隋 蘇慈墓誌
畫	[illegible] 畫	畫	畫 画 画	畫 唐 楚金禪師碑
顯	顯 顕	顯	顯	·

상기의 표[18]에 의하면 상기 朝鮮刊本의 字形은 모두 明代 이전에 사용된 글자로 대부분 오늘날의 俗字, 略字, 古字로 분류되는 글자들이다. 위의 글자 중 일부는 하나 이상의 유사 형태를 보인다.《書道大字典》에서 추출한 글자와 각 판본의 글자를 비교해보면 朝鮮刊本의 자형은 일부 글자에서 宋·元시기의 글자와 유사하거나 일치하고, 대부분은 唐의 및 그 이전 시기의 자형과 유사하거나 일치함을 알 수 있다.

상기 도표 이외에도 1)과 2)에서 서술한 글자들 중 明代 이전에 사용된 글자들이거나 이와 흡사한 글자들이 다수 있는데, 각 판본의 자형과

---

18) 李文靜의 〈朝鮮刻本《酉陽雜俎》俗字硏究〉(溫州大學碩士論文, 2015)에서 朝鮮刊本과 明初本의 用字를 비교 설명한 것에 기초하여, 四部叢刊本과 元祿本의 글자를 첨가하여 비교한 것이다. 朝鮮刊本과 明初本의 用字 비교에 대한 보다 자세한 내용은 이 논문을 참고할 수 있음.

《書道大字典》의 자형을 도표로 정리해 본다.

正字	朝鮮刊本	四部叢刊本	日本 元祿本	書道大字典
彌	弥			弥 唐 雁塔聖教序
騎	騎 騎	騎		騎 北魏 奚智墓誌
鳴	鸣	鳴	鳴 鳴	鸣 北魏 郭顯墓誌
鳳	鳳	鳳	鳳 鳳	鳳 東魏 王令媛墓誌
鳩	鳩		鳩	鳩 隋 薛保興墓誌
稱	稱 稱	稱 稱	稱 稱	稱 唐 泉南生墓誌
構	構	構		構 唐 道因法師碑
能	能		能	能 唐 泉南生墓誌
態	態			態 唐 信行禪師碑
徑	径 径			径 唐 夏日游石淙詩 径 元 揭傒斯
涇	泾			泾 隋 孟顯達碑
濟	濟	濟	濟	濟 北魏 張安姬墓誌
鰕	鰕 鰕		鰕	鰕 宋 蘇軾
蘇	蘇 蘇	蘇		蘇 宋 蘇軾
增	增			增 唐 多寶塔碑
僧	僧	僧	僧	僧 元 趙孟頫
恩	恩			恩 北魏 宋靈妃墓誌
烟	烟			烟 唐 褚遂良枯樹賦
絪	絪			絪 唐 等慈寺碑

正字	朝鮮刊本	四部叢刊本	日本 元祿本	書道大字典
臥	卧			卧 唐 景教流行中國碑
臨	臨 臨	臨		臨 唐 等慈寺碑 臨 北魏 張寧墓誌
竪	竪			竪 唐 陸柬之文賦
毁	毁 毀 毀 毀	毁		毁 唐 九成宮碑 毀 陳 智永 千字文谷氏本
從	従 従			従 唐 孔子廟堂碑
是	是			是 北魏 石函蓋銘
卵	卯 夘	卯 夘		夘 唐 九經字林
柳	栁 栁			栁 唐 玄祕塔碑
卿	卿			卿 隋 孟顯達碑
此	此			此 唐 九成宮碑
紫	紫 紫			紫 唐 玄祕塔碑
壽	夀			夀 北魏 張玄墓誌
夜	夜			夜 北魏 昭仁寺碑
建	建 建			建 北魏 張玄墓誌
師	師			師 隋 龍華寺碑
繼	継		継	継 隋 蘇慈墓誌
悞	悞 悞	悞	悞	悞 杜家立成 悞 宋 黃庭堅
虞	虞 虞	虞	虞	虞 陳 智 永 千字文 谷氏本

正字	朝鮮刊本	四部叢刊本	日本 元祿本	書道大字典
誤	誤 誤	誤	誤	唐 孔子廟堂碑
等	䓁 䓁 䓁 䓁	等		唐 多寶塔碑 漢 曹全碑
號	號 号	號 號	號 號	隋 蘇慈墓誌
德	徳			唐 伊闕佛龕碑
或	或			北魏 弔比干墓文
所	所			北魏 弔比干墓文
旣	既 旣	旣 旣	旣	唐 孟法師碑
桑	桒			隋 劉德墓誌
寫	寫 寫	寫		北魏 張寧墓誌 北魏 元欽墓誌
歲	嵗 嵗	嵗 嵗	嵗 歳	北魏 張玄墓誌
歸	帰 埽	歸		唐 孔子廟堂碑
爲	為 爲 爲			隋 孟顯達碑 隋 張貴男墓誌 唐 信行禪師碑
窗	窓 牕	牕	牕	元 趙孟頫
弟	弟 弟			北魏 鄭義下碑
第	苐 第 第		第	北周 寇胤哲墓誌 漢 熹平石經
算	筭			唐 孔子廟堂碑
聰	聦			宋 蘇軾
莊	庄 庒	庄	庄	隋 啓法寺碑

正字	朝鮮刊本	四部叢刊本	日本 元祿本	書道大字典
	莊 庄			莊 北魏 劉根等造像
讓	讓			讓 唐 吳延陵季子廟碑
兒	児 兒			兒 北魏 赫連悅墓誌
頃	頃	頃	頃	頃 唐 泉南生墓誌
乾	乹 乹 干			乹 唐 道因法師碑
令	令			令 唐 雁塔聖教序
來	来 來 来			来 唐 九成宮碑
侯	侯 侯	侯 矦	侯	侯 唐 顏氏家廟碑
兼	蒹 蒹	兼		兼 唐 泉南生墓誌
分	分			分 東魏 敬史君碑
刻	刻			刻 元 趙孟頫
升	升			升 唐 溫彦博碑
叢	叢 叢			叢 唐 孔穎達碑
喙	喙			喙 唐 五經文字
土	土			土 唐 雁塔聖教序
宜	宜			宜 唐 九成宮碑
魂	䰟 䰟	䰟	䰟	䰟 唐 昭仁寺碑
鄉	鄉 鄉	鄉 鄉	鄉	鄉 唐 顏勤禮碑
若	若 若		若	若 唐 等慈寺碑
指	指 指	指	指	指 唐 多寶塔碑 指 唐 信行禪師碑
詣	詣	詣	詣 詣	詣 唐 多寶塔碑
將	将 将 將	將 將		将 北魏 元萇墓誌 將 唐 九成富碑

正字	朝鮮刊本	四部叢刊本	日本 元祿本	書道大字典
敬	敬			敬 唐 顔勤禮碑
縣	縣		縣 縣	縣 北魏 孫秋生造像
博	愽	愽		愽 北魏 吐谷渾璣墓誌
霞	霞			霞 唐 道因法師碑
鼻	鼻	鼻	鼻 鼻	鼻 北魏 元延明墓誌
垂	垂	垂 垂		垂 北魏 李超墓誌
璽		珎		珎 唐 多寶塔碑
執	执 執	執		執 北魏元始和墓誌
堯	尭			尭 元 趙孟頫
曉	暁	暁	暁	暁 元 郭天錫
舍	舍	舍 舍	舍	舍 唐 玄祕塔碑
會	會	會	會	會 唐 多寶塔碑
塗	塗 塗	塗 塗	塗	塗 唐 孟法師碑
場	埸	塲 塲	塲	塲 唐 多寶塔碑
揚	揚	揚 揚		揚 唐 顔勤禮碑
腸	膓 膓	膓		膓 陳 智永 千字文谷氏本
陽	陽 陽	陽 陽	陽	陽 唐 道因法師碑
損	損	損 損		損 唐 顔勤禮碑
殞	殞	殞		殞 唐 昭仁寺碑
鄖	鄖	鄖		鄖 鄭 韋匡伯墓誌
雖	雖	雖		雖 唐 景龍觀鐘銘
員	貟	貟	貟	貟 唐 顔勤禮碑

正字	朝鮮刊本	四部叢刊本	日本 元祿本	書道大字典
單	单 単	單	單	単 北魏 元珍墓誌
圓	圎 圓			圎 唐 道因法師碑
舊	舊 舊	舊 舊	舊 舊	舊 北魏 元延明墓誌
擊	擊 擊	擊 擊		擊 唐 昭仁寺碑 擊 東魏 王令媛墓誌
段	段	叚	段 叚	叚 唐 楊執一墓誌
沒		没 没		没 唐 顔氏家廟碑
投	投 投	投		投 北魏 元略墓誌 投 唐 雁塔聖教序
盤	盤 盤	盤	盤	盤 唐 裴鏡民碑 盤 唐 褚遂良枯樹賦
設	設 設	設 設		設 唐 道因法師碑
賓	賔	賔	賔	賔 唐 玄祕塔碑
祥	祥 祥	祥		祥 唐 道因法師碑
禍	禍	禍	禍	禍 唐 九成宮碑
刃	刄	刄 刄	刄	刄 唐 孟法師碑
劫	刼	刼	刼	刼 唐 玄祕塔碑
塔	墖 塔	塔	墖 塔	塔 唐 多寶塔碑
苗	苗 苗	苗	苗	苗 隋 宮人蕭氏墓誌
荊	荆	荆	荆	荆 北魏 穆亮墓誌

正字	朝鮮刊本	四部叢刊本	日本 元祿本	書道大字典
草	草		草	草 唐 溫泉銘
芝	芝 芝		芝	芝 晉 王獻之 洛神賦
竭	竭	竭	竭 竭	竭 唐 孟法師碑
沙	沙 沙	沙		沙 唐 昭仁寺碑
蠶	蠶 蚕	蠶	蠶 蚕	蠶 元 陳基 蠶 北周 陸須蜜多墓誌
泰	泰	泰	泰 泰	泰 北魏 薛慧命墓誌
滕	滕 滕	滕 滕		滕 東魏 陸順華墓誌
黎	黎	黎	黎	黎 北魏 元願平妻王氏墓誌
奇	竒	竒		竒 唐 道因法師碑
眞	真 眞	真 眞	眞	真 北魏 石函蓋銘 眞 唐 景龍觀鐘銘
塡	填 塡	填 塡		塡 東魏 元悰墓誌
置	寘	寘	寘	寘 唐 徐浩碑
愼	慎	愼		慎 隋 蘇慈墓誌
稹	稹	稹		稹 唐 五經文字
顚	顛 顚	顚 顚		顛 唐 圭峯禪師碑
辰	辰	辰 辰		辰 唐 多寶塔碑 辰 隋 董美人墓誌
振	振	振 振		振 唐 道國法師碑

正字	朝鮮刊本	四部叢刊本	日本 元祿本	書道大字典
辱	辱	辱		辱 隋 蕭翹墓誌 辱 唐 皇甫誕碑
餘	餘	餘 餘		餘 唐 玄祕塔碑
掩	掩	掩 掩	掩	掩 北魏 元顯儁墓誌
杜	杜	杜		杜 北魏 杜法眞墓誌
高	高	高		高 唐 玄祕塔碑
檀	檀 檀	檀		檀 唐 信行禪師碑
毫	毫	毫	毫	毫 唐 多寶塔碑
氈	氊	氊 氊	氊 氊	氊 宋 黃庭堅
融	融 融	融	融	融 唐 顏氏家廟碑
阿	阿	阿	阿	阿 唐 泉南生墓誌
阻	阻	阻	阻	阻 東魏 陸順華墓誌
附	附	附	附	附 唐 顏眞卿忠義堂帖
降	降 降	降	降	降 唐 泉南生墓誌
凡	凡	凡 凡 几 凡	凡 凡	凡 唐 多寶塔碑 凡 唐 柳公權蘭亭詩
恐	恐	恐 恐	恐	恐 唐 麻姑仙壇記
梵	梵	梵 梵	梵	梵 唐 潞州感舍利銘
汎	汎	汎 汎		汎 北魏 元茂墓誌 汎 隋 程諧墓誌
忍	忍 忍	忍		忍 唐 雁塔聖教序

正字	朝鮮刊本	四部叢刊本	日本 元祿本	書道大字典
姬	姬 姬	姬 姬		姬 唐 孔子廟堂碑
屢	屢	屢	屢	屢 唐 九成富碑
瓜	瓜 瓜	瓜	瓜	瓜 隋 陶貴墓誌
孤	孤 孤	孤		孤 唐 五經文字
富	冨	冨		冨 北魏 高貞碑
憲	憲 憲		憲	憲 唐 玄祕塔碑
流	流 流	流		流 唐 孟法師碑
術	術 术		術 術	術 唐 孟法師碑
碑	碑 碑	碑	碑	碑 梁 陶弘景
鬼	鬼 鬼	鬼	鬼	鬼 隋 段威墓誌
魏	魏 魏	魏	魏	魏 唐 孟法師碑
番	畨	畨	畨	畨 唐 奉仙觀 老君石像碑
審	審	審	審	審 北魏 薛慧命墓誌
戮	戮	戮		戮 唐 五經文字
習	習	習		習 唐 信行禪師碑
翠	翠	翠	翠	翠 唐 昭仁寺碑
慙	慚	慚	慚 慙	慙 北魏 王紹墓誌 慚 慙 宋 蘇軾
樵	樵	樵	樵	樵 唐 五經文字

正字	朝鮮刊本	四部叢刊本	日本 元祿本	書道大字典
煮	煑	煑	煑	煑 宋 高宗
胸	胷 胷 胷 胷	胷 胷 胷 胷	胷 胸	胷 唐 昭仁寺碑
腰	署 腰	署	腰 署	署 唐 夏日游石淙詩 署 唐 徐浩
譙	譙	譙	譙	譙 北魏 寇臻墓誌
鴈	鴈	鴈	鴈	鴈 唐 五經文字
黔	黔	黔	黔	黔 隋 龍華寺碑
默	默		默	默 唐 多寶塔碑
直	直	直 直	直	直 唐 顏勤禮碑
植	植 植	植 植	植	植 唐 韋項墓誌
贊	賛	賛	賛	賛 唐 多寶塔碑
潛	潜	潜	潜	潜 隋 董美人墓誌
聚	聚		聚	聚 東魏 張滿墓誌
紀	紀	紀	紀	紀 北魏 元楨墓誌
起	起 起	起 起	起	起 唐 泉南生墓誌 起 唐 麻姑仙壇記
黑	黒	黒	黒	黒 隋 蘇慈墓誌
脫	脱	脱	脱	脱 唐 道因法師碑
說	說 說	說 說		說 唐 道因法師碑

正字	朝鮮刊本	四部叢刊本	日本 元祿本	書道大字典
				說 唐 信行禪師碑
遠	逺 逺	逺		逺 唐 多寶塔碑 逺 唐 道因法師碑
園	園 園	園	園	園 唐 道因法師碑
藏	蔵 藏		藏	藏 唐 多寶塔碑 蔵 唐 玄祕塔碑
渦	渦	渦		渦 北魏 檀賓墓誌
年	年 年 年 年		年 年	年 北魏 高貞碑 年 北魏 元顯儁墓誌
幼	㓜			㓜 北魏 劉阿素墓誌
復	復 復	復 復	復	復 北魏 元欽墓誌
懷	懐 懷	懐	懐	懐 唐 孟法師碑
據	據 據			據 北魏 元延明墓誌
敍	叙 敘	敘	叙 敘	敘 北魏 寇憘墓誌
昝	昝	昝	昝	昝 北魏 昝雙仁墓誌
異	異	異 異	異	異 隋 元公墓誌
棄	弃	弃 棄	弃	弃 唐 奉仙觀 老君石像碑
棘	棘	棘		棘 唐 泉南生墓誌
母	毋 毋	毋 毋	毋	毋 唐 玄祕塔碑
潁	頴	頴	頴	頴 唐 夏日游石淙詩

正字	朝鮮刊本	四部叢刊本	日本 元祿本	書道大字典
潔	絜	絜	絜	唐 道因法師碑
搖	揺	揺	揺	隋 元公墓誌
畝	畒 畒	畒	畒	宋 蔡卞 二儀日月 千字文
矣	矣	矣		唐 玄祕塔碑
穴	宂	宂		唐 奉仙觀 老君石像碑
筆	笔	笔		北齊 房周陁墓誌 唐 褚遂良 文皇哀冊
簷	簷	簷		北魏 穆玉容墓誌
聽	聽	聽	聽 聽	北魏 五僧男墓誌
脈	脉	脉 脉		唐 五經文字
虯	虬		虬	唐 隆闡法師碑
角	角	角 角		唐 道因法師碑
隱	隠 隠 隠 隠	隠 隠	隠	唐 孔子廟堂碑
雪	雪 雪	雪		隋 董美人墓誌
鼎	鼎 鼎	鼎 鼎	鼎 鼎	唐 溫彦博碑
鼓	皷	皷	皷	北魏 元延明墓誌
俎	爼	爼		唐 孔子廟堂碑

正字	朝鮮刊本	四部叢刊本	日本 元祿本	書道大字典
冥	寘 寘	寘 冥	寘 寘	唐 段志玄碑 唐 玄祕塔碑
南	南	南 南 南 南		東魏 元玕墓誌
世	丗 丗		丗	宋 蘇轍
勤	勤		勤	唐 顔勤禮碑
卷	巻	巻		唐 多寶塔碑

도표에 비교한 글자 중에 爾-尒 변형 류, 馬-馬 변형 류, 鳥-鳥(鳥) 변형 류, 冉-冄(冊) 변형 류, 镸-长 변형 류, 巠-坙(圣) 변형 류, 齊-斉 변형류, 魚-奂 변형 류, 四-囗 변형류, 因-曰 변형 류, 樂-楽 변형류 등을 비롯한 다수의 글자들 중 朝鮮刊本의 자형이 唐 및 그 이전 시기의 자형과 유사하거나 일치하는 자형이 많은 것을 알 수 있다. 또한 일부 글자에서 宋·元시기의 글자와 유사하거나 일치하고 있음을 알 수 있다. 글자에 따라 朝鮮刊本과 유일하게 일치하는 글자, 朝鮮刊本과 四部叢刊本의 글자가 일치하는 글자, 세 판본의 글자가 모두 일치하는 글자들이 보인다. 이 가운데 朝鮮刊本만이 유일하게 일치하는 글자들이 많은 것을 보면 朝鮮刊本에 활용한 자형들은 唐代 및 唐代 이전에 활용했던 글자들이 많고 宋 및 元代에 활용했던 글자들도 일부 섞여 있는 것을 알 수 있다.

③ 동일 글자의 다양한 변형을 통한 서술인데, 朝鮮刊本이 가장

많은 글자에서 다양한 서체를 활용하였고, 四部叢刊本과 元祿本도 부분 활용하였다. 朝鮮刊本은 經-經(経, 經, 經), 蘇-蘇(蘇, 蘇, 蘇, 蘇, 蘇, 蘇), 發-發(發, 發, 發, 發, 发), 舊-舊(旧, 舊, 舊, 舊, 舊, 舊, 舊), 滿-滿(滿, 滿, 滿, 滿), 莊-莊(莊, 莊, 庄, 庄, 莊, 莊), 苦-苦(苦 苦, 苦), 獵-獵(獵, 獵, 獵, 獵), 處-處(處, 處, 処, 處, 處, 處), 虛-虛(虛, 虛, 虛, 虛, 虛, 虛, 虛, 虛), 擧-擧(挙, 擧, 挙, 挙), 爲-爲(為, 為, 爲, 為, 爲, 爲, 爲, 爲, 爲, 為), 焉-焉(焉, 焉, 焉, 焉, 焉), 復-復(復, 復, 復, 復), 等-等(等, 等, 等, 等, 等) , 解-觧(觧, 觧, 解), 獻-献(獻, 獻, 献), 學-斈(學, 學, 學), 鳥-鳥(鳥, 鳥, 鳥), 寧-寧(寧, 寧, 寧), 今-今(今, 今, 今), 蘇-蘇(蘇, 蘇, 蘇), 苦-苦(苦, 苦, 苦), 毁-毁(毁, 毁, 毁), 投-投(投, 投, 投), 藤-藤(藤, 藤, 藤) 등등과 같이 같은 글자에 여러 가지의 변형된 자형을 활용하고 있다. 이런 글자는 여러 가지 변형을 보여주는 예이지만, 전체를 놓고 볼 때 한 가지 이상의 변형을 보이는 글자가 약 430여 자에 이르고 있다. 특히 한 글자에 네 가지 이상의 변형을 보이는 글자가 타 판본에 비해 많은 것을 확인할 수 있다.

四部叢刊本 역시 200여 자의 글자에서 같은 글자에 하나 이상의 다양한 변형된 자형을 활용하고 있는데, 朝鮮刊本에 비하면 반 정도의 글자에 불과하다. 脣-脣(脣, 唇), 沒-没(没, 沒), 冥-冥(冥, 冥), 鼎-鼎(鼎, 鼎, 鼎), 總-摠(惣, 總), 壓-壓(壓, 壓), 異(異, 異), 晦-晦(晦, 晦), 陟-陟(陟, 陟), 嘗-嘗(嘗, 嘗), 圖-圖(圖, 圖), 瓊-瓊(瓊, 瓊), 凡-凡(凡, 凡, 几, 凡), 胸-胷(胷, 胷, 胷), 氈-氈(氈, 氈), 眞-真(真, 真, 真, 真, 真), 南-南(南, 南, 南), 擊(擊, 擊, 擊), 發(發, 發) 등등의 예를 들 수 있다.

元祿本의 경우는 약 100여 자의 글자에서 하나이상의 변형을 보이는 글자가 있고, 이는 朝鮮刊本의 25%, 四部叢刊本의 50%에 그친다. 鄭-郑(鄭, 鄭), 鼠-鼠(鼠, 鼠), 嘗-嘗(甞, 甞, 甞, 甞), 瓊-瓊(瓊, 璚), 畫-畵(画, 画), 服-服(服, 服), 瞋-瞋(瞋, 瞋), 隔-隔(隔, 隔), 鳥-鳥(鳥, 鳥), 數-數(数), 瓷-瓷(瓷), 甕-甕(甕), 暴-暴(暴), 泰-泰(泰), 矜-矜(矜), 疑-疑(疑), 殺-殺(煞), 段-段(段), 殼-殼(殼), 塔-墖(塔), 數-數(数), 翼-翼(翼), 冥-冥(冥), 麨-麨(麨), 怪-恠(怪), 裹-裹(裹), 醜-醜(醜) 등등의 글자에서 하나 이상의 변형을 보인다.

세 판본 가운데 朝鮮刊本이 하나 이상의 변형을 보이는 글자가 가장 많고, 하나의 글자에 네 가지 이상의 다양한 변형을 보이는 글자도 가장 많은 것을 알 수 있다.

부록

한·중·일 酉陽雜俎의 異體字 目錄

(略字 · 俗字 · 同字 등 포함)

정자	조선간본	사부총간본	원록본
假	假 假 假		
卻	卻 却	却 卻	卻
角	角	角 角	
迦	迦		
舸	舸		舸
暇	暇		暇 暇
街	街		
猳	猳		
椵	椵		椵
覺	覚 覔 覺 覺	覺	
刻	刻		
殼	殼	殼	慤 殼
各	各		
揀	揀		揀
看	看		
侃	侃		
曷	曷	曷	曷
葛	葛	葛	葛
褐	褐	褐	褐
竭	竭	竭	竭 竭
鞨	鞨	鞨	鞨

정자	조선간본	사부총간본	원록본
喝	喝	喝	喝
蝎	蝎	蝎	蝎
暍	暍	暍	
鍻	鍻		鍻
渴	渴	渴 渴	渴
偈	偈	偈	偈
監	監 監	監 監	監
敢	敢		
鑒	鑒		
龕	龕	龕	
降	降 降	降	降
强	強	強	強
剛	剛	剛 剛	
襁	襁	襁	襁
鏹	鏹	鏹	鏹
皆	皆 皆		
改	攺	攺	攺
蓋	盖	盖 葢	葢
羹	羹	羹 羹	羹
芥	芥		
擧	舉 舉 擧 舉		

정자	조선간본	사부총간본	원록본
據	據 據		
遽	遽 遽	遽 遽	遽
憩	憇	憇	
揭	揭 揭	揭	
騫	騫 騫 騫		
褰	褰		褰
建	建 建		
乾	干 乹 乹		
劍	劒 劒 劒 劒	劎 劎	劎 劎
黔	黔	黔	黔
撿	撿		
劫	刼	刼	刼
擊	擊 擊 擊	擊 擊 擊 擊	
隔	隔	隔 隔 隔	隔 隔 隔
堅	堅		
見	見		
馱	駄 駄		駄
絹	絹 絹	絹	
掔	掔		
繭	蠒 蠒	蠒	蠒
決	决	决	

정자	조선간본	사부총간본	원록본
缺	鈌	鈌	
駃	駃		
潔	潔	潔	潔
玦	玦		
兼	兼 兼	兼	
卿	卿	卿	
瓊	瓊 瓊	瓊 瓊 瓊	瓊 瓊 璚
徑	徑 径 径		
經	經 經 經 經	經	經
磬	磬 磬	磬	
敬	敬		
黥	黥	黥	黥
莖	莖 莖 莖 莖		莖
涇	涇		
謦	謦		
頃	頃	頃	頃
輕	輕 輕 輕		
頸	頸 頸 頸		
脛	脛 脛		
驚	驚 驚		驚
逕	逕		

정자	조선간본	사부총간본	원록본
勁	勁		
階	階 階	階	階
堦	堦		
稽	稽	稽	
繼	継		継
繫	繫 繫 繫	繫 繫	
雞	鷄 雞		
灟	灟		
界	界 界		
屆	屆	届	
孤	孤 孤 孤	孤	
鼓	皷	皷	皷
高	髙	髙	
瞽	瞽		
苦	苦 苦 苦 苦		苦 苦
鴣	鴣 鴣		鴣
菰	菰		菰
苽	苽		
膏	膏	膏 膏	
罟	罟	罟	罟
尻	尻		

정자	조선간본	사부총간본	원록본
皐	臯		
顧	頋 顧 顧	顧	顧
刳	刳	刳	刳
考	考		
穀	穀 穀	穀	穀
轂	轂		
哭	哭	哭	
鵾	鵾		鵾
昆	昆		
骨	骨	骨	
恐	恐	恐 恐	恐
鞏	鞏	鞏	鞏
公	公 公		
空	空		
筇	筇	筇	筇
邛	邛	邛	邛
瓜	瓜 瓜	瓜	瓜
菓	菓		菓
寡	寡		
過	過	過 過	
胯	胯	胯 胯	胯

정자	조선간본	사부총간본	원록본
郭	郭	郭	
撾	撾	撾	
裹	褁 褁 褁	褁 褁	裹 褁
廓	廓	廓	
鞹	鞹		
郭	郭	郭	
觀	觀 觀 觀 觀	觀	
關	關	關	
匡	匡		
寬	寬	寬 寬	
灌	灌		
鸛	鸛		
廣	廣		廣
狂	狂 狂	狂	狂
筐	筐		
怪	怪	怪	怪 怪
愧	愧	愧	愧
瑰	瑰		瑰
壞	壞	壞 坏	
虢	虢	虢	
槐	槐	槐	槐

정자	조선간본	사부총간본	원록본
魁	魁 魁	魁	魁
幗	𧜟		
膠	膠	膠	
攪	攪		
久	乆 夂	夂 乆	
雊	雊		
臼	臼	臼	
苟	茍		
構	搆	構	
歐	歐		
寇	寇	寇 冦	
舊	旧 舊 舊 舊 舊 舊 舊 舊	舊 舊	舊 舊
救	救		
裘	裘		
具	具	具	
俱	俱	俱	
龜	龜	龜	龜 龜
屨	屨 屨	屨	屨
鉤	鉤		
球	球		

정자	조선간본	사부총간본	원록본
駒	駒 駒		
鮈	鮈		
懼	懼		
彄	彄		
溝	溝		溝
鸜	鸜		鸜
甌	甌 甌	甌 甌	甌
驅	驅 駈 驅	駈 敺	
狗	狗	狗	狗
鳩	鳩		鳩
鴝	鴝		
莒	莒		
國	国 王 國 國 囯 囯 國	國	國 國
鞠	鞠 鞠		
局	局	局	
鶌	鶌		鶌
群	羣 羣 群	羣 群 羣	
郡	郡		
君	君		
裙	裙	裙	

정자	조선간본	사부총간본	원록본
宮	宮 宫		
弓	弓		
拳	拳		
厥	厥		
餽	餽		餽
軌	軌	軌	軌
鬼	鬼 鬼	鬼	鬼
歸	歸 帰 歸 帰 歸 歸	歸	
虯	虬		虬
叫	呌	呌 呌	呌
跬	跬		
菌	菌		菌
棘	棘	棘	
極	極 極		
劇	劇 劇	劇 劇	
克	克		
隙	隟	隟	隙 隟
勤	勤		勤
瑾	瑾	瑾	
堇	堇	堇	

정자	조선간본	사부총간본	원록본
芹	芹		
今	今 今 今 今	今	今
金	金 金 金	金	
襟	襟		
禁	禁		
擒	擒		
衿	衿	衿	衿
矜	矜 矜 矜	矜	矜 矜
急	急		
起	起 起	起 起	起
記	記 記	記	記
氣	氣 氣 氣		
碁	棋	棊	碁
芰	芰		芰
棄	弃	弃 棄	弃
忌	忌	忌	忌
紀	紀	紀	紀
己	巳	巳	巳
奇	竒	竒	
寄	寄	寄	
綺	綺	綺	

정자	조선간본	사부총간본	원록본
騎	騎 騎 騎	騎	
幾	幾 幾		几
機	机 機		機
饑	飢	饑	
譏	譏	譏	
器	器	器 器	器
羈	羈 羈		
旣	既 既	既 旣	既
嗜	嗜		
祈	祈		
屺	屺	屺	屺
玘	玘	玘	玘
夔	夔		
騏	騏		
魑	魑	魑	魑
狤	狤		
那	郍	那	郍
儺	儺		
諾	諾		
落	落		
難	難		

정자	조선간본	사부총간본	원록본
蘭	蘭		
亂	乱	乱 亂 亂	
南	南	南 南 南 南	
衲	衲	衲	衲
囊	囊 囊	囊	
內	内		内
年	年 年 年 年 年 年 年		年 年 年
餂	餂		
念	念	念	念 念
捻	捻	捻	
甯	甯 甯		
寗	寗 寗	寗	寗
寧	寧 寧 寧 寧	寧 寧	寧 寧
儜	儜	儜	
禰	祢		
弩	弩		
祿	禄		禄
綠	緑 綠		
錄	録		録
腦	脳	腦 腦	腦

정자	조선간본	사부총간본	원록본
淖	淖		
陋	陋		陋
能	能		能
尼	尼		
膩	膩	膩	膩
溺	溺 溺		
段	叚 段 段 段	段	段 段
單	單 單	單	單
斷	断 断 断	斷	断
袒	袒	袒	
檀	檀 檀 檀 檀	檀	
壇	壇 壇 壇		
鍛	鍛	鍛	
達	達 達	達 達	
啗	啗	啗	啗
噉	噉		
答	荅 荅 荅		
蹋	蹋		
踏	踏	踏	
棠	棠		
帶	帶 帶	帶	帶 帶

정자	조선간본	사부총간본	원록본
對	對 對 對 對	對	對 對
臺	臺		
代	代		
黛	黛	黛	
德	徳		
盜	盗		
途	途	途	
道	道		
塗	塗 塗	塗 塗	塗
陶	陶 陶 陶	陶	
度	度	度	度
蹈	蹈		
縚	縚		
陷	陷		陷
跳	跳 跳		
忉	切		
圖	圖	圖 圖 圖	圖
獨	獨	獨	獨
飩	飩		
敦	敦	敦	
董	董		

정자	조선간본	사부총간본	원록본
洞	洞		
動	動		
杜	杜 杜	杜	
兜	兠	兠	兠
豆	荳	荳	
滕	滕 滕	滕 滕	
等	䒭 䒭 䒭 等 䒭 䒭 䒭	等	
登	登	登	
燈	灯		
籐	籐	籐	
藤	藤 藤 藤 藤	藤	藤
騰	騰		
鷹	鷹		鷹
羅	羅 羅		
蘿	蘿		
騾	騾		
駱	駱 駱 駱		
樂	楽		
落	落		
卵	卵 夘	卵 卵 卵	

정자	조선간본	사부총간본	원록본
鸞	鸾		
彎	弯		
覽	覧 覧		
藍	藍		
臘	臘 臘 臈	臘	臘
蠟	蠟 蠟	蠟	蠟
勑	勑		
狼	狼		狼
郎	郎		郎
榔	榔		
來	来 来 来		
兩	兩 两	兩	兩
梁	梁	梁 梁	梁
糧	粮 粮		
魎	魎	魎	魎
蠡	蠡		
黎	黎	黎	黎
驪	驪 驪		
麗	麗 麗		
慮	慮 慮	慮	
驢	馿 馿 馿		

정자	조선간본	사부총간본	원록본
癘	癘		
櫟	檪		
蓮	蓮		
練	練	練	
聯	聨		
憐	怜	怜	
廉	亷		
殮	殮		
獵	猟 獵 獵 獵	獵	獵 獵 獵
鬣	鬣	鬣	
令	令		
靈	霊 靈 靈 灵	靈	
苓	苓	苓	苓
領	領		領
翎	翎		翎
鱧	鱧		
禮	礼		
虜	虜 虜		
露	露 露		
蘆	蘆	蘆	
鱸	鱸		

정자	조선간본	사부총간본	원록본
爐	炉		
鸕	鸕		鸕
路	路		
鷺	鷺 鷺		
祿	禄		
淥	渌		
醁	醁		
論	論		
壟	壠	壠	壠
壟	壠	壠	
籠	籠	籠	籠
雷	雷 雷		
屢	屡	屢	屢
婁	婁		
漏	漏		
鏤	鏤	鏤	鏤
樓	楼 樓	楼 樓	樓
縷	縷 縷	縷 縷	縷
螻	螻	螻	螻
淚	涙		
髏	髏	髏 髏	髏

정자	조선간본	사부총간본	원록본
凌	凌		
陵	陵 陵	陵	
柳	柳 柳		
流	流 流 流	流	
霤	霤		
謬	謬 謬	謬	
戮	戮	戮	
榴	榴		
勒	勒		
陸	陸	陸	陸
輪	輪		
律	律		
隆	隆 隆	隆	隆 隆
陵	陵 陵	陵	陵 陵
菱	菱		
裏	裏		
鯉	鯉 鯉		
籬	籬	籬	
魑	魑	魑	魑
離	離	離	
狸	狸		狸

정자	조선간본	사부총간본	원록본
隣	鄰	隣	隣
驎	驎		
鱗	鱗		鱗
吝	悋	悋	悋
馬	馬 馬		馬
蟆	蟇	蟇	蟇
邈	邈		
莫	莫		莫
寞	寞		
膜	膜		膜
滿	滿 滿 滿 滿	滿 滿 滿	滿
萬	万 萬		
鬘	鬘 鬘		
蠻	蛮		
襔	襔		襔
蔓	蔓		蔓
韎	韎		韎
襪	襪	襪	襪 襪
望	望 望	望	望
盲	肓		
魍	魍	魍	魍

정자	조선간본	사부총간본	원록본
茫	茫		
每	毎	毎 毎	毎
媒	媒		
魅	魅 魅	魅	魅
賣	賣		
罵	罵 駡		
脈	脉	脉 脉	
猛	猛		
萌	萠		萠
虻	䖟		
覓	覔		
面	靣	靣 靣	
眄	眄	眄	
免	免		
眠	眠	眠	
麪	麪	麪	麪
冥	㝠 㝠	㝠 㝠 冥	㝠 㝠
溟	溟	溟	溟
鳴	鳴 鳴	鳴	鳴 鳴
袂	袂		
母	毋 毋	毋	毋

정자	조선간본	사부총간본	원록본
慕	慕		
貌	皃	貌	
暮	暮		
某	某 某		某
茅	茅 茅	茅	茅
毛	毛		
妙	妙		
卯	夘 夘	夘	
苗	苗 苗	苗	苗
墓	墓		
穆	穆	穆	穆
沒	没 沒 沒	没 沒 沒	沒
歿	歿		歿
蒙	蒙 蒙		
殁	殁		殁
舞	舞 舞		
茂	茂		
繆	繆 繆		
撫	抚		
無	无 无 無		
甒	甒	甒	甒

정자	조선간본	사부총간본	원록본
務	務	務	
畝	畆 畆	畆	畆
鵡	鵡 鵡 鵡	鵡	鵡
墨	墨	墨	
默	默 默		默
美	美 美		
微	微 微		
薇	薇	薇	薇
彌	弥		
獼	猕		
弭	弭 弭		
未	未		
民	民	民	
敏	敏		
密	宻	宻	
蜜	蜜 蜜 蜜		
博	愽	愽	
薄	薄 薄 薄 薄		薄 薄
縛	縛	縛	縛
膊	膊	膊	膊
駮	駮 駮		駮

정자	조선간본	사부총간본	원록본
嚗	嚗	嚗	
㩧	㩧	㩧	
反	反		
飯	飰	飰	飰
盤	盤 盤 盤	盤	盤
蟠	蟠	蟠	
潘	潘	潘	潘
返	返		
般	般	般	
拔	拔 拔 拔 拔	拔 拔 拔	拔
柭	柭		
髮	髮 髮	髮	
跋	跋	跋	跋
袚	袚	袚	袚
發	發 發 發 发	發	發
撥	撥		
防	防	防	防
邦	邦	邦	
龐	龐		
陪	陪	陪	陪
拜	拜		拜

정자	조선간본	사부총간본	원록본
魄	䰰 䰰	䰰	䰰
百	百	百	
白	白		
柏	栢		栢
番	畨	畨	畨
燔	燔		燔
藩	藩		藩
幡	幡 幡	幡	旛
膰	膰		
蕃	蕃		蕃 蕃
凡	凢	凣 凡 几 几 凢	凢 凢
汎	汎	汎 汎	
犯	犯	犯	犯
范	范	范	范
梵	梵	梵 梵	梵
伐	伐		
壁	壁 壁	壁 壁	
邊	边 邉		邉
變	变 變		
鵂	鵂		鵂

정자	조선간본	사부총간본	원록본
便	便		
辯	辯		辯
鼈	鼈	鼈 鼈	鼈
幷	幷 並		
瓶	瓶	瓶	瓶
騈	騈		
步	步 步	步	步
報	報	報	
甫	甫 甫	甫	
寶	寶 宝	寶	
復	復 復 復 復	復 復	復
腹	腹 腹	腹	腹
服	服	服	服 服 服
覆	覆 覆 覆	覆 覆	覆
蕧	蕧	蕧	
福	福		
璞	璞		
鰒	鰒	鰒	鰒
本	本		
鋒	鋒 鋒		
逢	逢	逢	

정자	조선간본	사부총간본	원록본
烽	烽	烽	
蓬	蓬	蓬	
鳳	鳳 鳳 鳳 鳳	鳳	鳳 鳳
父	父		
傅	傅 傅	傅	
附	附	附	附
富	富	富	
敷	敷	敷	敷
部	部		
負	負 負	負	
鳧	鳬 鳬 鳬 鳬	鳬	鳬
腐	腐	腐	
赴	赴		
鮒	鮒		
釜	釜 釜	釜	釜
駙	駙		
麩	麩		
北	北 北	北	北
畚	畚		
粉	粉		
分	分		

정자	조선간본	사부총간본	원록본
[illegible]	[illegible]	[illegible]	[illegible]
崩	崩 崩		
匕	匕		
妃	妃	妃	妃
卑	卑 卑 卑	卑	卑
鄙	鄙	鄙	
琵	琵		
鼻	鼻 鼻 鼻	鼻	鼻 鼻
鞞	鞞	鞞	鞞
婢	婢	婢	婢
碑	碑 碑	碑	碑
非	非		
俾	俾	俾	俾
蜱	蜱	蜱	蜱
裨	裨	裨	裨
賓	賔	賔	賔
濱	濵		
臏	臏	臏	臏
鬢	鬢	鬢	鬢
蠙	蠙	蠙	蠙
檳	檳	檳	檳

정자	조선간본	사부총간본	원록본
殯	殯	殯	殯
憑	憑 憑 憑 憑	憑	憑
四	四		
私	私 私	私	
死	死	死 死 死	
師	師		
舍	舍	舍 舍	舍
捨	捨	捨	
詐	詐		
賜	賜	賜	賜
辭	辭 辞	辭 辤	辭
蛇	虵	虵	虵
寫	寫 寫 寫	寫	
瀉	瀉	瀉	
沙	沙 沙 沙	沙	
莎	莎		
螄	螄		
祀	祀		
祠	祠		
駃	駃		
絲	絲	絲 絲	絲

정자	조선간본	사부총간본	원록본
稍	稍	稍	稍
鑠	鑠		
算	筭		
珊	珊		珊
産	産 産		
滻	滻		
蒜	蒜	蒜	
殺	殺 殺	殺 煞	殺 煞
煞	煞	煞	煞
薩	薩	薩	薩
參	叅	叅	叅
澀	澁		
靸	靸		
嘗	嘗 嘗 嘗 甞	嘗 嘗 嘗 甞	嘗 嘗 嘗 嘗
傷	傷 傷	傷	傷
尙	尙		
牀	床 牀	床 牀	
狀	狀 狀 狀	狀	
觴	觴 觴		觴
象	象	象	
像	像 像	像	

정자	조선간본	사부총간본	원록본
爽	爽	爽	
喪	丧 䘮	丧	丧
翔	翔		
祥	祥 祥	祥	
常	常		
桑	桒		
鸛	鸛		鸛
雙	双 雙	雙 雙	雙
索	索		
生	生 生 生	生	
西	西		
庶	庻 庶	庻	庻
徐	徐 徐		
敍	叙 敘	叙	叙 敘
序	序		序
黍	黍 黍	黍	
舒	舒 舒	舒 舒	
鼠	鼠 鼠 鼠 鼠 鼠 鼠	鼠 鼠	鼠 鼠 鼠
鱮	鱮		
棲	栖		栖

정자	조선간본	사부총간본	원록본
席	席	席	席
犀	犀	犀	
蜍	蜍	蜍	
釋	釋		
夕	夕		
菥	菥		菥
穸	穸		
善	善 善 善	善	
船	舡 船	船	
鮔	鮔		
蟬	蝉 蟬	蟬	
癬	癬		
說	説 說	說 説	
禪	禅 禪 禪 禪	禅 禪	
繕	繕		
鮮	鮮		
璇	璇		
設	設 設	設 設	
挈	挈	挈	
洩	洩 洩	洩	洩
齧	齧		

정자	조선간본	사부총간본	원록본
薛	薛		
雪	雪 雪	雪	
涉	涉	涉	
成	成	成	
省	省	省	
聲	聲 聲 声	聲 殸	
猩	猩 猩	猩	
世	丗 丗		丗
歲	嵗 歳	嵗 嵗	歳 歳
勢	勢	勢 勢	勢
稅	税 税		
昭	昭		
蔬	蔬		蔬
笑	笑 笑 咲		
蕭	蕭 蕭		
搔	搔	搔	
銷	銷		
騷	騷	騷	
疏	疏	疏	疏
踈	踈		
疏	疎 踈	踈	

정자	조선간본	사부총간본	원록본
掃	掃		
所	所 所		
胥	胥		
蘇	蘇 蘇 蘇 蘇 蘇	蘓 蘇	蘇
巢	巢		
穌	穌		
燒	焼	焼	焼 焼
嘯	嘯		
咲	咲		
屬	屬 属		
損	損	損 損	
誦	誦	誦	誦
衰	衰		
鎖	鎖	鎖 鏁	
收	収 収	收	收
首	首		
雖	錐	錐	
隋	隋	隋	隋
數	數 数 數 數 數	數	數 數
垂	垂	垂 埀	

정자	조선간본	사부총간본	원록본
鬚	鬚 鬚		
袖	袖		
豎	竪		
隨	隨 随	隨	隨
髓	髓	髓	
獸	獣 獸		
繡	绣 繡		
壽	壽		
修	脩 脩	脩	脩
邃	邃		
殊	殊		
茱	茱		
銖	銖		
須	湏		
睡	睡	睡 睡	睡
熟	熟	熟 熟	熟
鷫	鷫		鷫
宿	宿	宿 宿	宿
肅	肅		
脣	脣	脣 脣 唇	脣
馴	馴		

정자	조선간본	사부총간본	원록본
荀	荀		
鶉	鶉		
術	術 術 朮	術	術
膝	膝 膝 膝	膝	膝 膝
蝨	虱		蝨
習	習	習	
濕	湿		
襲	襲	襲	
升	升		
乘	乘 乘	乘	
僧	僧	僧	僧
繩	縄 繩		
昇	昇		
勝	勝		
時	時	時	時
蒔	蒔		
是	是		
試	試	試	
匙	匙 匙		
蒔	蒔		
市	市		

정자	조선간본	사부총간본	원록본
植	植 植 植	植 植 植	植
殖	殖	殖	
飾	飾		
式	式	式 式	
蝕	蝕		
神	神 神		
愼	慎	慎	
頤	頥 頥		頥
臣	臣		
新	新	新	
薪	薪		
實	實 實		
瀋	瀋		瀋
審	審	審	審
鄱	鄱	鄱	
椹	椹		
兒	児 兒		
阿	阿	阿	阿
鵝	鵝 鵝	鵝 鵝	鵝
峨	峩	峩	峩
惡	悪		

정자	조선간본	사부총간본	원록본
鴈	鴈	鴈	鴈
顏	顔 顏 顔	顏	
謁	謁 謁	謁	謁
巖	巖		
庵	庵	庵	
壓	压 壓 壓	壓 壓 壓	猒
鴨	鴨 鴨		鴨 鴨
狎	狎		
殃	殃		
隘	隘	隘	隘
哀	哀		
騃	騃		
厄	厄	厄	厄
腋	腋		
甖	甖	甖	甖
鸚	鸚 鸚		鸚
野	野 野	野	野
夜	夜		
若	若 若 若 谷		若
耶	耶	耶	耶
弱	弱		

정자	조선간본	사부총간본	원록본
躍	躍	躍	
蒻	蒻		
藥	薬		藥
陽	陽 陽	陽 陽	陽
揚	揚	揚 揚	
楊	楊 楊	楊 楊	
襄	襄		
讓	讓		
禳	禳		
羊	羊 羊		
瓤	瓤 瓤		
御	御	御	
禦	禦		
於	于		於
焉	焉 焉 焉 焉 焉 焉	焉	焉
孽	孽		
蘖	蘖		
儼	儼		
嚴	嚴		
奄	奄	奄	

정자	조선간본	사부총간본	원록본
掩	掩	掩 掩	掩
淹	淹	淹	
閹	閹	閹	
鄴	鄴		
與	與 与 与	與	
璵	璵	璵	
余	余		
餘	餘	餘 餘	
畢	畢		
如	如		
予	予	予	予
易	易 易	易	易
驛	驛 驛 驛		
疫	疫		
亦	亦		亦
燕	燕 燕		燕
涓	涓	涓	涓
然	然 然		
鷰	鷰 鷰		
淵	渊	淵	淵
衍	衍		

정자	조선간본	사부총간본	원록본
綖	綖		
椽	椽	椽	
蓮	蓮		
戀	恋		
鉛	鈆		
烟	烱		
熱	热		
閻	閻	閻	
悅	悦	悅	悅
捏	捏	揑	捏
涅	涅	湼	涅
閱	閲		
鹽	塩	塩	
餤	餤	餤	
閻	閻 閻	閻	
魘	肰	肰	
黶	黶		
葉	葉 葉		葉
永	永		
盈	盈		
潁	頴	頴	頴

정자	조선간본	사부총간본	원록본
影	影		
英	英		
營	營		
曳	曳	曳	曵
睿	睿		睿
鯢	鯢		
羿	羿		
穢	穢		
豫	豫	豫	
翳	翳 翳		翳 翳
藝	藝 芸	藝	藝
詣	詣	詣	詣 詣
鷖	鷖	鷖	
蚋	蚋	蚋	蚋
預	預	預	
蕊	蘂		
吳	吴 呉 吳	吳	
娛	娛	娛	
誤	誤 誤 誤	誤	誤
蜈	蜈		
悞	悞 悞 悞	悞	悞

정자	조선간본	사부총간본	원록본
烏	烏 烏 烏 乌		
獄	獄	獄	獄
杌	扤		
瓮	瓮	瓮	瓮
甕	瓮 瓮 瓮	甕 瓮	甕 甕
臥	卧		
蝸	蝸 蝸	蝸	
猧	猧	猧	猧
渦	渦	渦	
瓦	瓦 瓦	瓦 瓦	瓦
宛	宛	宛	
盌	盌	盌	
椀	椀 椀	椀	
翫	玩	翫	翫
玩	翫 玩	翫	翫
往	徃 往	徃	
媧	媧		媧
隗	隗	隗	隗
妖	妖		
搖	揺	揺	揺
謠	謡	謡	

정자	조선간본	사부총간본	원록본
瑤		瑶	瑶
遙	遥 遥	遥	
堯	尭		
繞	繞 繞	繞	繞
澆	浇	浇	
僥	侥	侥	侥
撓	挠	挠	挠
靿	靿		靿
寥	寥	寥	寥
祅	袄		
曜	曜	曜	曜
坳	坳		
腰	腰 腰	腰	腰
欲	欲		
辱	辱	辱	
蓐	蓐	蓐	
勇	勇	勇	勇
湧	湧	湧	湧
蓐	蓐	蓐	
鵅	鵅		鵅 鵅
涌	湧		涌

정자	조선간본	사부총간본	원록본
尤	尢	尢	尤
羽	羽 羽 羽		
隅	隅	隅	隅
雨	雨 雨		
虞	虞 虞	虞	虞
友	友 友		
憂	憂 憂		
又	又		
紆	紆		
藕	藕		
鸆	鸆		鸆
勗	勗		
殞	殞	殞	
鄖	鄖	鄖	
隕	隕	隕	
韻	韻	韻	
鬱	欝 郁 鬱	郁	鬱
菀	菀		
熊	熊 熊		
寃	寃 寃	寃	寃
怨	怨	怨	

정자	조선간본	사부총간본	원록본
員	貟	貟	貟 貟
圓	圎 圎		
遠	逺 逺 逺	逺	
園	園 園	園	園
袁	袁	袁	
猿	猿	猿	
苑	苑	苑	苑
黿	黿		黿
院	院 院	院	院
圍	围 圍 圍 圍		
魏	魏 魏	魏	魏
爲	為 爲 為 爲 為 为 爲 為		
危	危	危	
萎	萎		
僞	偽		
衛	衞		
有	有		
幼	㓜		
愈	愈		
臾	史	史	

정자	조선간본	사부총간본	원록본
萸	萸 萸	萸	
腴	腴	腴	腴
庾	庾	庾	
猶	猶 猶		猶
窳	窳		
鼬	鼬 鼬		
騟	騟		
乳	乳		
唯	唯 唯	唯	
逾	逾		
攸	攸		
蕤	蕤	蕤 蕤	
劉	劉 劉		
裕	裕		裕
胤	胤 胤	胤 胤	胤
允	允		
融	融 融	融	融
隱	隱 隱 隱 隱	隱 隱	隱
吟	吟 吟	吟	吟
恩	恩		
淫	淫 淫	淫	

정자	조선간본	사부총간본	원록본
陰	隂	陰	隂 陰
蔭	蔭 蔭 蔭	蔭	蔭
凝	凝	凝	
毅	毅	毅	
矣	矣	矣	
倚	倚	倚	
欹	欹	欹	
疑	疑 疑 疑	疑 疑	疑 疑
宜	宜		
議	议		
醫	醫 醫		醫
異	異	異 異 異	異
貳	貳		
以	以		
而	而 而		
爾	尔 爾		尒
[illegible]	呩	呩	
邇	迩		
翼	翼	翼	翼
益	益		益
翌	翌 翌	翌	

정자	조선간본	사부총간본	원록본
刃	刄 刄	刄 刄	刄
仞	仭	仭	仭
忍	忍 忍	忍	
紉	紉 紉		
引	引		
細	細		
因	囙		
印	印		
逸	逸 逸	逸	逸
臨	臨 臨 臨 臨	臨	
煮	煑	煑	煑
刺	刺	刺	刺
雌	雌		
紫	紫 紫 紫		
鷓	鷓 鷓		鷓
諮	諮		
瓷	甆	甆	甆 甆
觜	觜 觜		
蔗	蔗		蔗
藉	藉		
爵	爵		

정자	조선간본	사부총간본	원록본
鵲	鵲 鵲		鵲 鵲
雀	雀	雀	
作	作		
蠶	蠶 蚕	蠶	蚕 蠶
潛	潜 潛	潜	潜
熸	熸	熸	熸
朁	朁	朁	朁
簪	簮 簪	簪	簪
帀	帀		
場	場	塲 場	場
腸	腸 腸	腸	
丈	丈	丈	
仗	仗	仗 仗	
杖	杖	杖 杖	
藏	藏 藏	藏	藏
墻	墻		
將	将 將 将	將 將	
葬	葬 葬	葬	葬
粧	粧		
奘	奘		
裝	裝		

정자	조선간본	사부총간본	원록본
障	障	障	障
莊	疰 庄 荘 痄 荘 莊 荘	庄	庄
牂	牂		牂
壯	壮 床	壮 床	
張	張		
薔	薔		
哉	哉		
再	再 再	再 再	
齋	齋 斎		
纔	才 纔 纔	纔	纔
齎	齎	齎	齎
賫	賫		賫
栽	栽	栽	
菹	菹		菹 菹
低	低		
猪	猪	猪	
狙	狙		狙
著	著		著
杼	杼	杼	
翟	翟	翟	翟

정자	조선간본	사부총간본	원록본
糴	糴		
荻	荻	荻	
跡	跡		
𦅾	𦅾	𦅾	
顚	顛 顚 顚	顚 顛 顚	
蝶	蝶 蝶		
塡	填 填	塡	
殿	殿 殿	殿	
戰	戦 戦		
旃	旃 旃 旃	旃 旃	旃
氈	氊	氊 氊	氊 氊
篆	篆	篆	
闐	闐		
摺	摺	摺	摺
點	點	點	點
亭	亭	亭	
停	停	停	
釘	釘	釘	
鼎	鼎 鼎	鼎 鼎 鼎	鼎 鼎
庭	庭	庭	
鄭	鄭 鄭	鄭	鄭 鄭 鄭

정자	조선간본	사부총간본	원록본
淨	浄		
祭	祭		
弟	弟 弟 弟		
齊	齐 斉 斎		
濟	済	濟	濟
際	際	際	際
第	苐 第 第 第		第
除	除	除	
阻	阻	阻	阻
俎	爼	爼	
鳥	鳥 鳥 鸟		鳥 鳥 鳥
棗	棗	棗	棗
竈	竈 竈		
鵰	鵰		鵰 雕
雕	雕 雕		
笊	笊	笊	笊
皂	皂		
趙	趙 趙		趙
凋	凋		
罩	罩	罩	罩
藋	藋		藋

정자	조선간본	사부총간본	원록본
蹤	踨 蹤		
爪	瓜		
足	足		
族	族		
從	従		
鍾	鐘	鍾	鐘
縱	縦 縱		
蹤	蹤 踨		
舟	舟	舟	
鬻	鬻		
鑄	鑄 鑄		
洲	洲		
珠	珠		
駿	駿		
雋	雋	雋	
衆	衆	衆	衆
中	中 中 中 中		
卽	即		
鯽	鯽 鯽	鯽	
莭	節		
汁	汁		

정자	조선간본	사부총간본	원록본
戠	戠		
曾	曾 曽	曽	
增	增		
罾	罾	罾	罾
憎	憎		
繒	繒	繒	
甑	甑 甑	甑	甑
指	指 指 指	指	指
脂	脂 脂	脂	脂
祗	祗		
遲	遲	遲 遲	遲
旨	旨		
支	攴 攴	攴	
芝	芝 芝		芝
枝	枝 枝		
至	至		
紙	紙	紙	
鷙	鷙		
直	直 直	直 直 直 直	直
眞	真 真 眞	真 真 眞 眞 眞 真	眞

정자	조선간본	사부총간본	원록본
秦	秦	秦	秦
振	振	振 振	
盡	尽 盡 盡		
鎭	鎭 鎮	鎭 鎮	
珍	珎	珎	
軫	軫		
瞋	瞋 瞋	瞋 瞋 瞋	瞋 瞋 瞋
津	津		
稹	稹	稹	
跌	跌		
執	执 執	執	
徵	徵		
懲	懲		
此	此		
叉	叉	叉	
嵯	嵳	嵳	嵳
鑿	鑿 鑿 鑿 鑿		
贊	賛	賛	賛
纘	纉		
竄	竄 竄	竄	竄
攢	攅		

정자	조선간본	사부총간본	원록본
鑽	鑚	鑽	鑚
札	扎		
參	叅		
醦	醦	醦	
黲	黲	黲	黲
慘		慘	慘
懺	懴		
慙	慚	慚	慚 慙
窗	窓 牕	牕	牕
鶬	鶬		鶬
蔡	蔡 蔡		
綵	綵		
採	採		
采	采		
菜	菜		菜
債	債		
蠆	蠆		
策	筞		
柵	栅		
處	処 處 處 處 処 處 處		

정자	조선간본	사부총간본	원록본
戚	戚		
陟	陟	陟 陟 陟	陟 陟
蝪	蝪		
脊	脊	脊	脊
擅	擅	擅	
淺	浅		
遷	迁		
鐵	鐵	鐵	鉄
鑯	鑴		
簷	簷	簷	
甛	甜		
輒	輙 輙		
聽	聽 聽 聽	聽	聽 聽
菁	菁		
廳	庁 廳 廰	廳	廳
體	躰 體 軆	體	
蔕	蔕 蔕 蔕	蔕	
初	初	初 初	
招	招		
草	草		草
稍	稍		

정자	조선간본	사부총간본	원록본
楚	楚		
譙	譙	譙	譙
樵	樵	樵	樵
燋	燋	燋	燋
醮	醮	醮	醮
僬	僬		
苕	苕		
矚	瞩		
蜀	蜀		
蠾	蠾		
髑	髑		
聰	聦		
驄	騘		騘
總	揔	惣	惣
叢	藂 叢		
寵	寵	寵	
冢	冢	冢	
崔	崔		
瘳	瘳	瘳	
醜	醜 醜	醜	醜 醜
墜	墜 墜	墜 墜	墜

정자	조선간본	사부총간본	원록본
帚	帚		
麄	麁 麤		麤
趨	趍	趍	趍
騶	騶 騶		
氂	氂	氂	氂
貙	貙		
鶵	鶵 鶵		
菆	菆		菆
鶖	鶖		
築	築	築	築
竺	竺 竺		竺
筑	筑	筑	筑
縮	縮	縮	縮
充	充		
衷	衷		
蟲	虫 虫	蟲 虫	
瘁	瘁		
翠	翠	翠	翠
取	取		取
趣	趣 趣		趣
聚	聚		聚

정자	조선간본	사부총간본	원록본
臭	臭 臭 臭	臭	臭
驟	驟 驟 驟		驟
就	就	就 就	
層	層 層	層	
置	置 寘 寘	置 寘 置	置 寘
値	値 値		
恥	耻	耻	
蚩	蚩		
蘅	蘅 蘅	蘅	
巵	巵		
親	親	親	
漆	漆 漆 漆	漆 漆	漆
浸	浸		
枕	枕	枕 枕	枕
稱	稱 稱 稱	稱 稱	稱 稱 稱
墮	堕 墮	墮	墮
它	他		
朶	朵		
陁	陀	陁	陁 陀
驒	驒		
駝	駝 駝 駝 駝	駝	駝

정자	조선간본	사부총간본	원록본
馱	馱	馱	馱
唾	唾	唾	
啄	啄		
琢	琢		
橐	擢 橐		橐
彈	弹 彈 彈 彈		
歎	歎		
炭	炭	炭	
憚	憚		憚
脫	脱	脫	脫
塔	塔 塔	塔	塔
鎝	鎝		鎝
湯	湯 湯	湯	湯
泰	泰	泰	泰 泰
態	態		
蛻	蛻 蛻	蛻 蛻	蛻
苔	苔 苔	苔	
澤	澤 澤 澤 澤		澤
兎	兎 兔	兎 兔	兔 兎
菟	菟		
土	土		

정자	조선간본	사부총간본	원록본
吐	吐		
通	通 通 通	通	通
桶	桶	桶	桶
鬪	鬪		
投	投 投 投 投	投 投	
匽	匽		
罷	罷 罷		
頗	頗		
簸	簸	簸	簸
葩	葩		
播	播	播	播
牌	牌	牌	牌
稗	稗	稗	稗
捭	捭	捭	捭
編	編		
鞭	鞭		
鯿	鯿		
徧	徧	徧	
偏	偏 偏	偏	偏
便	便		
陛	陛	陛	陛

정자	조선간본	사부총간본	원록본
胜	胜		
苞	苞		
飽	飽		
匏	匏	匏	匏
袍	袍	袍	
蒲	蒲		
暴	暴 暴 暴	暴	暴
爆	爆	爆	
瀑	瀑	瀑	
酆	酆		
豐	豊		豊
被	被	被	
畢	畢	畢	畢
匹	疋	疋	疋
筆	笔 筆 筆	笔	
霞	霞		
遐	遐	遐	
蝦	蝦 蝦	蝦	
鰕	鰕 鰕 鰕		鰕
荷	荷 荷		荷
學	學 學 斈 學	學	

정자	조선간본	사부총간본	원록본
鶴	鶴 鶴 鶴		鶴
寒	寒		
漢	漢 漢 漢 漢	漢	漢
捍	捍		
限	限	限	限
骭	骭	骭	骭
割	割	割	
陷	陷	陷	陷 陷
銜	衘		
含	含	含 含 含	含
鴿	鴿 鴿		鴿
偕	偕	偕	
海	海		
害	害 害	害	害
解	觧 解 解 解	觧 解 解	
薢	薢	薢	
核	核 核		
薤	薤		薤
骸	骸	骸	
駭	駭 駭		
蟹	蠏 蟹	蟹 蠏	

정자	조선간본	사부총간본	원록본
醯	醯		
行	行		
鄉	鄉 鄉	鄉 鄉	鄉
嚮	嚮		
虛	虛 虛 虛 虛 虛 虛 虛 虛	虛	虛 虛
墟	墟	墟	
獻	献 獻 獻 獻	獻 献	獻
憲	憲 憲		憲
歇	歇		
驗	驗 驗 驗	驗	驗
革	革		革
嚇	嚇		
賢	賢 賢		
縣	縣		縣 縣
懸	懸 懸	懸	懸
顯	顯 顯		
弦	弦		
翾	翾	翾	
穴	穴	穴	
荊	荆	荆	荆

정자	조선간본	사부총간본	원록본
血	血	血	血
莢	莢 莢		
頰	頬		
峽	峡		
蛺	蛱		
筴	筴		
形	形		
衡	衡 衡	衡	
亭	亭		
瑩	瑩		
珩	珩		
荊	荆	荆	荆
兮	兮		
槥	槥		
鞋	鞋		
壺	壷		
狐	狐 狐	狐	狐
弧	弧		
瓠	瓠	瓠	瓠
虎	虎 虎 虎	虎	虎
號	号 號 號 號	號 號	號 號

정자	조선간본	사부총간본	원록본
毫	毫	毫	毫
豪	豪		
蒿	蒿 蒿		
或	或		
魂	䰟 䰟	䰟	䰟
餛	餛		
昏	昬 昬		
鴻	鴻		鴻 鴻
化	化		
畫	畫 畫 畫	畫	畫 画 画
禍	禍	禍	禍
花	花 花		
攫	攫		
艧	艧		
玃	玃	玃	
蠖	蠖	蠖	
丸	丸 丸	丸 丸	
歡	歡		
還	還 還	還	
環	環 環 環		
驩	驩		

정자	조선간본	사부총간본	원록본
擐	擐	擐	
鐶	鐶 鐶	鐶	
懽	懽		
闊	闊		
豁	豁	豁	豁
黃	黄	黃	黃
荒	荒 荒		荒
隍	隍	隍	隍
貺	貺		
會	會	會	會
悔	悔	悔 悔	
懷	懐 懷	懷	懷
鱠	鱠 鱠 鱠	鱠	鱠 鱠
灰	灰	灰	灰
晦	晦	晦	晦
獲	獲	獲	獲
曉	曉	曉	曉
鴞	鴞	鴞	
驍	驍		
厚	厚	厚	厚
侯	侯 侯	侯 侯	侯

정자	조선간본	사부총간본	원록본
侯	候	候	
喉	睺	喉	喉
猴	猴 猴	猴	猴
黌	黌		
篌	篌	篌	
勛	勛		勛
纁	纁	纁	
毀	毀 毀 毀 毀	毀	
喙	喙 喙		
虧	虧	虧	
彙	彙	彙	彙
携	携		攜
胸	胷 胷 胷 胷	胷 胷 胷 胷	胷 胸
黑	黒	黒	黒
嚳	嚳		
欽	欽		
翕	翕		
興	㒷 㒷		
戲	戲 戯	戱 戯	戲
姬	姬 姫	姬 姫	
餙	餙		
熙	凞		熙

| 저자 소개 |

정영호(鄭榮豪, jyh1523@hanmail.net)

- 全南 靈光 出生
- 全南大學校 중문학과 졸업
- 全南大學校 文學博士
- 前 : 西南大學校 中國語學科 教授
- 現 : 慶熙大學校 동아시아 서지문헌 연구소

著作

- 《중국영화사의 이해》, 전남대학교출판부, 2001.
- 《중국근대문학사상 연구》(공저), 전남대학교출판부, 2009.
- 《중국 문화 연구》(공저), 전남대학교 출판부, 2010.
- 《중국고전소설의 국내 출판본 정리 및 해제》 학고방, 2012.
- 《중국통속소설의 유입과 수용》(공저), 학고방, 2014.
- 《조선간본 유양잡조의 복원과 연구》(공저), 학고방, 2018.

飜譯

- 《中國通俗小說總目提要》(第2, 3, 5卷)(공역), 蔚山大出版部, 1999.
- 《중국고전소설사의 이해》(공역), 전남대학교출판부, 2011.

論文

- 〈경화연과 한글 역본 제일기언의 비교 연구〉, 《中國小說論叢》 26집, 2007.
- 〈한국 제재 중국 근대소설에 나타난 한·중·일 인식 연구〉, 《中國人文科學》 제38집, 2008.
- 〈구운기에 미친 경화연의 영향 연구〉, 《中國人文科學》 47집, 2011.
- 〈신 발굴 조선간본 《박물지》연구〉, 《中國小說論叢》 59집, 2019.
- 〈한·중·일 《유양잡조》의 이체자형 비교 연구〉, 《중국학논총》 70집, 2021.

외 다수의 논문.

민관동(閔寬東, kdmin@khu.ac.kr)

- 忠南 天安 出生.
- 慶熙大 중국어학과 졸업.
- 대만 文化大學 文學博士.
- 前 : 경희대학교 외국어대 학장. 韓國中國小說學會 會長. 경희대 比較文化研究所 所長.
- 現 : 慶熙大 중국어학과 教授. 경희대 동아시아 서지문헌연구소 소장

著作

- 《中國古典小說在韓國之傳播》, 中國 上海學林出版社, 1998年.
- 《中國古典小說史料叢考》, 亞細亞文化社, 2001年.
- 《中國古典小說批評資料叢考》(共著), 學古房, 2003年.
- 《中國古典小說의 傳播와 受容》, 亞細亞文化社, 2007年.
- 《中國古典小說의 出版과 研究資料 集成》, 亞細亞文化社, 2008年.
- 《中國古典小說在韓國的研究》, 中國 上海學林出版社, 2010年.
- 《韓國所見中國古代小說史料》(共著), 中國 武漢大學校出版社, 2011年.
- 《中國古典小說 및 戲曲研究資料總集》(共著), 학고방, 2011年.
- 《中國古典小說의 國內出版本 整理 및 解題》(共著), 학고방, 2012年.
- 《韓國 所藏 中國古典戲曲(彈詞·鼓詞) 版本과 解題》(共著), 학고방, 2013年.
- 《韓國 所藏 中國文言小說 版本과 解題》(共著), 학고방, 2013年.
- 《韓國 所藏 中國通俗小說 版本과 解題》(共著), 학고방, 2013年.
- 《韓國 所藏 中國古典小說 版本目錄》(共著), 학고방, 2013年.
- 《朝鮮時代 中國古典小說 出版本과 飜譯本 研究》(共著), 학고방, 2013年.
- 《국내 소장 희귀본 중국문언소설 소개와 연구》(共著), 학고방, 2014年.
- 《중국 통속소설의 유입과 수용》(共著), 학고방, 2014年.
- 《중국 희곡의 유입과 수용》(共著), 학고방, 2014年.
- 《韓國 所藏 中國文言小說 版本目錄》(共著), 中國 武漢大學出版社, 2015年.
- 《韓國 所藏 中國通俗小說 版本目錄》(共著), 中國 武漢大學出版社, 2015年.
- 《中國古代小說在韓國研究之綜考》, 中國 武漢大學出版社, 2016年.
- 《삼국지 인문학》, 학고방, 2018年. 외 다수.

飜譯

・《中國通俗小說總目提要》(第4卷-第5卷) (共譯), 蔚山大出版部, 1999年.

論文

・〈在韓國的中國古典小說翻譯情況研究〉, 《明清小說研究》(中國) 2009年 4期, 總第94期.
・〈中國古典小說의 出版文化 研究〉, 《中國語文論譯叢刊》第30輯, 2012.1.
・〈朝鮮出版本 中國古典小說의 서지학적 考察〉, 《中國小說論叢》第39辑, 2013.
・〈한·일 양국 중국고전소설 및 문화특징〉, 《河北學刊》, 중국 하북성 사회과학원, 2016.
・〈小說《三國志》의 書名 研究〉, 《중국학논총》제68집, 2020. 외 다수

경희대학교 동아시아 서지문헌 연구소 서지문헌 연구총서 05

韓 · 中 · 日 酉陽雜俎의 異體字形 비교 연구

초판 인쇄 2021년 10월 10일
초판 발행 2021년 10월 20일

저 자 | 정영호 · 민관동
펴 낸 이 | 하운근
펴 낸 곳 | 學古房

주 소 | 경기도 고양시 덕양구 통일로 140 삼송테크노밸리 A동 B224
전 화 | (02)353-9908 편집부(02)356-9903
팩 스 | (02)6959-8234
홈페이지 | www.hakgobang.co.kr
전자우편 | hakgobang@naver.com, hakgobang@chol.com
등록번호 | 제311-1994-000001호

ISBN 979-11-6586-418-7 94820
978-89-6071-904-0 (세트)

값 : 18,000원